JUDITH PINNOW, geboren 1973 in Tübingen, besuchte die Schauspielschule in Ulm und studierte am Lee Strasberg Theatre & Film Institute in New York. Als Schauspielerin war sie in Fernsehserien und in Filmen zu sehen. Bekannt wurde sie als Fernsehmoderatorin. Mit ihrem Ehemann und Kollegen Stefan Pinnow und ihren drei Kindern lebt die Autorin in Schwerin.

Von der Autorin sind in unserem Hause bereits erschienen:

Rendezvous in zehn Jahren

Dein Herz in tausend Worten

Judith Pinnow

FAST BIS ZUM NORDKAP

Roman

Ullstein

Besuchen Sie uns im Internet:
www.ullstein.de

Wir verpflichten uns zu Nachhaltigkeit
- Klimaneutrales Produkt
- Papiere aus nachhaltiger Waldwirtschaft und anderen kontrollierten Quellen
- ullstein.de/nachhaltigkeit

MIX
Papier
FSC® C083411

Originalausgabe im Ullstein Taschenbuch
1. Auflage August 2022
2. Auflage 2022

Umschlaggestaltung: Sabine Kwauka
Titelabbildung: shutterstock / © pimchawee (Paar);
shutterstock / © Dariia Baranova (Tinyhouse);
shutterstock / © Dariia Baranova (Ornamente);
shutterstock / © AVIcon (Bully);
shutterstock / © Dariia Baranova (Rentiere)
Gesetzt aus der Quadraat Pro powered by *pepyrus*
Druck und Bindearbeiten: CPI books GmbH, Leck
ISBN 978-3-548-06637-0

Bea

Bea kann ihre Zehen nicht spüren, als sie aufwacht. Vorsichtig wackelt sie mit ihnen. Das scheint zu funktionieren. Ihr Mund ist furchtbar trocken, wie jeden Morgen. Das kommt von der Schlaftablette. Einen Tod muss man eben sterben, besser, als sich die ganze Nacht schlaflos hin- und herzuwälzen. Sie richtet sich mühsam auf und greift nach dem Glas Wasser auf ihrem Nachttisch. Bea trinkt in kleinen Schlucken und stellt sich dabei vor, wie das Wasser bis in ihre Zehen sickert, die langsam wieder etwas Gefühl bekommen. Ihre langen dunklen Haare fallen ihr ins Gesicht. Mit einer geübten Bewegung schlingt sie sie zu einem Dutt zusammen, findet aber kein Haargummi auf dem Nachttisch. Seufzend lässt sie die Haare wieder los und lässt sich in die Kissen zurücksinken. Eine halbe Stunde später fährt sie erschrocken hoch. Jetzt hat sie keine Zeit mehr zu duschen.

Sie steht so schnell auf, wie es ihr Kreislauf zulässt. Während sie sich anzieht und die Zähne putzt, checkt sie ihre Mails.

Es sind keine guten Nachrichten dabei. Eine Keksfirma will ihren Auftrag zurückziehen, und die Joghurtleute wollen die ersten Entwürfe schon nächste Woche sehen, was unmöglich zu schaffen ist.

Bea legt das Handy kurz zur Seite, um sich frisch zu machen und zu schminken. Die Zeit läuft ihr davon. Heute ist der wichtige Pitch für die Schokoladenfirma *Barama*.

Barama will gleich mit drei neuen Produkten auf den Markt, und die Marketingfirma hat ihre besten Leute auf das Projekt angesetzt. Bea ist die Leiterin der Gruppe. Sie hätte an so einem wichtigen Tag nicht verschlafen dürfen!

Schnell streicht sie sich über ihr enges Kleid und betrachtet sich prüfend im Spiegel.

»Wie seh ich aus, wie seh ich aus?« Sie dreht sich schnell hin und her und trägt dann noch einen dunkelroten Lippenstift auf. Ihr Spiegelbild sieht etwas blass aus. Bea lächelt ihm aufmunternd zu. Es lächelt zurück.

Das Frühstück muss, wie so oft, ganz ausfallen. Die riesige Küche mit der überdimensionalen weißen Arbeitsplatte bleibt ungenutzt. Es bleibt keine Zeit, den schönen Blick über die Außenalster zu genießen, den man aus den bodentiefen Panoramafenstern hat.

Die Penthousewohnung bleibt allein zurück. Eigentlich ist Bea immer nur zum Schlafen hier. Sobald die Tür ins Schloss gefallen ist, rührt sich der kleine Saugroboter, der jeden Morgen tapfer und einsam seine Kreise über den sauberen Boden zieht.

Dann ist es wieder still in der Wohnung mit der großen Dachterrasse. Bea nutzt weder den Tisch draußen noch das Loungesofa. Ab und zu sitzt hier die Putzfrau, die zweimal die Woche kommt und auch Beas Wäsche macht.

Sie pfeift bei der Arbeit vor sich hin. Wenn sie geht, herrscht wieder die Stille. Eine saubere Stille, diesmal.

Die Marketingfirma befindet sich im siebten Stock eines modernen Gebäudes in der HafenCity. Auch hier hat Bea einen tollen Blick auf das Wasser. Und auch hier nimmt sie die Aussicht kaum wahr. Alles hängt heute von dem Pitch ab, und alle sind entsprechend nervös.

»Der Konferenzsaal zwei ist vorbereitet. Ich habe die Power-Point-Präsentation zweimal gecheckt, sie läuft. Sushi ist für 13:45 Uhr bestellt. Marie hat die Handouts, es kann nichts schiefgehen!« Rita lächelt Bea nervös an und rückt mit der linken Hand ihre Brille zurecht, was sie ständig macht.

Rita ist eine kleine Person mit Pagenschnitt. Auf den ersten Blick denkt man, da steht ein Kind. Vielleicht liegt das auch an ihrer Haltung, die immer etwas unsicher ist.

Beas »Danke, Rita« geht unter, weil Marco schwungvoll ihr Büro betritt und gewinnend sagt: »Es kann immer etwas schiefgehen. Man muss auf alles vorbereitet sein, aber das bist du ja sicher, Sweety!«

Er nimmt sie in den Arm und küsst sie auf den Mund. Sie kann es nicht leiden, wenn er sie »Sweety« nennt, und sie mag auch keine Küsse im Büro vor ihrer Assistentin. Sie macht einen Schritt zurück, sobald er sie loslässt.

»Was machst du hier?«, fragt Bea, während Rita vergeblich versucht, den gut aussehenden Marco nicht anzustarren. Seine braunen Augen, die dunklen Haare und die Bartstoppeln im Gesicht lassen die meisten Frauen nervös werden.

»Ich wollte dir nur mal eben viel Glück wünschen, nicht dass du das brauchen würdest«, er lächelt sie an.

Sie lächelt zurück. Sein Hemd ist frisch gebügelt, und er riecht nach dem Rasierwasser, das sie ihm zu Weihnachten geschenkt hat. Seine körperliche Präsenz ist wie immer umwerfend, auch wenn sie gerade überhaupt keine Zeit für ihn hat. Zeit fehlt ihnen eigentlich immer. Aber jetzt gerade besonders.

»Hast du nicht heute das Gurken-Meeting?«

»Ja, ich muss auch gleich wieder runter«, seine Stimme hat sich kaum merklich verändert, aber Bea weiß, dass es ihn ärgert, dass sie die Gurken erwähnt hat. Marco arbeitet in derselben Marketingagentur, allerdings ein Stockwerk tiefer.

»Du siehst fantastisch aus, Baby, du wirst sie umhauen!«

Bea senkt den Kopf, weil sie kein Lächeln mehr aufbringen kann, während Rita sich an ihrem Klemmbrett festklammert, um ihn nicht anzusehen.

»Tschüss, Rita«, sagt Marco, der das bemerkt, auf dem Weg zur Tür.

Rita räuspert sich und wird rot. Ihr »Auf Wiedersehen« kommt zu spät.

Bea atmet tief ein und aus. Sie muss sich jetzt konzentrieren.

Ihre Kollegin Marie steht in der Tür, durch die Marco gerade verschwunden ist.

Ihre langen blonden Haare umrahmen in Wellen ihr Gesicht. Marie hat heute definitiv nicht verschlafen. »Das Team ist bereit, kommst du?«

Der Geruch von Bärlauch schwebt zwischen den Bäumen. Die Morgensonne steht zu dieser Jahreszeit schon hoch am Himmel und wirft ihre Strahlen durch die Blätter der Bäume.

Per liebt diese Tageszeit. Der Morgen ist jeden Tag wie ein neues Versprechen. Die Mädchen haben bald ihren letzten Schultag, und Per genießt diese wenigen Vormittage, in denen er die Zeit hat, mit Snorre durch den Wald zu streifen.

Snorre springt über die jungen Pflanzen und jagt einem Hasen hinterher. Der Hund ist schnell, aber der Hase ist schneller.

Vogelstimmen zwitschern. Per hat das Gefühl, dass sie morgens am lautesten sind. Er hört das Hämmern eines Spechts und bleibt stehen. Seine Augen suchen den Baum ab, von dem das Geräusch kommt. Es dauert eine ganze Weile, bis er den kleinen Vogel entdeckt. Ebba musste mal ein Referat über den Buntspecht halten, seitdem weiß Per, dass der Specht keine Kopfschmerzen von seinem Hämmern bekommt. Die Anatomie des Vogels verhindert, dass sein Gehirn Schaden nimmt, wie das bei uns Menschen der Fall wäre.

Ebba hatte ihm damals erklärt: »Das ist tipptopp verpackt, sein Gehirn. Das schwimmt da nicht so lose rum wie bei dir«, spielerisch hatte sie an seinen Kopf getippt. »Außerdem ist die obere Hälfte des Schnabels länger als die untere. Und wenn er dann so hackt«, sie hackte mit ihren Fingern, die sie zu einem Schnabel geformt hatte, auf seinen Unterarm, »dann wird die Hackenergie am Gehirn vorbeigeleitet, verstehst du?« Ebba sah ihn aus ihren blauen Augen an.

»Und was passiert, wenn man den kleinen Specht schnappt und schüttelt, ist sein Gehirn dann auch vor der Schüttelenergie sicher?«, er schnappte seine Tochter und hob sie hoch, um sie durch die Luft zu wirbeln.

Sie kreischte vor Freude und sagte, als er sie wieder auf dem Boden absetzte, ernsthaft: »Ich glaube, sein Gehirn ist auch vor Schüttelenergie sicher. Das ist tipptopp fest im Kopf beim Specht.«

Per sieht sich eine Weile an, wie der Vogel mit seinem tipptopp verpackten Gehirn auf den Stamm des Baumes hämmert, dann läuft er weiter. Snorre ist nirgends mehr zu sehen.

Per pfeift auf den Fingern. Ein lauter, durchdringender Pfiff. Der Specht hört auf zu hämmern, und kurze Zeit später taucht Snorre aus dem Unterholz auf. Er springt durch die vielen weißen Blüten, die zu dieser Jahreszeit den ganzen Waldboden bedecken, und setzt sich erwartungsvoll vor Pers Füße. Sein schwarz-weißes Fell glänzt, seine Ohren sind aufgestellt, und er wedelt aufgeregt mit der Rute. Per muss jedes Mal, wenn er ihn ansieht, denken, wie hübsch er ist. Bevor Snorre zu ihnen kam, hätte er nie gedacht, dass ein Hund hübsch sein kann. Hunde sind treu, lieb, herrlich, stinkig und gerne auch mal nervig. Aber Snorre ist einfach wirklich hübsch. Seine schwarz-weiße Fellfarbe unterteilt sein Gesicht in zwei Hälften. Die weiße Seite hat ein weißes

Ohr und die schwarze Seite ein schwarzes Ohr mit einem Tupfer Weiß am Rand. Snorre hat zwei unterschiedliche Augenfarben. Ein blaues und ein braunes Auge sehen Per erwartungsvoll an. Er streicht ihm über den Kopf und gibt ihm ein Leckerli. Gemeinsam gehen sie weiter. Der Hund bleibt jetzt dicht an seiner Seite, bis sie an den Södra Solsjö, den südlichen Sonnensee, kommen. Zwischen Schilfhalmen öffnet sich die weite blaue Wasserfläche vor ihnen. Snorre stürzt sich sofort ins Wasser und schwimmt ein paar Wildgänsen hinterher, die ihn belustigt ansehen und gemächlich vor ihm wegpaddeln. Noch ist von den Seerosen nichts zu sehen, aber unter der Wasseroberfläche entwickeln sie sich schon. Die Kälte der Nacht hängt noch in der Luft. Per hält prüfend eine Hand ins Wasser. Es ist kalt, aber nicht mehr so eisig wie im Frühjahr. Der Sommer beginnt langsam. Spontan schlüpft er aus seinem Wollpulli und seinen Jeans. Er legt alles auf seinen Schuhen zusammen und watet nackt ins Wasser. Unter seinen Füßen spürt er ein paar Wurzeln von den Bäumen, die sich nah an den See herantrauen und direkt am Ufer wachsen. Er geht tiefer hinein, und der Boden unter seinen Füßen wird sandig. Snorre schwimmt freudig auf ihn zu. Per gibt sich einen Ruck und wirft sich ins Wasser. Die Kälte raubt ihm einige Schwimmzüge lang den Atem. Er entspannt bewusst seine Schultern, um sie nicht nach oben zu ziehen. Snorre schwimmt neben ihm her und versucht, im Wasser zu bellen. Er gibt nur ein gurgelndes Geräusch von sich. Sie schwimmen aus dem Schatten heraus in die Sonne. Das Licht glitzert auf der Wasseroberfläche. Blesshühner tauchen ab, als sie den Mann und den

Hund erkennen. Per dreht sich auf den Rücken und sieht den blauen Himmel über sich. Er muss an seine jüngere Tochter Olivia denken, die immer laut juchzt vor Freude, wenn sie im See schwimmt. Diesen Sommer will er ganz oft mit den beiden Mädchen schwimmen gehen und mit dem Boot rausfahren. Vielleicht kann er sich sogar eine Woche freischaufeln und mit den beiden ein paar Tage zelten. Snorre dreht um und schwimmt zum Ufer zurück. Per lässt sich noch etwas auf dem Rücken treiben. Der See, er und der Himmel werden eins. Er genießt das Gefühl eine Weile, bis ihm kalt wird. Um wieder warm zu werden, schwimmt er zügig zum Ufer zurück.

Sein T-Shirt muss als Handtuch herhalten. Er entdeckt beim Abtrocknen ein kleines Loch. Ebba erinnert ihn manchmal daran, dass er sich ein paar neue Sachen kaufen soll, wenn er mit den Mädchen einen Ausflug zu H&M macht, weil sie schon wieder aus allem herausgewachsen sind. Mit ihren zehn Jahren nimmt Ebba schon ganz klar die Rolle der Frau ein.

Ebbas Mutter hatte die Familie verlassen, als die Mädchen noch ganz klein waren. Weder Ebba noch Olivia erinnern sich an sie. Meike war deutsch und hatte mit ihnen die ersten Jahre auch deutsch gesprochen. Per, der Sohn einer Deutschen und eines Schweden, sprach nahezu perfekt deutsch, als er Meike kennenlernte. Und auch Meikes Schwedisch war ganz passabel. Sie hatten beide Sprachen zur Verfügung, um sich auszutauschen.

»Beim Streiten in einer anderen Sprache kann man nur verlieren«, sagte Meike bei ihrem ersten Streit auf Schwedisch. Also stritten sie von nun an jeder in seiner Muttersprache, sie auf Deutsch und er auf Schwedisch.

Wenn sie glaubte, dass er nicht zuhörte, erzählte sie dem Baby Olivia von ihren Ängsten und düsteren Gedanken. Er hatte es nicht geschafft, sie aus diesem Tal zu holen. Seine Worte hatten sie nie erreicht. Ihre Liebe ging auf dem Weg verloren, und als sie die Familie verließ, war nichts mehr davon übrig. Nur die deutsche Sprache blieb ihnen. Per konnte nicht sagen, warum, aber er sprach mit den Mädchen weiter deutsch, als sie fort war.

Irgendwie war diese Zweisprachigkeit Meikes Geschenk an die Kinder gewesen, und er hatte den seltsamen Wunsch, wenigstens das zu bewahren. Er sprach nicht so perfekt deutsch wie sie, aber es reichte für ihre kleine Welt, die sie sich aufbauten, als Meike fortging.

Mit Snorre sprechen alle schwedisch. Ebba findet das logisch, denn Snorre hat ja auch eine schwedische Hundemutter.

Per schlüpft in seine Klamotten und geht mit dem nassen Hund durch den Wald zurück. Das Blut pumpt durch seine Adern. Nach dem Schwimmen im kalten See fühlt er sich immer so lebendig, als würden alle Zellen in seinem Körper plötzlich besser mit Sauerstoff versorgt. Vielleicht sollte er Ebba vorschlagen, auch darüber mal ein Referat zu machen und ihm diesen Effekt zu erklären. Er riecht den Bärlauch und ist bereit für den Tag.

Bea

»Wären Sie dazu bereit?«

Der Mann mit der Glatze sieht Bea fragend an. Er erwartet ganz offensichtlich eine Antwort von ihr. Leider kann sie sich an den Anfang seines Satzes nicht erinnern, oder sie hat ihn nicht gehört, weil das Blut in ihrem Kopf so dröhnend laut rauscht. Sie sieht sich um, alle im Raum schauen sie fragend an. Rita guckt besorgt und rückt ihre Brille zurecht, und Martin, der Chef der Agentur, legt seine Stirn in Falten, weil ihre Antwort auf sich warten lässt.

Das Meeting mit den *Barama*-Leuten lief so gut, bis bei Bea der Schwindel anfing, den sie schon eine Weile kennt und ignoriert, so gut es geht. Normalerweise geht er auch nach einer Weile wieder weg, aber jetzt gerade hat sie das Gefühl, Decke und Fußboden kommen abwechselnd auf sie zu.

»Bea, ist dir nicht gut?« Martin macht jetzt ein besorgtes Gesicht, und auch Marie sieht sie so seltsam an.

Sie muss sich zusammenreißen. Die Frage war, ob sie bereit ist, und sie ist zu allem bereit. Also einfach Ja antworten.

»Ja«, sie lächelt in die Runde.

»Dir ist nicht gut?«, fragt Martin nach. »Marie, geh doch kurz mit ihr vor die Tür, vermutlich braucht sie einfach etwas frische Luft. Unsere Lüftungsanlage funktioniert vielleicht nicht richtig.«

Martin steht schnell auf und versucht vergeblich, die großen Fenster zu öffnen, die man nur mit einem Spezialschlüssel aufbekommt, den der Hausmeister hat. Der Hausmeisterservice eigentlich. Und da es diesen Hausmeisterservice nur telefonisch gibt und jedes Mal andere Mitarbeiter kommen, um Leisten zu reparieren oder die elektrischen Raffstores wieder zum Laufen zu bringen, gibt es diesen Schlüssel vermutlich gar nicht.

»Der Schlüssel ist nur ein Mythos, es gibt ihn gar nicht«, sagt Bea zu Marie, als sie aus der Tür sind.

»Was ist los mit dir?« Marie sieht sie mit aufgerissenen Augen an.

Bea hört nicht, was sie sagt, weil das Dröhnen in ihrem Kopf wieder lauter ist. Sie kann nur raten, was Marie gefragt hat.

»Mir geht es gut, ich geh nur mal eben vor die Tür. Geh wieder rein. Einer sollte da sein, wenn …«, sie hat vergessen, worum es bei dem Meeting eigentlich ging.

»Einer sollte da sein«, wiederholt sie.

Marie schaut sie zweifelnd an. »Sicher, dass ich dich allein lassen kann?«

Bea hört sie nicht und konzentriert sich jetzt darauf, es bis zum Aufzug zu schaffen. Wenn sie langsam geht, kann sie den Schwindel einigermaßen kontrollieren. Marie und die Sekretärin Daniela sehen ihr besorgt zu, wie sie in den Aufzug steigt und den Knopf ins Erdgeschoss drückt.

Die Türen schließen sich, und sie ist eine Weile allein. Boden und Decke kommen auch hier abwechselnd auf sie zu. Bea hält sich an der Stange an der Wand fest. Der Aufzug gleitet nach unten, was jetzt auch noch Übelkeit bei ihr verursacht. Sie muss es nur bis nach draußen schaffen, dann wird schon alles wieder besser werden. Der Aufzug braucht sehr lange nach unten. Und auch das Foyer, welches sie durchqueren muss, ist sehr groß.

Wie kann man nur so lange nach draußen an die frische Luft brauchen?

Man sollte einfach ein Fenster öffnen können oder durch eine Tür gehen und draußen sein. Stattdessen ist das Draußen hier so weit weggesperrt, wie es nur geht. Endlich ist Bea an der Drehtür, die sie aus dem Gebäude führt.

Draußen geht ein Wind, der unglaublich guttut. Sie läuft, bis sie ans Wasser kommt. Sie setzt sich auf einen Poller und schließt für einen Moment die Augen. Einatmen und ausatmen. Mehr nicht. Damit bekommt sie doch sonst immer alles in den Griff. Der Schwindel ebbt langsam ab. Die Übelkeit bleibt, und auch das Dröhnen im Kopf wird nur in Zeitlupe weniger. Sie hat aber keine Zeit, sie muss zurück in das Meeting. Ihr Gehirn funktioniert wieder besser. Die Schokoladenleute, richtig. Sie hatte die Ideen von ihrem Team präsentiert, in wohlwollende Gesichter geschaut, alles lief gut, bis ihr Körper aus dem Ruder lief.

Ihre Hand zittert, als sie sich eine Haarsträhne aus dem Gesicht streicht. *Alles ist gut*, beruhigt sie sich selbst. *Guck auf das Wasser, dann wird alles gut.* Bea schaut auf den Fluss, sieht zu, wie sich die Wasseroberfläche bewegt. Tatsächlich hilft das unermüdliche Fließen der Elbe, das Rauschen im Kopf weiter herunterzufahren. Die riesigen Häuser gegenüber sehen im Sonnenlicht aus wie glänzende Dinosaurier.

Bea muss an den Dino denken, den Marco ihr beim ersten Date auf die Serviette gemalt hatte. Sie hatte ihn aufgehoben, aber inzwischen weiß sie nicht mehr, ob sie die Serviette noch hat. Marco hatte ihr damals anvertraut, dass er beim Telefonieren immer noch kleine Dinosaurier zeichnet, so wie damals in der Schule, wenn ihn der Unterricht langweilte.

Sie hat plötzlich Sehnsucht nach dem Marco, den sie vor vier Jahren kennenlernte. Ein Marco, der noch nicht in ihrer Werbeagentur A *Piece of Cake* arbeitete. Damals lachte er sie mit seinen perfekten Zähnen an und fragte: »Ein Stück Kuchen! Wer hat sich das eigentlich ausgedacht?«

Bea erklärte ihm, dass man auf Englisch »*A piece of cake*« sagt, wenn eine Sache ein »Kinderspiel« ist.

»Es ist aber sicher kein Kinderspiel, dort zu arbeiten? Wie kommt man nur an einen Job bei der größten Werbeagentur in Hamburg?«

Bea erzählte ihre Geschichte, und Marco hörte aufmerksam zu. Jedes Wort las er ihr von den Lippen ab, und später am Abend küsste er sie. Damals war er ab und zu etwas tapsig gewesen, wie ein Welpe, der noch etwas in seinen Körper wachsen muss. Heute ist er so selbstsicher, dass sich Rita kaum traut, ihn zu grüßen. Bea vermisst den Welpen.

Sie reißt ihren Blick von der Wasseroberfläche und den

Dinosaurierhäusern. Vorsichtig steht sie auf. Der Schwindel kommt nicht wieder, aber sie kann fühlen, dass er nicht weit weggegangen ist. Er lauert in der Nähe auf sie.

Ihr Magen fühlt sich an, als hätte jemand heißes Öl hineingegossen, aber das kennt sie schon. So fühlt er sich immer an, wenn sie nichts gegessen oder einen Kaffee getrunken hat, oder bei Schokolade, Zwiebeln und Knoblauch. Wie kann man auf einen Magen hören, der einfach immer Stress macht? Sie kramt eine Kautablette aus ihrer Handtasche. Meistens hilft das etwas.

Hoffentlich hat sie nicht zu viel verpasst. Sie geht mit schnellen Schritten auf das Gebäude zu, in dem *A Piece of Cake* die kompletten oberen Etagen besetzt. Sobald sie durch die Drehtür tritt, betritt auch der Schwindel wieder ihren Kopf.

So geht das nicht, ich muss mir etwas dagegen verschreiben lassen. Bea schaut ihr blasses Gesicht im Spiegel des Aufzugs an. Sie versucht, ihre Frisur wieder etwas zu verbessern, aber die Arme über den Kopf zu heben verstärkt den Schwindel, also lässt sie es.

Daniela sitzt nicht an ihrem Platz, als sie aus dem Aufzug tritt. Der Konferenzraum zwei ist leer.

Per

Olivia und Ebba sind nur zwei Jahre auseinander. Für Meike war der Altersabstand, als sie klein waren, schrecklich anstrengend. Es gab immer ein Kind, das weinte und etwas brauchte, gewickelt und getragen werden musste. Per hat an diese Zeit seltsamerweise nur wenige Erinnerungen. Vielleicht, weil auch einige dabei sind, die er lieber vergessen wollte. Freunde beschrieben die Zeit mit ihren kleinen Kindern als anstrengend, aber auch magisch. Per hatte sich so darüber gefreut, eine Familie zu sein. Die zwei kleinen Mädchen waren sein ganzes Glück. Aber es war schwer, mit anzusehen, wie Meike sich mehr und mehr von ihnen entfernte. Einmal kam Per von der Arbeit nach Hause und fand die kleine Olivia weinend in ihrem Bettchen. Meike saß nur stumm in einer Ecke des Zimmers. Am nächsten Tag brachte Per Ebba in die »*Dagis*«, ein Kindergarten, in den schwedische Kinder schon ab einem Jahr gehen können, und nahm Olivia mit in die Werkstatt. Er kam natürlich viel langsamer voran mit allem, aber nur so konnte er sicher sein, dass Olivia auch gut versorgt war.

Meike aß tagsüber nichts, und abends hatte er Mühe,

beide Kinder zu füttern und seine Frau zu überreden, ein paar Bissen zu essen. Beide Großeltern wohnten in Deutschland, und Per wurde, lange bevor Meike ging, zum alleinerziehenden Vater.

Ebba ist jetzt in dem komischen Alter, in dem die Mädchen in gefühlt drei Monaten aus ihrem niedlichen kleinen Kinderkörper wachsen. Sie werden zu großen, dünnen Geschöpfen, die schneller auf Felsen klettern können als man selbst. Per geht das alles viel zu schnell. Er versucht aber tapfer, mit Ebbas Entwicklung mitzukommen. Es ist ihm ein Rätsel, wie er demnächst mit einem Teenagermädchen klarkommen soll. Schon jetzt scheint er ständig etwas Falsches zu sagen, was dann mit »Papaaaa!« und einem gekonnten Augenrollen quittiert wird.

Olivia ist noch seine kleine, schnuckelige »*Lilla Gumman*«, sein Schätzchen. Kosenamen gibt er den Kindern immer auf Schwedisch. Das fühlt sich für ihn echter an.

Ebba und Olivia waren von Anfang an ein Team. Da Ebba die kleine Schwester nicht durch die Gegend tragen durfte, zog sie sie auf ihrer Spieldecke durch das ganze Haus, damit sie immer bei dem dabei war, was Olivia gerade spielte.

Jetzt wächst Ebba Olivia einfach davon. Sie ist manchmal schon zu groß für Puppen, und das niedliche Hundespiel auf dem Tablet will sie auch immer seltener mit der kleinen Schwester spielen.

Die Welt der beiden Mädchen war für Per faszinierend. Er lernte von ihnen, wie man eine Puppe hübsch anzieht und wie man Grassuppe kocht. Er lernte, Armbänder zu flechten und Himbeeren hübsch auf den Tellerrand zu drapieren, bevor man sie isst. Und die Mädchen lernten von ihm schwimmen, fischen und wie man Feuer macht. Sie kennen die meisten Sternbilder und wissen, wie man sich im Wald nach den Himmelsrichtungen orientiert. Er hat Ebba mit fünf einen Kompass geschenkt, den sie hütet wie ein goldenes Ei.

»Die Mutter kannst du trotzdem nicht ersetzen«, sagt ihm die alte Bergit immer wieder, damit er es ja nicht vergisst.

Bergit ist ein Urgestein hier in Sjöhyttan. Ohne Bergit wüsste keiner hier, was er zu tun und zu denken hätte.

Per ist auf dem Weg ins Dorf mit den beiden Mädchen. Sie sitzen zu dritt vorne im Pick-up, und Ebba dreht zu Olivias Freude das Radio ständig lauter. Es läuft ein Sommerhit auf Englisch, und beide Kinder können den kompletten Text mitsingen. Bergit steht mit dem Fahrrad am Straßenrand, so als würde sie auf jemanden warten, den sie belehren kann.

Als Ebba sie sieht, sagt sie mit einer ulkigen verstellten Stimme: »Kämm dir mal die Haare, Kind!«

Per fährt extra langsam an Bergit vorbei, und Ebba streckt ihren Kopf aus dem Fenster.

»Hallo, Bergit, wie geht es dir?«, grüßt Per vom Fahrersitz.

»Kind! Du musst dir mal die Haare kämmen! Sonst nisten sich da noch die Krähen ein, Herrgott, es ist ein Jammer!«

Per fährt vorbei, und Bergit jammert weiter vor sich hin,

wie schrecklich es doch ist, dass die Kinder ohne Mutter aufwachsen müssen.

»Ist es nur schrecklich wegen Ebbas Haaren oder warum sonst?«, fragt Olivia, die hinten aus der Scheibe die Alte beobachtet.

Per rührt diese Frage. »Manche Leute glauben, dass ohne Mama aufzuwachsen für Kinder nicht gut ist«, erklärt er Olivia und bemüht sich um Neutralität.

Snorre legt seinen Kopf auf Olivias Knie. Sie streicht ihm über den Kopf und lässt seine weichen Ohren nachdenklich durch ihre Finger gleiten.

»Glaubst du das auch?«, fragt sie schließlich.

Per parkt den Pick-up vor Nannis Café. »Ich glaube, es gibt hier drei Leute, die dringend ein Eis brauchen!«

»Jaaaaaa!« Olivia öffnet die Autotür und springt aus dem hohen Wagen. Snorre folgt ihr.

Ebba bleibt sitzen und schaut ihn an. »Ich weiß, dass du ablenkst, Papa«, sagt sie streng.

Per greift an ihr hübsches Kinn und hält es kurz fest. »Meine kluge große Tochter.« Dann lässt er sie los und antwortet ihr ehrlich: »Ich glaube, solange Kinder geliebt werden, ist es fast egal, mit wem sie aufwachsen.«

Ebba tippt ihm auf die Brust. »Gute Antwort!«, sagt sie und strahlt ihn an.

»Dann brauchst du ja jetzt kein Eis mehr.«

Sie verdreht die Augen, rutscht zur Tür rüber, springt leichtfüßig wie ein Reh aus dem Auto und ist schneller auf der Veranda von Nannis Café, als er aussteigen kann.

Nannis Café sieht die meiste Zeit des Jahres aus wie ein

großes unaufgeräumtes Wohnzimmer. Jedes Jahr im Sommer, kurz bevor sich die Touristen nach Sjöhyttan verirren, bekommt Nanni ihren Rappel und räumt alles auf. Plötzlich stapeln sich neben den Sofas keine alten Zeitschriften mehr, und die Farbeimer in der Ecke verschwinden. Drei bis vier Monate lang sieht Nannis Café aus, wie sich die Ausländer ein schwedisches Café vorstellen. Der weiß gestrichene Dielenboden ist sauber, und nur Gustav, der große Berner Sennenhund, bringt etwas Unordnung, weil er irgendwo im Weg rumliegt. Per steigt über das große Fell, das jetzt den Kopf hebt und wedelt, weil Snorre ihn beschnüffelt. Olivia sitzt auf dem Boden und streichelt sein dichtes Fell.

Nannis Theke biegt sich beinah durch, so viele Leckereien hat sie dort gestapelt. Per sieht Blaubeerkuchen und Muffins mit kleinen rosa Cremehüten. Rhabarberkuchen mit Baiserhaube, Preiselbeertörtchen und eine Ansammlung von riesigen Keksen mit Schokostückchen. Alles hübsch drapiert auf Etageren und Tellern mit Absatz, sodass ein dreidimensionales Büfett aus Gebäck entsteht.

»Backst du dich schon warm?«, fragt Per lächelnd. Er muss sich sehr beherrschen, nicht einfach nach einem der Kekse zu greifen.

Nanni antwortet ihm mit einem breiten Grinsen. Sie ist eine blonde Frau um die fünfzig mit breiten Hüften und wunderschönen hellblauen Augen. »Hey, meine Süßen, das wurde auch Zeit, dass ihr mal wieder vorbeischaut«, begrüßt sie die Mädchen, die sich vor die Eistheke drängen. »Was darf es heute sein für die Damen? Kann ich euch vielleicht vor dem Eis einen kleinen Keks anbieten?«

Sie hält ihnen den Teller mit den Riesenkeksen hin.

»Ihr teilt einen!«, sagt Per schnell. Er weiß, dass Olivia sonst nie im Leben ihr Eis schafft.

»Och, Papaaaaa!«, mault Olivia, reicht aber den schnell gegriffenen Keks brav an die große Schwester weiter, die ihn gerecht in zwei Hälften teilt.

»Und einen krieg ich!« Per schnappt sich schnell einen Keks, bevor Nanni den Teller wieder wegstellt.

Nanni lächelt stolz, als er hineinbeißt und begeisterte Geräusche macht. Die Mädchen mampfen den Keks, und eine Weile lang herrscht im Café genüssliches Schweigen. Außer ihnen sind noch keine Gäste da. Die Einheimischen werden später kommen und die ersten Touristen vielleicht auch schon.

Nanni ist jedenfalls bereit für sie.

»Einen Milchkaffee?«, fragt sie Per, der versucht, so wenig wie möglich auf den sauberen Dielenboden zu krümeln.

Er nickt und sieht dankbar Gustav an, der sich nützlich macht und seine und die Krümel der Mädchen aufleckt. Snorre ist nirgends zu sehen.

Ebba bemerkt seinen suchenden Blick. »Der ist sicher in der Küche!«

Nanni dreht sich um, geht durch die Flügeltür, und kurze Zeit später hört man, wie sie ihn zurück zu seinen Menschen scheucht.

Schwanzwedelnd kommt er an. Per zeigt ihm seine flache Hand, und der Hund legt sich brav auf den Boden, die Ohren aufgestellt.

Gustav hat alle Krümel gefunden, und die Mädchen bestellen umständlich ihre zwei Kugeln Eis und entscheiden sich noch viermal um. Nanni wartet geduldig, bis sie ihre endgültige Wahl getroffen haben.

Die Kinder trollen sich mit ihrer Eiswaffel nach draußen, und Nanni kommt mit zwei Kaffee auf einem Tablett zu Per an den Tisch.

»Ich trinke einen mit dir. Ist ja noch nichts los.«

»Ich dachte, du verträgst keinen Kaffee mehr?« Per schaut sie fragend an.

Nanni winkt ab. »Na und? Ich vertrag auch keinen Winter, und trotzdem kommt er jedes Jahr wieder.« Sie schmunzelt über ihren eigenen Witz.

»Im Winter kann ich mir nicht vorstellen, dass du deine Rumpelbude so aufgeräumt kriegst, wie sie jetzt ist. Hast du eigentlich einen eigenen *Tomte*, der dir dabei hilft?«

»Es wundert mich selbst jedes Jahr«, gibt Nanni zu.

»Hast du schon von Tjorre gehört?«

Per schüttelt den Kopf. Er genießt die dicke Schicht Milchschaum auf seinem Kaffee.

»Tjorre hat sich einen Trecker gekauft.«

»Na endlich, davon redet er ja schon seit zwei Jahren.«

»Ja, pass auf. Er hat ihn drüben in Dimmersby bei Petersons gekauft, ist damit dann die dreißig Kilometer bis hierhin getuckert. Er stellt das Ding vor seiner Scheune ab, und am nächsten Tag springt der neue Trecker nicht mehr an. Tjorre ist sofort auf hundertachtzig, du kennst ihn ja …«

Per nickt.

»Er ruft drüben bei Petersons an und macht denen die Hölle heiß. Schimpft rum, das Teil sei nagelneu, und da müsste jetzt sofort einer kommen und es reparieren. Die schicken tatsächlich jemanden, und rate, was der feststellt?«

Per zuckt ratlos mit den Achseln.

»Das Benzin war alle!« Nanni biegt sich vor Lachen. »Das war dem dann ziemlich peinlich. Stell dir vor … der Tjorre …!« Sie putzt sich die Nase.

»Und woher weißt du das? Das hat Tjorre ja wohl kaum selbst rumerzählt.«

»Inga.«

Per nickt wissend. »Klar, Inga.«

Tjorres Frau Inga ist eine lebenslustige Dame, die so gar nicht zum muffeligen Tjorre passt. Aber irgendwie sorgt sie mit ihren heiteren Geschichten über ihn dafür, dass die Leute ihn sympathisch finden.

»Wie läuft es in der Werkstatt?«, fragt Nanni, als sie sich vom Lachen erholt hat.

»Gut. Ich versuche, vor den Sommerferien noch möglichst viel zu schaffen.«

»Wenn du magst, kannst du mir die Mädchen heute auch hierlassen. Dann kannst du am Nachmittag noch was schaffen.«

Nannis Kinder sind schon erwachsen. Sie lebt allein in dem roten Schwedenhaus mit dem Café im Nebengebäude.

Per sieht sie an. Das Angebot ist sehr verlockend. »Aber du hast doch Gäste«, er sieht sich im leeren Café um. »Später sicher mehr …«

Nanni lacht. »Na, schauen wir mal. Ich spanne die Mädchen ein. Die lieben das doch, etwas Tee zu servieren oder Cupcakes zu verzieren.«

Per muss sich die kleine Chaos-Queen Olivia in der Küche vorstellen. »Das ist sehr lieb von dir, aber ich weiß nicht, ob das eine so gute Idee ist.«

»Ist es wohl, Papa!« Olivia steht mit den Händen in die Seiten gestemmt in der Tür. Ihr Gesicht ist mit Schokoeis beschmiert.

Nanni steht auf und holt ein feuchtes Tuch. Sie reicht es der Kleinen. Olivia wischt sich sauber, geht hinter die Theke und bindet sich eine Schürze um, die an ihr wie ein bodenlanges Kleid aussieht. Sie dreht sich übermütig einmal im Kreis.

»Wundervoll siehst du aus, *Lilla Gumman!*« Per muss lachen.

Ebba findet sich zu groß für eine Schürze, will aber auch hilfreich wirken und sortiert die Servietten auf der Theke.

»Alles im Griff«, flüstert Nanni und schiebt Per zur Tür. Snorre folgt ihm wie ein Schatten.

»Haben Sie das Gefühl, Sie hätten Ihr Leben nicht mehr im Griff? Entgleitet Ihnen alles?« Der Arzt sieht Bea durch seine bescheuerte Halbbrille an. Sie sitzt im Behandlungszimmer auf der Liege, während er vor ihr steht.

»Nein, überhaupt nicht. Sie stecken mich da wirklich in die falsche Schublade. Ich liebe meinen Job, und ich empfinde ihn nicht als stressig.« Sie ballt beide Hände zu einer Faust und betont die letzten beiden Wörter, indem sie mit der geschlossenen Hand auf ihren Oberschenkel klopft.

»Frau Goldmund, Ihr Schwindel ist eine Folge von

Stress. Was ist mit Ihrem Privatleben?«, wieder der Blick durch die Halbbrille.

Welches Privatleben?

»Mein Privatleben ist super. Ich habe eine gute Work-Life-Balance, und ich lasse mir von Ihnen auch nichts anderes einreden!«

Eine Weile lang starren sich Bea und ihr Hausarzt, der sie kaum kennt, gegenseitig an. Die Uhr an der Wand tickt schrecklich laut. Bea hat das Gefühl, mit jedem Ticken bekommt sie einen Schlag gegen den Kopf.

»Also verschreiben Sie mir jetzt etwas gegen den Schwindel, oder nicht?«, bricht sie das Schweigen.

»Nein«, er schüttelt den Kopf und setzt sich zurück hinter seinen sicheren dicken Schreibtisch. Er ist etwa zehn Jahre älter als sie, Mitte vierzig vermutlich. Seine Haare werden dünner, und seine Schläfen sind schon grau. Er spielt mit einem Kugelschreiber, lässt sein Nein etwas wirken und sagt dann:

»Man kann einen Menschen nichts lehren, man kann ihm nur helfen, es in sich selbst zu entdecken.«

»Kalenderspruch von heute Morgen?« Bea würde am liebsten heulen, aber das würde die Theorie von Dr. Böhring nur bestätigen. Also flüchtet sie sich in Wut.

»Galileo Galilei.«

Bea seufzt und versucht einzulenken. »Was raten Sie mir denn?«

Dr. Böhring denkt eine ganze Weile nach. Er dreht sich mit seinem Drehstuhl hin und her und sagt schließlich:

»Das Mittel gegen den Schwindel können Sie nur selbst finden. Sicher ist, Sie müssen etwas ändern in Ihrem Leben.«

»Sicher, dass Sie Arzt sind und nicht Guru?« Bea steht auf und hält sich kurz und hoffentlich unauffällig an der Liege fest.

Sie verlässt unzufrieden die Praxis. Der Tag ist so voll, und jetzt hat sie ganz umsonst anderthalb Stunden verloren.

In der Agentur begegnen ihr lauter besorgte Gesichter.

»Alles o. k., ich war gerade beim Arzt, der sagt, ich bin kerngesund.« Diesen Satz trägt sie den ganzen Tag lang vor sich her. Der Schwindel bleibt, aber er wird wenigstens nicht schlimmer.

Der Deal mit den Schokoladenleuten steht, immerhin, trotz ihres Ausfalls.

Rita ruckelt heute noch mehr an ihrer Brille rum als sonst, und Marie fragt sie dauernd, ob sie irgendetwas braucht.

»Ja, mein Gott, mal etwas Ruhe zum Arbeiten!«, sagt sie irgendwann aufbrausend.

Rita und Marie wechseln einen bedeutsamen Blick.

»Raus! Guckt euch von mir aus im Flur so an. Mir geht es gut!«

Beide verlassen stumm ihr Büro. Beas Herz klopft bis zum Hals.

Sie öffnet mit zitternden Fingern die Mappe für die Joghurtwerbung und versucht, daran zu arbeiten. Ihr Puls will sich einfach nicht beruhigen.

»Dann halt nicht«, murmelt sie und arbeitet verbissen mit hämmerndem Herzen weiter.

Es tut gut, abends mit Marco essen zu gehen. Sie sitzen im *Bao Lao*, einem viel zu kleinen Vietnamesen. Das Lokal ist hip, und alle wissen es, deshalb ist es schwer, einen Tisch zu bekommen. Man kann nicht reservieren, sondern muss in der langen Schlange auf einen Tisch warten. Hat man endlich einen Platz ergattert, sitzt man sehr eng ohne Lehne, aber das Essen rechtfertigt das alles. Bea hat keine Ahnung, wo sie ihr Gemüse kaufen und was sie damit machen muss, damit es so knackig, frisch und lecker ist. Die Soßen sind zum Niederknien, und die frischen Kräuter über den Gerichten sorgen dafür, dass man sich automatisch gesund fühlt. Zwischen den kleinen Geschmacksexplosionen erzählt Bea von ihrem Arzttermin und lässt es so wirken, als hätte sie einen sehr witzigen Schlagabtausch mit dem Arzt gehabt.

»Warum bist du da überhaupt hingegangen?«, fragt Marco zwischen zwei Bissen. Er ist, ebenso wie sie, im Geschmacksglück.

Bea winkt ab. »Ich hatte einen kleinen Blackout während des Meetings mit *Barama*.«

Marco schaut sie prüfend an. »Schlimm?«, fragt er lauernd.

»Jetzt fang du nicht auch noch an, es geht mir gut. Ich habe einfach nur etwas Schwindel.«

»Leute mit Burn-out haben Schwindel, oder Schwangere.« Er sieht sie entsetzt an.

»Nein! Ganz sicher nicht!«

Er widmet sich wieder seinem Essen. Das Thema ist für ihn erledigt, und er redet über seine Gurkenkunden, die ihm jetzt ein viel größeres Budget zur Verfügung gestellt haben.

»Das ist toll«, lobt Bea abwesend. Seltsamerweise ist sie enttäuscht, dass Marco nicht besorgter um sie ist.

Das Restaurant beginnt, leicht zu schwanken. Bea versucht, sich weiter auf ihr gutes Essen zu konzentrieren. Sie will die einzelnen Gemüsesorten herausschmecken. Es wirkt. Das Schwanken lässt etwas nach.

Marco redet und redet. Bea sieht sich sein Kinn an mit den Bartstoppeln, die ihn noch attraktiver machen.

Warum schlafen wir eigentlich nicht mehr so oft miteinander?

Das ist kein Thema für ein Restaurant, in dem man so nah mit anderen Menschen aufeinanderhockt.

»Hast du mir gerade zugehört?«

Bea lächelt ihn an. »Nein, ich bin gerade etwas abgelenkt von deinem hübschen Kinn!«, sie fährt mit den Fingern über die Stoppeln.

Er greift nach ihrer Hand, küsst ihre Finger und wirft ihr seinen Marcoblick zu. Bea fragt sich plötzlich, ob er den eigentlich trainiert hat.

Sobald sie fertig sind mit dem Essen, will Marco aufbrechen. Er fragt nicht, ob sie die Nacht gemeinsam verbringen wollen, und auch Bea fragt nicht, obwohl sie es sich eigentlich wünscht. Zum Abschied bekommt sie einen Kuss auf den Mund. Keinen langen gefühlvollen, so wie früher. Es ist ein flüchtiger Kuss, der etwas verrutscht, weil Marco eigentlich schon auf dem Weg zu seinem Auto ist.

Bea wohnt nur zwei Straßen entfernt. Sie kann laufen, natürlich. Aber es wäre irgendwie schön gewesen, wenn er angeboten hätte, sie nach Hause zu fahren.

Als Bea ihre Wohnung betritt, schlägt ihr die saubere Stille entgegen, die ihr die Putzfrau hinterlassen hat. Bea zieht sich ihre unbequemen Schuhe aus und ihren engen Rock und die Bluse. Sie schlüpft in eine bequeme Jogginghose und zieht sich ihr Schlafshirt über.

»Alexa, spiel etwas von *Mumford and Sons*«, fordert Bea ihren Lautsprecher auf.

»Alles klar«, antwortet die elektronische Stimme.

Kurze Zeit später läuft die gewünschte Musik. Bea stellt sich ans Fenster und schaut sich die Lichter der Stadt an.

»Alexa, bist du manchmal einsam?«, fragt sie den Lautsprecher.

»Das habe ich leider nicht verstanden.«

»Alexa, erzähl mir einen Witz.«

»Wie kommt ein Elefant in den Kühlschrank? Tür auf, Elefant rein, Tür zu.« Nach dem Witz spielt der Sprachassistent wieder Musik.

Bea öffnet die Kühlschranktür. Es ist kein Elefant drin.

Tina

He, du Gurke, wie lange willst du mich noch ignorieren?

Bea muss lächeln, als sie diese Nachricht von ihrer Freundin Tina bekommt. Sie hat gerade keine Zeit zu antworten, in der Agentur geht es drunter und drüber, weil ein Server abgestürzt ist und die Hälfte der Mitarbeiter keinen Zugriff mehr auf ihre Daten hat. Der IT-Mensch ist schon dabei, das Problem zu lösen, aber vorerst kann kaum einer weiterarbeiten.

»Lasst uns Mittag essen gehen«, schlägt Bea ihren Kollegen vor.

Marie sieht auf ihre kupferfarbene Uhr, die an ihrem Handgelenk glänzt. »Um halb elf? Das bringt meinen ganzen Essensrhythmus durcheinander.«

Auch Rita schüttelt den Kopf.

Bea hat auch noch keinen Hunger, muss aber dringend aus dem Gebäude raus. In letzter Zeit hat sie dauernd das Gefühl, hier in den großen, weiten Räumen sei alles zu eng. Sie nimmt ihre Tasche und geht. Der Wind zerzaust sanft ihre Haare und löst ein paar Strähnen aus ihrem Pferdeschwanz. Es ist gar nicht so leicht, ein Restaurant zu finden, das um diese Uhrzeit schon aufhat.

Sie setzt sich draußen vor ein italienisch angehauchtes Bistro und bestellt halbherzig eine kleine Pizza. Sie zieht ihr Handy aus der Tasche und tippt eine Nachricht an Tina:

Friedensangebot: Heute Abend bei mir?
Quatschen auf der Dachterrasse?

Tina antwortet innerhalb von Sekunden:

Aber so was von! Lass uns Pizza bei Piccolos *bestellen!*

Bea schaut auf die Pizza, die ihr der Kellner gerade lächelnd hinstellt. Tina und sie bestellen gerne bei *Piccolos*, seit sie herausgefunden haben, dass man da auch absolut genialen Käsekuchen bekommt. Sie liefern ihn in kleinen runden Förmchen, und es ist der beste Pizzanachtisch, den Bea kennt.

O. k. 20 Uhr, früher schaffe ich es nicht.

19:30, du Arbeitstier!

Bea schickt einen Smiley und den Daumen hoch.

Lustlos beißt sie in ihre Pizza. Sie hat keinen Appetit. Auf der Hafenpromenade spielt ein Junge mit einem Ball.

Das ist ein ungewöhnliches Bild. Kinder sieht man hier tagsüber kaum. Der Junge hat braune Haare und trägt ein gestreiftes Shirt. Die kurze Hose zeigt seine aufgeschrammten Knie. Er kickt den Ball vor sich her und bemüht sich sichtlich, ihn nicht in die Nähe des Wassers zu spielen.

Bea sieht sich um. Es sind keine Erwachsenen in der Nähe, die sie dem Jungen zuordnen kann. Sie zwingt sich, ein zweites Stück Pizza zu nehmen. Sie schmeckt, aber ihr Magen hält ein großes Schild hoch, auf dem »geschlossen« steht. Sie kann unmöglich nur ein Stück von der Pizza gegessen haben, wenn sie zahlt. Wie sieht das denn aus?

Der Junge kickt den Ball jetzt in ihre Richtung. Bea stoppt ihn mit dem Fuß im Sitzen, damit er nicht unter den Tisch rollen kann.

Der Junge kommt angelaufen und nimmt seinen Ball in Empfang.

»Hallo, bist du allein hier?«, fragt ihn Bea.

Er schaut sie aus seinen blauen Augen mit dichten dunklen Wimpern an. »Wer bist du denn?«, fragt er neugierig.

»Ich bin Bea, und du?«

Er sieht sie weiter interessiert an, antwortet aber nicht.

»Willst du ein Stück Pizza?«

Bea weiß nicht, ob man fremden Kindern einfach Pizza geben darf, aber er sieht so goldig aus, und sie hat so viel übrig. Sie reicht ihm ein Stück, und er beißt hinein.

»Du hast doch keine Allergien, oder?«, fragt sie unsicher. Besonders gesprächig ist er nicht. Bisher hat er noch keine ihrer Fragen beantwortet.

Sie wartet, bis er das Stück Pizza aufgegessen hat, und

reicht ihm dann eine Serviette für seine Hände. Bea versucht, sein Alter zu schätzen. Er ist vielleicht acht oder neun.

Ihre Blicke treffen sich, und er fragt interessiert: »Warum bist du so unglücklich?«

Bea ist perplex. »Wie kommst du denn auf die Idee, dass ich unglücklich bin?«

»Das sieht man.« Der Kleine nickt wissend. »Kriege ich bitte noch ein Stück Pizza?«

Sie runzelt die Stirn und gibt ihm noch ein Stück. Seine vorherige Frage hallt wie ein Echo durch Beas Kopf. »Du findest, ich sehe unglücklich aus?«

Er bemüht sich, gleichzeitig die Pizza zu kauen und zu sprechen. »Du musst einfach etwas Schönes machen, wenn du unglücklich bist. Ball spielen zum Beispiel!« Er stopft sich den Rest des Stücks in den Mund, legt den Ball auf den Boden und schießt ihn, so weit er kann, die Promenade entlang. Dann rennt er hinterher. Als er den Ball erreicht, dreht er sich noch mal um und winkt zum Abschied.

Bea bleibt sitzen und starrt ihm hinterher. Seine Frage sickert durch ihre Zellen.

Warum bin ich so unglücklich?

Per ist meistens in einer anderen Welt, wenn er in der Werkstatt arbeitet. Wenn er Holz in seinen Händen fühlt, Kleber riecht und das Geräusch hört, das eine Schraube macht, die man leicht und schnell in einen Balken schraubt, kann er alle Sorgen um sich herum vergessen.

Die Werkstatt ist in einer alten Scheune. Im Winter immer zu kalt und im Sommer manchmal zu warm. Heute ist die Temperatur angenehm. Das große Scheunentor steht offen und fängt etwas Sonnenlicht und Wärme ein. Per hat die Holzrahmen für die Wände fertig und macht sich jetzt daran, den Boden des Tiny Houses zu bauen. Dazu klebt er mit Karosseriekleber eine Lattenkonstruktion auf eine Siebdruckplatte. So entstehen lauter Kammern, die Per mit Styroporplatten ausfüllt. Er kann sich gar nicht vorstellen, dass es Leute gibt, die nicht mit ihren Händen arbeiten und am Schreibtisch trotzdem ein Gefühl von Befriedigung haben bei ihrer Arbeit. Für Per kam nie ein anderer Job infrage. Schon als kleiner Junge schreinerte er mit seinem Vater zusammen Möbel.

Die Minihäuser baut er erst seit zwei Jahren, seit er sich in die Idee verliebt hat, den Menschen einen Ort zu bauen, an dem sie zu Hause sind. Das findet Per noch schöner, als ihnen einen Tisch oder einen Schrank zu zimmern.

Angefangen hatte alles mit einem Ausflug nach Norwegen. Die Kinder und er waren auf dem Weg in ein kleines Dorf am Sognefjord. Seine Freunde Steffi und Mattis hatten sie eingeladen, eine Woche mit ihnen zusammen in ihrem Ferienhaus am Fjord zu verbringen.

Per verbindet eine lange Freundschaft mit ihnen, die schon begann, bevor er Meike kennenlernte, und die auch weiter bestand, als Meike ihn und die Kinder verließ. Damals verbrachte er einen ganzen Sommer mit den kleinen Mädchen am Sognefjord. Er brauchte damals etwas Abstand von dem Haus, in dem sie als Familie gewohnt hatten.

Zwischen Norwegern und Schweden herrscht normalerweise ziemliche Skepsis. Bis zum 13. August 1905 regierte in Norwegen der schwedische König, und Per hat das Gefühl, das haben die Norweger ihnen bis heute nicht verziehen. In Schweden erzählt man sich Norwegerwitze, und in Norwegen natürlich Schwedenwitze. Jedes Mal, wenn Per Steffi und Mattis besucht, bringt er ihnen einen neuen Witz mit. Und wenn sie ihn besuchen, bekommt er dafür einen Schwedenwitz geschenkt.

Das Gastgeschenk für diese Reise lautete: Treffen sich ein Norweger und ein Schwede im Auto auf enger Straße. Sagt der Schwede: »Für einen Idioten mache ich den Weg nicht frei.« Sagt der Norweger: »Aber ich!«

Vielleicht entdeckten die Kinder auf genau dieser engen Straße, auf der der Witz damals entstand, das Tiny House, das langsam und vorsichtig auf einem Anhänger vor ihnen durch die geschwungene Straße fuhr. Sie fuhren langsam hinterher, bis das kleine Haus auf einen Rastplatz abbog. Da Olivia schon wieder zur Toilette musste, fuhr auch Per raus und parkte neben dem kleinen Haus. Die Kinder waren begeistert und ließen sich nach dem Toilettenbesuch nicht davon abhalten, um das kleine Haus herumzuschleichen. Auch Per schlich mit und bewunderte die gute Arbeit, die er auf einen Blick erkennen konnte. Ein Mann, der Mike hieß und nur Englisch sprach, gab ihnen schließlich eine Führung. Ihre Fahrt verzögerte sich um zwei Stunden, da er ihnen nicht nur das komplette Tiny House zeigte, sondern sie auch spontan zu Zimtschnecken und Kaffee einlud. Die Kinder kletterten in der oberen Etage herum, während die Männer unten über den Konstruktionsplänen saßen.

Mike, der das Haus selbst gebaut hatte, freute sich, so

einen interessierten Tischler zu treffen. Er bot ihm an, das nächste Haus mit Per zusammen zu bauen und ihm zu zeigen, worauf man achten muss. Per war so begeistert, dass er zusagte, auch wenn er damals noch keine Lösung für die Mädchen hatte, die in dieser Zeit die Schulen besuchen mussten. Letztendlich kamen seine Eltern aus Deutschland, um die Kinder zu beaufsichtigen.

Nach diesem »Praktikum«, wie Per seine Zeit bei Mike in der Werkstatt nannte, wusste er, dass er ab sofort keine Möbel mehr, sondern kleine Häuser bauen wollte.

»Man muss seinen Leidenschaften folgen, sonst wird man unglücklich!«, sagte Ebba altklug, als er ihr davon erzählte.

»Wo hast du das denn her?«, wollte Per wissen.

»Von Opa.«

»Mein Vater ist ein sehr kluger Mann.«

»Meiner auch.«

Per gab ihr einen Kuss auf die Stirn.

»Papa, baust du mir auch mal so ein kleines Haus? Du könntest mir eins zur Übung bauen«, schlug Ebba ihm vor.

»Du bist mir aber noch zu klein, um auszuziehen, *Lilla Gumman*. Wenn es eines Tages an der Zeit ist, dann, das verspreche ich dir, baue ich dir dein eigenes kleines Haus.«

»Einverstanden.« Ebba gab ihm feierlich die Hand.

Per hat keine Homepage oder sonst irgendeine Art von Werbung. Seine Kunden finden ihn über Hörensagen. Oft zieht der Bau eines kleinen Hauses den eines nächsten nach, weil es immer irgendjemanden im Bekanntenkreis gibt, der so fasziniert ist, dass er auch gerne eins haben möchte. Manchmal liegen ein paar Wochen oder Monate dazwischen, und Per muss wieder ein paar Tische, Bänke und Schränke schreinern. Umso schöner ist es, wenn er wieder einen Auftrag für ein Minihaus erhält.

Dieses kleine Haus baut er für eine Siebzigjährige, die es sich als Altersruhesitz in den Garten stellen will, damit ihre Kinder und Enkel ihr Haus bewohnen können. Die Einstellung der alten Dame rührt ihn, und er hat bei der Konstruktion darauf geachtet, alles ebenerdig zu gestalten und nicht wie sonst mit zwei Ebenen zu arbeiten. Das ist bei so begrenztem Raum eine echte Herausforderung.

»Wir werden sehen, wie es läuft«, sagt er zu Snorre und schraubt die obere Siebdruckplatte auf den fertig gedämmten Unterbau.

Snorre wedelt mit dem Schwanz und legt sich in einen Sonnenfleck auf den Boden der Werkstatt.

»Und dann bist du einfach stundenlang durch die Gegend gelaufen?«, fragt Tina, fasziniert von Beas Erzählung. Sie hat ihre Pizza schon aufgegessen, während vor Bea die zweite Pizza heute vor sich hin welkt und kalt wird.

Die beiden sitzen auf Beas Dachterrasse und schauen in den noch hellen Abendhimmel.

»Ich kann es dir gar nicht genau sagen. Ich habe einfach über alles nachgedacht, und die Agentur war auf einmal gar nicht mehr wichtig. Ich hab mich nicht mal abgemeldet«, wird ihr plötzlich bewusst. Sie sucht nach ihrem Handy, das nicht, wie sonst immer, griffbereit neben ihr liegt.

Tina fasst sie an den Schultern. »Und zu welchem Ergebnis bist du gekommen? Hast du das Unglück identifizieren können?«

Bea schüttelt den Kopf. »Nicht wirklich. Aber mir ist klar geworden, dass ich eine Pause brauche. Ich kann das nicht richtig erklären, aber es fühlt sich so an, als ob ich mich irgendwie verloren habe.«

Tina nickt verständnisvoll. Ihre rot gefärbten Haare hat sie in einen unordentlichen Dutt gezwungen. Sie streicht mit ihren Fingerspitzen sanft über Beas Arm. Tina ist die perfekte Zuhörerin. Vielleicht bringt das ihr Job als Osteopathin mit sich. Eigentlich macht sie ja den ganzen Tag nichts anderes, als anderen Leuten zuzuhören.

»Achtzig Prozent sind Reden und zwanzig Prozent Körperarbeit«, hat sie Bea mal erklärt, als sie wissen wollte, wie sie ihren Patienten hilft.

»Ich weiß nicht, an welcher Stelle. Mein Job macht mir Spaß, ich bin gerne mit Marco zusammen, aber ich kann nicht frei atmen, wenn ich im Büro bin. Das ist doch ein Zeichen, oder?« Bea sieht Tina traurig an.

»Das ist absolut ein Zeichen, meine Süße. Mal ganz abgesehen von deinem Schwindel und den Magenproblemen.«

Bea seufzt. »Ich will das alles nicht wahrhaben. Ich will auch nicht, dass der bescheuerte Dr. Böhring recht hat. Ich habe so hart gearbeitet, um hier hinzukommen. Das kann ich doch nicht einfach alles über Bord werfen!«

»Aber das musst du doch auch gar nicht. Du machst eine längere Pause, und dann kannst du ja wieder einsteigen.«

»Du meinst, ich soll mir drei Wochen Urlaub nehmen?« Bea schiebt die kalte Pizza auf ihrem Teller hin und her.

»Drei Wochen helfen gar nichts. Bea, du brauchst eine richtige Auszeit. Ich meine, dass du keine Pizza isst, wenn sie vor dir liegt, das ist höchste Alarmstufe!« Sie entlockt ihr ein winziges Lächeln mit dem Satz.

»Komm, iss wenigstens den genialen Käsekuchen!« Tina hält ihr das runde Schälchen hin und einen Löffel.

Bea nimmt beides und versucht ein Stück. »Wie lange?«

Tina bläst die Backen auf. »Wenn ich jetzt ein Jahr sage, schubst du mich vom Stuhl, also wie wäre es mit der Hälfte?«

»Sechs Monate?!«

»Sechs Monate nur für dich.« Tina isst genussvoll den Käsekuchen und lehnt sich zurück. »Sechs Monate ohne Arbeit, das klingt absolut traumhaft.«

Bea sieht sie zweifelnd an. »Das geht nicht, nie im Leben. Was ist dann mit dem *Barama*-Deal, und die Präsentation für den Joghurt und …«

Tina sieht sie streng an.

Bea atmet tief durch. »Also gut, nehmen wir mal an, nur um das durchzuspielen, ich würde das machen. Und nehmen wir weiter an, mein Chef Martin würde da mitspielen. Was mache ich dann sechs Monate lang? Mich ins Bett legen, oder was?«

Tinas Augen blitzen. Sie macht eine einladende Handbewegung und rutscht vom Tisch weg. »Komm her!«

Bea steht auf.

»Stell dich vor mich hin. Rücken zu mir. Arme locker hängen lassen.«

Tina tastet mit den Händen geschickt ihren Rücken ab und macht ein paar knetende wohltuende Griffe. »So, jetzt schließ die Augen. Atme, spüre deine Füße auf dem Boden.«

Bea macht brav alles, was Tina fordert, auch wenn sie sich dabei äußerst seltsam vorkommt.

Tina knetet weiter an ihr rum. »Ich stelle dir jetzt eine Frage, und du sagst mir das Erste, was dir in den Sinn kommt. Wenn dir nicht sofort etwas einfällt, warte eine Weile, bis es zu dir kommt. Wichtig ist, dass du mit dem Bauch denkst, nicht mit dem Kopf!«

»Wie soll das denn gehen?«, brummt Bea mit geschlossenen Augen.

Tina antwortet mit sanfter Stimme: »Loslassen, atmen, hier kommt meine Frage: Was wolltest du immer schon mal machen?«

»Fliegen«, antwortet Bea spontan.

»Sehr gut!«, lobt Tina. »Was noch?«

In Bea steigt eine Vorstellung hoch. Bilder, die tatsächlich nicht aus ihrem Kopf, sondern aus ihrem Bauch kommen. »Ich hab da was, aber das ist Unsinn ...«

»Bea! Nicht bewerten, der Kopf hat Pause. Was ist es?«

Bea dreht sich zu ihr herum. »Versprich mir, dass du nicht über mich lachst, o. k.?«

Tina nickt ernsthaft. »Versprochen!« Sie legt sich den ausgestreckten Zeige- und Mittelfinger aufs Herz.

»Ich würde gerne mal mit einem alten VW Bulli durch Skandinavien bis ans Nordkap fahren. Mit einem türkisfarbenen alten Bulli. Ganz allein, nur ich und die Natur. Ich weiß, das passt wirklich gar nicht zu mir, und alle auf Instagram machen das, und es ist ein peinliches, dummes Klischee.«

Tina schüttelt sie leicht. »Das ist genial!«

»Ein Klischee ist genial?«

»Dein Unterbewusstsein hat etwas gefunden, was ein großer Kontrast zu deinem momentanen Leben ist. Und da dieses Leben hier dir momentan nicht guttut, wird dir der Kontrast dazu auf alle Fälle guttun!«

Bea schaut in den Abendhimmel. Die ersten Sterne sind jetzt zu sehen. Sie stellt sich vor, mit dem Campingbus irgendwo in der Pampa zu stehen, über ihr der Sternenhimmel. Ein richtiger Sternenhimmel, bei dem alle Sterne zu sehen sind. Nicht nur die paar, die man in der Stadt sieht.

»Tina, aber ich war noch nie in meinem Leben campen! Was, wenn überall Mücken sind und ich in den Wald machen muss ohne Papier und ein Bär mich frisst?! Was, wenn ich es hasse?«

»Hassen kann man nur Dinge, die man ausprobiert hat. Und ja, da werden Mücken sein, also kaufen wir Mückenschutz. Und von mir aus auch Bärenschutz! Aber eins nach dem anderen. Wie kamst du auf Skandinavien?«

Bea denkt nach. »Das kam so spontan. Ich reise immer nur in den Süden. Flugreise, Hotel – ich will es mal anders machen. Skandinavien, das erinnert mich an Astrid Lindgren und Freiheit und Beeren im Wald finden. Mit kleinen bunten Holzhäusern, die alle eine Tür nach draußen haben.«

»Jedes Haus hat eine Tür nach draußen«, sagt Tina etwas irritiert.

»Ja, aber in unserer Agentur braucht man über zehn Minuten, bis man endlich draußen ist. Ich will einfach aufstehen und in drei Schritten draußen sein.«

»Dann ist ein VW-Bus genau das Richtige für dich!« Tina schaut sie zufrieden an.

Schlaftrolle

Per träumt, er kann Olivia nicht finden. Endlos läuft er durch einen langen Flur, von dem viele Türen abgehen. Er rennt in jedes Zimmer, aber alle sind leer. Endlich kommt er an die letzte Tür, an der der lange Flur endet. Sie ist verschlossen. Er hört Olivia durch die Tür weinen. Er versucht alles, um die Tür zu öffnen, er hat ein Brecheisen, das abbricht, sobald er es in den Türrahmen steckt. Schweißgebadet wacht er davon auf, dass Snorre ihm über sein Gesicht leckt. Er hält sich mit beiden Händen im weichen, warmen Fell des Hundes fest, dann setzt er sich ruckartig auf und schleicht zu Olivias Kinderzimmer. Sie liegt auf dem Rücken und schläft tief und fest. Der Mond scheint durch die Fensterläden, die er nie ganz schließen darf, auch nicht in den hellen Nächten. Er streicht ihr sanft über die Haare und geht dann rüber in Ebbas Zimmer.

Ebba liegt auf der Seite, mit dem Gesicht zur Wand. Er beugt sich über sie und ist erst beruhigt, als er sie leise atmen hört. Er setzt sich kurz auf die Bettkante. In solchen Momenten wünscht er sich, dass da noch jemand wäre. Jemand, mit dem er die Verantwortung für die Mädchen teilen könnte. Jemand, der wie er nachts nachsehen geht, ob sie noch atmen, ob sie gut zugedeckt sind, ob Schlaftrolle unter ihrem Bett liegen. Er zieht Ebbas Bettdecke etwas höher, sodass auch ihre Schulter bedeckt ist. Es muss mitten in der Nacht sein. In dieser Jahreszeit geht die Sonne schon sehr früh wieder auf.

Er schleicht aus dem Zimmer, nimmt sich eine Jacke und verlässt das Haus. Er muss sich etwas bewegen, bevor er wieder ins Bett gehen kann. Snorre will ihm folgen, aber er bedeutet dem Hund mit Handzeichen, dass er vor der Tür liegen bleiben und aufpassen soll.

Snorre legt sich brav hin und stellt die Ohren auf.

»So ist es gut, feiner Junge!«

Draußen ist es kälter als erwartet. Per zieht sich die Jacke zu und geht die kleine Straße entlang. Über ihm leuchten die Sterne. Er kann ein paar Tiere um die Bäume rascheln hören. Ansonsten ist es still. Die Straßenlaternen sind aus. Sjöhyttan liegt in tiefem Schlaf. In keinem Haus brennt Licht.

Umso erstaunter ist Per, als er am Ende der Straße einen zitternden Lichtstrahl erkennen kann. Er kommt langsam näher, und Per glaubt jetzt auch, etwas zu hören. Es klingt wie Gesang.

Er geht weiter auf das Licht zu. Olivia würde jetzt vermuten, dass da eine Elfe fliegt. Aber der Gesang klingt so gar nicht elfengleich. Per glaubt, das alte schwedische Frühlingslied *Gamla Moder Jord* zu erkennen. Jemand singt es mit einem schönen tiefen Bass. Das ist sicher keine Elfe, auch wenn der Text von einer Elfe stammen könnte. Es wird die

Mutter Erde besungen, und wo sie in den langen Nächten des Winters nur gewesen ist.

Per kann jetzt erkennen, dass der Sänger auf einem Fahrrad sitzt. Ist das Oskar?

»Oskar?«, fragt Per, als er näher kommt. Der Gesang ebbt abrupt ab, und das Rad gerät ins Schwanken.

»Per? Was erschreckst du mich denn so? Kannst doch nicht mitten in der Nacht hier im Gebüsch stehen und Leute erschrecken! Was machst du hier überhaupt um diese Uhrzeit?«

»Dasselbe könnte ich dich fragen. Nächtliche Gesangsübungen?«

Die beiden Männer sehen sich an und lachen.

Oskar hat eine kleine Autowerkstatt am anderen Ende von Sjöhyttan. Per mag ihn gerne, weil er so unkompliziert und optimistisch ist. Wenn er seinen Pick-up hinbringt, sagt Oskar immer: »Das kriegen wir schon hin.« Und bisher hat er jedes Mal recht behalten.

»Trinken wir einen?«

»Meine Mädchen schlafen, aber ich habe eine Idee.« Per setzt sich hinten bei Oskar aufs Fahrrad.

Oskar fährt ächzend los. »Hoffe, es ist nicht weit«, stöhnt er.

»Nur fünfhundert Meter, das schaffst du schon.«

Um ihn zu motivieren, stimmt Per *Gamla Moder Jord* an. Er singt es höher als Oskar. Es passt zu der Dunkelheit, die nur von der kleinen Fahrradleuchte vorne unterbrochen wird. Oskar fällt mit ein und singt die zweite Stimme.

Getragen von ihren eigenen Stimmen, sausen sie durch

das kleine Waldstück. Per glaubt, zwischen den Bäumen im Dunkeln einen Elch zu erkennen, der seinen Kopf hebt und mit seinen Ohren lauscht, was das für seltsame Töne sind, die sich da mit dem kleinen Licht über die Straße bewegen.

Die Straße macht eine Kurve, und Per hört auf zu singen, um Oskar zum Anhalten zu bewegen. Zwischen den Bäumen steht Pers zuletzt gebautes Tiny House. Sein Kunde kommt es erst in zwei Monaten abholen. Der Platz, an dem es hier steht, ist absolut malerisch. Momentan sieht man den Norra Solsjö, den nördlichen Sonnensee, dahinter nicht, aber wenn die Sonne aufgeht, wird man eine fantastische Sicht aus den Fenstern haben.

Er musste es aus der Werkstatt räumen, um Platz für den Bau des nächsten Hauses zu schaffen. Er hat keine Genehmigung, es hier abzustellen, aber solange sich keiner beschwert, wird er es hier stehen lassen und ab und zu besuchen.

Per schüttelt seine steifen Beine aus, als er vom Fahrrad steigt. Er holt den Schlüssel aus seinem Versteck unter einem Stein und schließt für Oskar die Tür auf.

»Willkommen!« Er lässt ihm den Vortritt.

Der Schwindel hängt definitiv mit *A Piece of Cake* zusammen. Sobald Bea das Gebäude betreten hatte, ging es wieder los.

Sie sitzt mit Martin im Konferenzraum drei, ein viel zu großer Raum, um so etwas Privates zu besprechen. Martins Büro wäre Bea lieber gewesen, aber er hat sicher bewusst diesen Raum gewählt, um nicht ständig von jemandem unterbrochen zu werden.

Bea hat ihr Anliegen gerade vorgebracht. Ohne Umschweife hat sie gesagt, was sie möchte: sechs Monate freigestellt werden, um danach wieder im selben Job, bei demselben Gehalt weiterzumachen.

Martin ist schwer einzuschätzen. Sein Pokerface ist bekannt bei Verhandlungen. Niemand weiß wirklich, was hinter den grünen Augen und den markanten Gesichtszügen passiert. Seine grauen Haare trägt er in einer stylishen Frisur. Sein Gürtel passt zu den Schuhen. Er wirkt immer so souverän, dass man sich manchmal fragt, ob er eigentlich auch eine menschliche, eine unperfektere Seite hat. Er spielt mit einem Stift. Dann schaut er auf seine Smartuhr, knipst sie an und aus. »Was steckt dahinter, Bea? Ich brauch etwas mehr Informationen. Bist du krank? Hast du Probleme?«

Bea hebt genervt die Hände. »Alle fragen mich das ständig. Aber ehrlich gesagt finde ich es ganz normal und gesund, ab und zu im Leben mal innezuhalten und nicht weiterzurennen. Ich habe einfach das Gefühl, ich muss hier mal raus.« Bea sagt es absichtlich mit Leichtigkeit, obwohl es momentan ein sehr dringender Wunsch ist, das Gebäude wieder zu verlassen, damit der nervige Schwindel wieder aufhört.

Martin schaut sie interessiert an. Dann lächelt er und fragt: »Und was hast du Schönes vor in der Zeit?«

Bea antwortet: »Das weiß ich noch nicht genau. Es gibt ein paar Ideen, aber ich wollte zuerst mit dir sprechen. Kannst du dir das vorstellen, dass ich sechs Monate Auszeit nehme?«

Er sieht sie an, steht dann auf und kommt näher. Er setzt

sich direkt vor sie auf die Schreibtischkante. Er beugt sich vertraulich zu ihr herunter. Sein Gesicht ist ganz nah an ihrem. »Bea, du bist mein bestes Pferd im Stall. Ich lass dich diese Auszeit machen, wenn es dein Wunsch ist, aber ich will, dass du auch zurückkommst. Und wenn du zurückkommst …«, er macht eine bedeutsame Pause und richtet sich auf, »dann wirst du meine Partnerin.«

Das ist keine Frage. Es ist eine Anordnung. Bea weiß, dass Martin diese Idee schon länger hat. Oft hat er sie angedeutet, und nie ist sie darauf eingegangen. Partner sein bedeutet nicht nur mehr Geld, es bedeutet auch viel mehr Verantwortung und noch mehr Arbeit. Bea streicht mit der linken Hand leicht über ihre Armlehne. Das Metall fühlt sich angenehm kalt an.

Martin sieht sie erwartungsvoll an.

Bea sagt wahrheitsgemäß: »Ich bin gerade etwas überfordert. Das ist ein unheimlich tolles Angebot, Martin.«

Er nickt zufrieden. »Über die Details werden wir uns sicher noch einig. Dann wünsche ich dir ganz viel Spaß auf den Fidschi-Inseln oder wo auch immer du hinreist. Marie wird so lange für dich übernehmen.«

Er redet noch eine ganze Weile weiter, sagt etwas von einer Übergabe und von Werten, die man nicht außer Acht lassen soll, aber das Summen in Beas Kopf schwillt immer mehr an.

»Martin, ich muss los«, sagt sie deshalb einfach schnell und versucht aufzustehen, ohne zu schwanken.

»Alles klar, dann sehen wir uns morgen.« Er verlässt lächelnd den Konferenzraum und rauscht in sein nächstes Meeting.

Bea tastet sich langsam bis zur Tür und wartet eine Weile, bis die Stimmen auf dem Flur alle verstummen und sich eine Tür schließt. Dann schleicht sie sich wie eine Diebin aus dem Gebäude. Sie ist dankbar, niemanden zu treffen. Gleichzeitig kommt sie sich albern vor. *Was ist mit mir passiert? Warum kann ich mich plötzlich nicht mehr in der Agentur aufhalten, die praktisch mein ganzes Leben war?*

Bea verkriecht sich in ihrer Wohnung im Bett. Der Saugroboter zieht seine Runden und macht dabei ein nerviges Geräusch. Bea weiß nicht, wie man ihn abstellt. Sie zieht sich die Decke über den Kopf.

Ihr Handy klingelt. Es ist Tina.

»Wie lief es?«

»Ich denke, ganz gut.«

»Was heißt das?«, fragt Tina aufgeregt.

»Ich kann sechs Monate gehen, und danach soll ich sogar Partner werden.«

»Okay …«, sagt Tina zögernd. »Das klingt absolut super, aber du klingst nicht so. Was ist los?«

»Ich weiß es nicht. Ich hatte wieder diesen Schwindel, und ich verstehe einfach nicht, warum ich mich nicht mehr in der Agentur aufhalten kann. Ich hab mich da rausgeschlichen wie ein Kind, das die Schule schwänzt! Martin hat irgendwas von Übergabe gesagt, und ich habe nur gedacht: Oh Gott, ich kann da nicht mehr hingehen!« Bea kommen die Tränen.

»Was ist das für ein Geräusch?«

»Ich heule.«

»Ach, Hase, nein, das im Hintergrund.«

»Der Saugroboter«, schnieft Bea.

»Es ist ganz normal, dass es dir so geht. Dein Körper will einfach sichergehen, dass er auch seine Auszeit von der Arbeit bekommt. Deshalb gibt er jetzt noch mal alles. Sag ihm, dass er nichts befürchten muss. Eigentlich hätte es doch gar nicht besser laufen können! Partner werden, ist das nicht so was wie ein Ritterschlag? Dafür würde dein Marco doch morden, oder?«

Marco! An Marco hatte Bea überhaupt noch nicht gedacht. Dem musste sie die ganze Sache ja auch noch erklären.

»Bea, bist du noch dran?«

»Ja«, Bea starrt auf den Saugroboter, der um die Ecke hinter der großen Kücheninsel verschwindet. »Ich glaube, das mit dem Bulli war auch eine Schnapsidee. Vermutlich mache ich einfach ein halbes Jahr lang gar nichts. Oder ich finde heraus, wie man den Saugroboter abstellt.«

»Das wäre doch ein guter Anfang. Und über den Bulli reden wir morgen, okay?« Tinas Stimme klingt liebevoll, was Bea schon wieder die Tränen in die Augen treibt.

Sie legt sich zurück ins Bett und zieht sich wieder die Decke über den Kopf.

Als sich die beiden Männer verabschieden, ist die Sonne aufgegangen. Oskar hat Per auf dem Fahrrad zurückgebracht, diesmal ohne Gesang, denn beide sind müde.

Er klopft Oskar zum Abschied auf die Schulter und geht

dann zurück ins Haus, in dem Snorre noch immer den Schlaf der Mädchen bewacht. Es ist ein kleines Holzhaus. Per hat es in einem ziemlich verfallenen Zustand damals gekauft, ganz viel renoviert und es hellblau angestrichen. Die meisten Häuser hier in Sjöhyttan sind klassisch schwedenrot, weil die Farbe einfach unverwüstlich ist. Sie hält Stürmen und Jahren stand. Keine andere Farbe muss man so selten erneuern.

Per hat sich trotzdem für ein nicht pflegeleichtes Hellblau entschieden. Es sieht einfach so fröhlich aus. Wenn man in Schweden aufwächst, hat man das Rot der Häuser irgendwann einfach satt. Das Haus ist klein, die drei Schlafzimmer sind winzig. Es gibt eine offene Wohnküche mit angrenzendem Wohnzimmer, in das gerade so eine Couch und der kleine Kaminofen passen.

Seit letztem Jahr haben sie bunte Kissen auf dem Sofa, die Ebba ausgesucht hat. Ansonsten ist das Haus ohne viel Deko, denn das ist nicht Pers Ding. Er findet, Holzwände und eine gemütliche weiße Landhausküche sprechen für sich. Da braucht es keinen Klimbim, der rumsteht und zustaubt.

Der Lieblingsplatz von allen ist eine kleine Sitzbank in der Küche. Wenn man da sitzen will, muss man meistens Snorre zur Seite schieben, der den Platz auch sehr liebt. Man hat den besten Blick auf den Herd, man riecht alles und bekommt alle Gespräche mit. Perfekt für Kinder und Hunde.

Per versucht, die Stellen der alten Dielenbretter zu vermeiden, die knarzen, während er durch das Haus schleicht. Er sieht noch einmal nach den beiden Mädchen, dann legt er sich in sein Bett. Ihm fällt ein, dass Oskar ihm gar nicht erzählt hatte, wo er um diese Uhrzeit hinwollte. Ein Automechaniker, der nachts Fahrrad fährt.

Per fallen die Augen zu, und als gefühlt eine Minute später der Wecker klingelt, ist er völlig gerädert.

Werner

Der Morgen ist anstrengend. Olivia findet ihr Mathebuch nicht, Ebba braucht ewig für eine Flechtfrisur. Per bietet ihr an zu helfen, aber er bekommt nur ihr genervtes »Papa!« zu hören.

Per muss heute viel in der Werkstatt schaffen, wenn er die Sommerpläne mit den Kindern einhalten will. »Ebba, jetzt nimm Olivia mit, und dann ab zum Bus«, Per hält ihr die frisch gefüllte Wasserflasche hin.

»Ich dachte, du fährst uns?« Ebba stemmt die Hände in die Seiten und macht ein entrüstetes Gesicht. Das ist neu. Per fragt sich, woher sie diese Pose hat.

»Ich kann euch heute nicht fahren, ich muss richtig viel in der Werkstatt machen, also hopp!«

»Du bist so anstrengend! Ich habe nicht die richtige Hose für den Bus an!«, beschwert sich Ebba.

Per wusste nicht, dass es richtige und falsche Hosen für den Schulbus gibt. »Olivia, wo bist du, ihr müsst los!«

»Ja, soll ich jetzt so Bus fahren?« Ebba zeigt an sich herunter, als hätte sie einen Badeanzug an.

Per sieht nur ein ganz normales Outfit an seiner Tochter. »Ernsthaft jetzt? Ich hab keine Zeit für so was. Olivia!!!«

Olivia kommt aus ihrem Zimmer. »Schrei doch nicht so. Bin ja fertig.«

»Schuhe an, Jacke an!«, kommandiert Per, während er ihre Wasserflasche in ihrem Schulranzen verstaut.

Ebba wirft ihm einen bösen Blick zu, dann verlässt sie mit der kleinen Schwester das Haus. Per lehnt sich einen Augenblick erschöpft an die geschlossene Haustür. Als er die Augen wieder öffnet, sitzt Snorre erwartungsvoll vor ihm und wartet auf seinen Morgenspaziergang. Im Gegensatz zu Per ist er überhaupt nicht müde.

Pers Blick fällt auf die Wäscheberge und die unausgeräumte Spülmaschine. Das schmutzige Geschirr stapelt sich auf der Spüle. Er hat keine Ahnung, wann er das alles machen soll. Aber genau so waren seine letzten Jahre. So sind vermutlich bei allen Familien die Tage, tröstet er sich.

»Eine kleine Runde, mehr ist nicht drin!«, sagt er zu dem Hund und geht mit ihm vor die Tür. Es sieht nach Regen aus. Der Himmel ist wolkenverhangen, und obwohl es nicht regnet, liegt schon eine dicke, schwere Feuchtigkeit in der Luft.

Bei diesem Wetter muss Per etwas auf sich aufpassen. Manchmal überkommt ihn dann eine Traurigkeit, die er sich einfach nicht leisten kann. Die Kinder haben schon einen Elternteil an die dunkle Seite verloren. Ihn werden die Trolle der Unterwelt nicht kriegen. Entschlossen beschleunigt er seine Schritte, und automatisch erhöht auch Snorre neben ihm seine Geschwindigkeit. Er hört einen Kuckuck und fragt sich, ob er ein trockenes Plätzchen hat, wenn es gleich regnen wird.

Snorre und Per schaffen es nicht mehr, trocken in die Werkstatt zu kommen. Schon auf dem Hinweg muss er im Pick-up die Scheibenwischer betätigen, um die Straßen überhaupt noch sehen zu können. Es ist ein sehr feiner, beständiger Sprühregen, der vom Himmel fällt. Das kurze Stück vom Auto zur Werkstatttür reicht, um Hund und Herrchen völlig zu durchnässen. Per fühlt sich, als wäre er eben durch eine Autowaschanlage gelaufen. Snorre schüttelt sich ausgiebig.

»Hey, mach das dahinten und nicht neben meiner Holzkonstruktion!«

Per zieht seine nasse Jacke aus und hängt sie an den Haken an der Tür. Das Scheunentor bleibt heute zu. Ihm ist kühl in seiner nassen Hose. Er schaltet das Radio ein und dreht es auf, als könnte die Musik ihn wärmen.

Dann macht er sich daran, die Holzlatten auf die richtige Länge zu sägen. Seine nassen Haare fallen ihm ins Gesicht. Er misst und sägt, und kurze Zeit später ist er ganz in seiner Welt und denkt nicht mehr daran, dass ihm kalt ist und wie viel unerledigte Hausarbeit auf ihn wartet.

Er realisiert das Handyklingeln erst, als er zum dritten Mal angerufen wird. Es ist Jasmin, die Schulsekretärin.

»Alles o. k. bei euch, Per? Sind die Mädchen krank?«

Er versteht nicht, was sie meint. »Nein, wieso? Ich hab sie vorhin losgeschickt, sie sind mit dem Bus gefahren.«

Stille am anderen Ende, dann sagt Jasmin leise: »Sie sind nicht hier in der Schule angekommen.«

Die Worte sickern in Pers Bewusstsein, und die Werkstatt beginnt, sich zu drehen.

Marcos Augen huschen durch das Café. Bea wünscht sich, er würde sie anschauen.

»Es ist doch nur für sechs Monate. Du wirst sehen, wie schnell ich wieder da bin!«

Marcos Blick heftet sich auf der Tischplatte fest. »Und er hat dir tatsächlich angeboten, Partner zu werden, einfach so? Obwohl du …« Er spricht nicht weiter.

Bea ist perplex. Sie dachte, es geht um ihre Beziehung, aber offenbar ist es nicht ihre Abwesenheit, die Marco gerade zu schaffen macht. »Hast du da ein Problem mit?«, fragt sie.

Jetzt sieht er sie an. Seine braunen Augen treffen ihre. Es liegt eine Kälte in seinem Blick. »Bea, tut mir leid, aber ich kann das alles nicht verstehen. Du hast dieser Agentur so viel zu verdanken und willst jetzt sechs Monate einfach abhauen? Und trotzdem möchte Martin dich als Partnerin? Sag mal, schläfst du mit ihm?«

Bea muss den Impuls unterdrücken, ihm eine Ohrfeige zu geben.

»Entschuldige«, sein Blick wird weicher. »Es ist einfach ein Schock, dass du gehst. Ohne vorher mit mir zu sprechen. Du stellst mich hier vor vollendete Tatsachen.«

Bea sieht ihn prüfend an. Sie ist sich nicht sicher, was sie gerade denken soll. »Das war absolut daneben, Marco. Martin und ich sind Kollegen, weiter nichts. Ganz davon abgesehen wird man durch Sex auch nicht Partner einer Werbeagentur.«

»Ich weiß. Du hast so hart gearbeitet. Es ist nur fair, dass Martin dir das anbietet«, rudert Marco zurück und nimmt ihre Hand. Seine ist warm und vermittelt ihr Geborgenheit. »Hattet ihr denn schon mal über das Thema ›Partnerschaft‹ gesprochen?«, fragt er nach und hält ihre Hand dabei fest umschlossen.

Bea schüttelt den Kopf. »Darüber gesprochen haben wir nie, aber er hat oft Andeutungen in die Richtung gemacht. Es kam jetzt nicht völlig überraschend.«

Marco nickt nachdenklich. »Gibt es denn schon etwas schriftlich?«

Wieder schüttelt Bea den Kopf.

Marco nickt und hält weiter ihre Hand.

»Wollen wir vielleicht mal über uns sprechen?«, fragt Bea nach einer Weile.

»Natürlich. Darüber denke ich ja die ganze Zeit nach. Es hängt alles zusammen«, sagt er und klingt etwas zerstreut. Er lässt ihre Hand los. »Wie lange wirst du weg sein?«

»Das weiß ich noch nicht.«

Müsste er mich nicht endlich mal fragen, warum ich diese Auszeit will?!

»Und wie stellst du dir das mit uns vor?« In seinem Blick sieht Bea jetzt wieder die Kälte.

»Marco, ich komme ehrlich gesagt nicht ganz mit.«

»Wie soll das mit uns weitergehen, Bea, wenn du nicht hier bist?«

Bea dreht ihr Wasserglas zwischen den Händen. »Ich

habe da ehrlich gesagt noch nicht drüber nachgedacht. Ich dachte ...«

»Du dachtest, ich warte einfach sechs Monate?«

Bea sieht ihn an. »Ehrlich gesagt, ja.«

Marco reibt sich über sein stoppeliges Kinn. »Ich komme in deinem Plan überhaupt nicht vor, richtig? Ich soll einfach zu Hause sitzen und warten, bis du von deinem Selbstfindungstrip wieder zu Hause bist.«

»Willst du mitkommen?«

Marco lacht und schüttelt den Kopf. »Nein, danke. Ich verstehe diese Reise nicht, aber das muss ich ja vielleicht auch nicht. Ich denke, es ist das Beste, wir machen eine Pause und sehen weiter, wenn du zurück bist.« Er sagt das so pragmatisch, als hätte er einen Ölwechsel für ihr Auto vorgeschlagen.

»Wenn du etwas Zeit brauchst, um über alles nachzudenken, dann kann ich das verstehen ...« Bea sieht ihn traurig an.

Er weicht ihrem Blick aus und ruft den Kellner. »Wir zahlen!«

Bea hebt die Hände. »War's das jetzt?«, fragt sie ihn, als jeder sein Getränk bezahlt hat.

»Wir verbleiben einfach so wie besprochen.«

»Wie besprochen? Wir haben gar nichts besprochen, du hast einfach angeordnet, dass wir eine Pause machen.«

»Genau wie du einfach beschlossen hast, sechs Monate durch die nordische Pampa zu fahren in einer alten Schrottkiste.«

»Es tut mir leid. Du hast recht. Ich hätte mit dir reden müssen. Dich so mit allem zu konfrontieren ist nicht fair.«

»Schon gut.« Er nimmt wieder ihre Hand und schenkt ihr den Marcoblick. »Schatz, ich glaube, es ist einfach das Beste für uns. Vielleicht tut uns eine Pause ja ganz gut.«

Bea denkt an die letzten Wochen, in denen sie kaum Zeit, geschweige denn Zärtlichkeiten füreinander übrig hatten. Vermutlich ist ihre Beziehung einfach momentan dieser Belastung nicht gewachsen, und sein Vorschlag ist eigentlich vernünftig.

»Schreib mir, wenn du magst. Oldschool. Wir schicken uns keine SMSen, lass uns Briefe schreiben!« Sie drückt seine Hand.

»Bea, ich weiß nicht, ich bin nicht so der Briefeschreiber.«

»Komm schon, niemand ist heutzutage ein Briefeschreiber. Aber das ist romantisch, oder nicht?«

»Kein Kontakt über das Handy und keine Anrufe.«

Bea nickt. »Und du schreibst mir?«

»Das kann ich nicht versprechen. Schick mir eine Adresse, dann überlege ich es mir. Aber warte nicht drauf.« Er zieht seine Hand weg. Diesmal endgültig.

Eine letzte Umarmung, die sich nicht echt anfühlt, dann geht Bea allein nach Hause.

»Tina?«

»Ja, was ist los? Du klingst so aufgeregt.«

»Ich habe einen VW-Bus gekauft!«

»Nicht wirklich!!!?«

»Doch!« Bea lacht über ihren eigenen Wahnsinn.

»Wie? Welchen? Wo?«

»Ich hab heute Morgen eine Anzeige gesehen und direkt angerufen. Der Typ hat gesagt, er hätte schon drei Anfragen, und wer zuerst zuschlägt, bekommt Werner.«

»Werner? Sag jetzt nicht, der Bus heißt Werner.«

Bea lacht wieder. »Er heißt tatsächlich Werner. Und, halt dich fest, er ist türkis!!« Ihre Stimme geht in ein entzücktes Quietschen über.

»Du hast einfach einen VW-Bus gekauft, ohne Ahnung, ohne alles, nur weil er türkis ist? Das glaube ich jetzt nicht!«

»Tina, du hast gesagt, ich müsste mal ganz andere Dinge probieren. Und das mache ich jetzt! Ich habe noch nie etwas Großes einfach so spontan gekauft! Ganz ehrlich, das ist ein super Gefühl!«

Tina seufzt. »Na dann! Wann kann ich Werner sehen?«

»Ich bin in zehn Minuten vor deiner Tür!«

Als Bea in Tinas Straße reinfährt, steht diese schon vorm Haus und macht einen langen Hals. Übermütig drückt Bea auf die Hupe. Etwas ruckelig kommt sie vor ihr mit dem Bus zum Stehen.

Er sieht genau so aus, wie ein alter VW-Bus aussehen muss. Mit den zwei runden Vorderlichtern und seiner runden Front macht er den Eindruck von einer freundlichen Raupe. Der türkisfarbene Lack glänzt, und die Schiebetür macht ein sattes »Wrrrrumm«, als Bea sie öffnet.

»Oh mein Gott!«, staunt Tina.

»OH MEIN GOTT!«, wiederholt sie, als sie mit geducktem Kopf einsteigt und sich auf die gelbgrün karierte Bank fallen lässt.

Bea steigt auch ein und zeigt ihr alles. Die kleine Küche, das Kühlfach, die Schrankfächer.

»Ist das alles noch original?«, will Tina wissen.

»Kann ich dir gar nicht sagen. Es fiel so oft das Wort *restauriert* und *überholt*, da habe ich etwas den Überblick verloren«, gibt Bea zu.

»Du hast einfach diesen Bus gekauft. Ich kann es nicht fassen! Das ist so untypisch für dich!« Tina sieht sie kopfschüttelnd an. »Weißt du, wie alt der Bus ist?«

»Baujahr 1972«, sagt Bea, stolz, wenigstens das zu wissen. »Der Verkäufer war ein ganz uriger Typ. So ein alter Kerl mit grauem langen Bart. Er hat mir stundenlang alles gezeigt, und er ist tatsächlich auch erst der zweite Besitzer von dem Bus gewesen. Du sitzt übrigens gerade auf meinem Bett, die Bank kann man umklappen und dann …« Tina steht auf, und Bea hantiert an der Seite rum und schafft es, die Bank in eine Liegefläche zu verwandeln. Sie wirft sich drauf, und Tina folgt ihrem Beispiel.

»Die Gardinen sind der Knaller«, sagt Tina auf dem Rücken liegend.

Bea kniet sich hin und zieht die blau-weiß karierten Gardinen an den Fenstern ringsherum zu. »So schlaf ich dann!«, sagt sie glücklich und legt sich wieder neben ihre Freundin.

»Du bist verrückt. Und ich bin richtig stolz auf dich. Als wir neulich telefoniert haben, dachte ich, du ziehst das nicht durch!«

»Das habe ich selber auch gedacht. Aber dann war Marco

so bescheuert, als ich ihm von meiner Auszeit erzählt habe, dass ich dachte: Jetzt erst recht! Und darum habe ich Werner auch direkt gekauft.«

»Was hast du bezahlt?«, fragt Tina neugierig. Als Bea ihr die Summe nennt, hält sie sich entsetzt den Mund zu.

»Die sind einfach so teuer, weil die jeder will!«, verteidigt Bea ihren teuren Kauf.

»Und du und Marco?«

»Momentan gibt es mich und Marco nicht mehr. Er meinte, er wolle keine sechs Monate auf mich warten, sondern eine Pause machen in der Zeit.« Bea schaut an die Decke des Bullis.

Tina überlegt kurz und sagt dann: »Vielleicht ist das gar nicht so schlecht. Du bist dann schließlich auch frei für ein kleines Abenteuer.« Sie klopft vielsagend auf die Polster.

Bea verdreht die Augen. »Ja klar, genau das brauche ich auch momentan.«

Tina rappelt sich zum Sitzen hoch. »Komm, wir machen eine Probefahrt, ich will sehen, wie du das Teil fährst!«

Die Suche

Per betritt atemlos Nannis Café. Ein paar Besucher sitzen in aller Ruhe an den Tischen und drehen den Kopf, als er hereinpoltert.

»Sind die Mädchen bei dir?«, fragt er in Nannis erstauntes Gesicht.

Sie bekommt große Augen. »Nein. Sind sie nicht in der Schule?«

Aufgeregt fährt Per sich durch die Haare. Alle im Raum schauen ihn an.

Nanni zieht ihn nach hinten in die Küche. Beinahe wäre er dabei über Gustav gestolpert.

»Was ist passiert?«

»Die beiden sind heute Morgen ganz normal zum Bus gelaufen, aber nicht in der Schule angekommen.«

Nanni legt beruhigend eine Hand auf Pers Arm. »Soviel ich weiß, gibt es in Sjöhyttan keine Kinderentführer. Also lass uns ganz ruhig nachdenken.« Sie reicht ihm aus dem Nichts eine Tasse Kaffee.

Per sieht sie an, als hätte sie ihm eine tote Katze gereicht.

»Trink!«, befiehlt Nanni. »War heute Morgen irgendetwas besonders?«

Per denkt nach und nimmt einen Schluck Kaffee im Stehen. »Es war ein normaler stressiger Morgen. Ebba wollte sich noch umziehen. Sie sagte, sie hätte keine Busfahrhose an, was immer das heißt.«

»Na, da haben wir es doch. Mit der falschen Hose kann man nicht Bus fahren.«

Per macht eine verständnislose Geste.

»Mädchen«, erklärt Nanni. »Was könnten sie stattdessen tun? Wo könnte man hingehen, wenn man nicht Bus fahren will und vielleicht trotzdem zur Schule kommen möchte?«

»Trampen?«, schlägt Per entsetzt vor.

»Sind ihre Fahrräder zu Hause?«

»Ja, das habe ich gecheckt.«

»Womit könnte man noch zur Schule fahren …«, denkt Nanni nach.

Per bekommt plötzlich einen Einfall. »Mit dem Boot. Sie sind mit dem Boot gefahren!«

Er reißt sein Handy aus der Jacke und ruft Knut an. Der geht nicht ran.

»Fahr hin!« Nanni eilt mit Per zusammen nach draußen zu seinem Pick-up. »Ruf mich an, wenn du sie hast! Ich drücke die Daumen!«

Bea fühlt das Glück nur so durch sich hindurchströmen, als sie auf der A1 Richtung Norden unterwegs ist. Die letzten Tage sind nur so an ihr vorbeigerauscht. Seit sie Werner besitzt, brannte es ihr unter den Nägeln loszufahren. Sie konnte es gar nicht abwarten, Hamburg zu verlassen.

Ihre Vorbereitungen waren deshalb auch alles andere als professionell. Sie hat einfach alles an Klamotten eingepackt, was ihr sinnvoll erschien, und dann noch etwas Campingausrüstung gekauft. Der Typ in dem Profiladen hatte ihr tausend Dinge empfohlen, und Bea hat davon ein Drittel gekauft. Mit dem vollgepackten Werner auf der Autobahn fühlt sie sich jetzt wie Jack in dem Film *Titanic*.

»Ich bin der König der Straße«, schreit sie durch das geöffnete Seitenfenster in den Fahrtwind. Der Bulli macht so laute Fahrgeräusche, dass sie das Gefühl hat, zweihundert Sachen zu fahren, dabei sind es nur hundert Stundenkilometer.

Die Schaltung ist nicht ganz leicht zu bedienen, man muss die Gänge etwas suchen, und im Hamburger Stadtverkehr kam sie ganz schön ins Schwitzen. Jetzt hat sie den schlimmsten Berufsverkehr überwunden, und auf der Autobahn im vierten Gang auf der rechten Spur ist alles leichter. Der Motor schnurrt wie eine Katze, und Bea spürt jede Unebenheit auf der Straße. Bullifahren ist Abenteuer. So viel ist jetzt schon klar.

Das Handy mit dem angeschalteten Navi sieht aus wie ein Alien in dem alten Bus. Bea hat ihre Haare offen gelassen, was sie sonst nie tut. Es ist ein seltsames Gefühl, sie so auf den Schultern und am Rücken zu spüren. Sie ist wild entschlossen, ihr Leben zu ändern, und das kann man ja nur, wenn man Dinge anders macht. Ob offene Haare dazugehören, weiß Bea noch nicht so genau, vielleicht wird sie sich beim ersten Halt doch wieder einen Dutt machen.

Sie schaltet das Radio ein. Der Vorbesitzer hat ein »modernes« Radio eingebaut, wie er sagte. Für Bea sieht es aus wie aus den Neunzigern, aber hier im alten VW-Bus ist alles, was nach 1980 gebaut wurde, modern.

Es funktioniert jedenfalls einwandfrei. Sie hört eine Weile einen Oldiesender und schaltet dann herum, bis sie »Rückenwind« von Thomas D hört.

Wie passend!

»Ich packe meine Sachen und bin raus, mein Kind, Thomas D ist auf der Reise und hat Rückenwind«, singt Bea aus vollem Hals.

Ihr Schwindel ist nicht mitgefahren. Er ist in der Agentur geblieben und geistert dort jetzt durch die überdimensionalen Räume mit den vielen Fenstern, die man nicht öffnen kann. Sie verdrängt den Gedanken an Marco, der ihr am letzten Tag wortlos auf dem Flur entgegenkam und ihr nur einen winzigen Blick schenkte. Seine Augen sagten: Es ist deine Schuld.

Obwohl sich Marco benommen hat wie ein Idiot, fühlt sich Bea trotzdem schuldig. Sie hätte früher mit ihm reden müssen. Sie hätte ihn einweihen können in ihre Gefühle und ihre Überforderung. Stattdessen hatte sie ihn einfach vor vollendete Tatsachen gestellt. Auch schon vor ihren körperlichen Beschwerden hatten sie sich beide wenig um ihre Beziehung gekümmert.

Bea denkt nach, wann das Ganze ins Ungleichgewicht gekommen war. Sie hatte Marco ein Vorstellungsgespräch bei *A Piece of Cake* besorgt. Er wurde genommen, er hatte ausgezeichnete Zeugnisse, und seinem Charme konnte keiner widerstehen. Die ersten Wochen waren toll. Marco strahlte, und sie trafen sich regelmäßig zum Mittagessen. Dann hatte er sich eingewöhnt, und ihre Treffen wurden seltener und hörten schließlich ganz auf. Er hatte viel zu tun und Bea auch.

Vielleicht frisst die Agentur einfach alles auf. Auch Beziehungen.

Es fühlt sich nicht richtig an, so negativ über ihren Arbeitsplatz zu denken. Bea versteht sich selbst nicht ganz.

Ich liebe meine Arbeit doch. Eigentlich fehlt sie mir sogar schon etwas.

Sie schüttelt energisch den Kopf, um den Gedanken loszuwerden, und setzt spontan den Blinker. Ein kleiner Zwischenstopp in Lübeck wird ihr guttun.

In Knuts Fischkutter kommen sie schnell voran, aber nicht schnell genug für Per. Knut ist die inoffizielle Seerettung von Sjöhyttan. Wann immer jemand Hilfe auf dem Wasser braucht, ist Knut zur Stelle. Viel schneller als die Wasserschutzpolizei, die erst den halben Södra Solsjö runterfahren muss.

Nervös sitzt Per am Bug und kann es nicht abwarten, zur Anlegestelle zu kommen, um zu sehen, ob sein Boot weg ist. Endlich biegen sie um die Landzunge.

Der Steg ist leer. Knut wendet wortlos das Boot und fährt mit Vollgas auf den See hinaus.

Die Schule liegt nicht weit vom See entfernt. Theoretisch war die Idee der Mädchen also gar nicht so dumm, das Boot als Verkehrsmittel einzusetzen. Die beiden haben sein strenges Verbot missachtet, niemals allein rauszufahren. Er kann nicht glauben, dass sie es einfach trotzdem getan haben. Wegen einer Hose?!

Ebba kennt sich aus. Sie kann den Motor bedienen, ihnen ist nichts passiert!

Diesen Satz sagt Per sich im Kopf wie ein Mantra. Er betet, dass bei dem trüben Wetter kein Nebel aufzieht. Bisher ist die Sicht einigermaßen gut, und es regnet momentan nicht.

Aber warum sind sie dann nicht längst in der Schule angekommen?

Er sieht Knut an, der weiterhin kein Wort sagt. Das ist nicht ungewöhnlich für Knut. Er trägt eine Mütze, die er auch bei sommerlichen Temperaturen auf dem Kopf hat, und eine braune Cordjacke. Er ist immer glatt rasiert, was nicht so ganz zu seinem Gesicht passt.

Knut sieht sorgenvoll zum Himmel. Pers Augen folgen seinem Blick. Dunkle Wolken ziehen auf. Regen ist sicher, es ist nur die Frage, wann.

Bitte lass sie nicht auf den See rausgefahren sein. Bitte lass sie sicher am Ufer sein. Per betet den dunklen Wolken entgegen.

Wind kommt auf und verwandelt die zuvor glatte Wasseroberfläche in ein gezacktes Gebirge. Das Ufer ist jetzt schon in Sicht. Wenn Ebba richtig navigiert hat, müssten sie hier irgendwo angelegt haben, um dann von hinten zur Schule zu laufen.

Fieberhaft suchen seine Augen das Ufer ab. »Da ist kein Boot«, ruft er Knut panisch zu.

Knut steuert den Fischkutter näher an die Uferböschung. Es hilft nichts. Das Boot taucht nicht auf. Pers Herz krampft sich zusammen. Er schaut Knut an, der wortlos den Kutter wendet und weiter am Ufer entlangfährt. Er sieht die Sorgenfalten auf seiner Stirn.

Per hastet vom Bug zu Knut. »Nehmen wir an, der Motor ist ihnen auf dem Weg ausgefallen …«

Knut zeigt auf die Himmelsrichtung, aus der der Wind kommt. »Dann sind sie raus auf den See getrieben«, stellt er fest.

Per und Knut wechseln einen entsetzten Blick.

Der Regen setzt ein. Knut greift zu seinem Funkgerät und funkt den Notruf an. Gleichzeitig nimmt er Kurs aufs offene Wasser. Die Sicht wird durch den Regen immer schlechter. Per sucht verzweifelt den Horizont mit einem Fernglas ab. Schreckensnachrichten von ertrunkenen Kindern fluten seinen Kopf. Er muss sich konzentrieren. Bei dem Wetter jetzt werden sie das Boot nur durch einen verdammten Zufall finden.

Bitte lass sie uns finden, bitte!, betet Per in Richtung des düsteren Himmels.

Das Holstentor sieht aus wie zwei Türme aus einem Märchen, findet Bea. Sie hat ein Eis gegessen und dabei ein wenig auf die Trave geschaut. Hier gibt es schon Möwen, die eifrig näher kommen und auf Reste ihrer Eiswaffel hoffen.

Eine Stunde fährt man von Hamburg nach Lübeck. Das ist eigentlich nicht weit. Aber Bea hat es bisher nie geschafft. Sie könnte eine ganze Liste machen mit Zielen rund um Hamburg, die sie noch nie gesehen hat.

Bea schlingt sich die Haare hoch zu einem Dutt. Die offenen Haare nerven sie. Sie geht ein paar Meter, bis sie an eine kleine Brücke kommt. Von der Brücke aus hat sie einen schönen Blick auf die niedlichen Häuser, die sich im Fluss spiegeln. Es gibt ein blaues, ein gelbes und ein rotes Haus. Ob sich ihre Besitzer mit den Farben abgesprochen haben? Auf der anderen Seite der Trave findet Bea eine Bank. Sie setzt sich und checkt die Route auf dem Handy. Der Weg nach Schweden führt über die Ostseeinsel Fehmarn. Auch dort war Bea noch nie.

Sie beschließt, auf der Insel zu übernachten, und geht beschwingt zurück zu Werner, der zwischen den ganzen dunklen, flachen Autos heraussticht wie eine bunte Kuh. Beas Herz hüpft, als sie sich ans Steuer setzt und die Handbremse löst. Der Rückwärtsgang lässt sich erst nach drei Versuchen einlegen, und Bea muss sich ziemlich überwinden, ohne Rückfahrkamera, nur mit Blick in den Spiegel aus der Lücke zu rollen.

Eine Stunde später tuckert Werner schon über die Fehmarnsundbrücke. Das Wetter könnte nicht besser sein. Die Sonne glitzert auf dem Wasser, und Bea muss sich disziplinieren, um auch noch ein bisschen auf die Straße zu gucken. Die Brücke faltet sich majestätisch vor ihr auf. Ein anderer Bulli kommt ihr entgegen und grüßt mit der Lichthupe. Bea findet sie nicht so schnell und winkt mit der Hand.

Ihr Hoch hält bis zum ersten Campingplatz. Euphorisch verkündet sie der Dame an der Rezeption, dass sie gerne mit Werner über Nacht bleiben möchte.

Die schüttelt nur den Kopf. »Is alles ausgebucht, junge Frau.«

»Alles?«

»Alles.«

»Aber es ist doch gar nicht Hochsaison«, Bea kann es nicht glauben.

»Wir haben das ganze Jahr über Hochsaison, junge Frau.«

Das faltige Gesicht der Rezeptionistin zeigt ihr deutlich, dass sie »die junge Frau« für ziemlich naiv hält.

»Haben die anderen Campingplätze noch was frei?«

»Glaube ich nicht, aber versuchen Sie es.«

Bea verlässt das Häuschen und zückt ihr Handy. Statt alle Campingplätze der Insel abzufahren, ruft sie an. Überall hört sie das Gleiche: Ausgebucht. Vermutlich war es auch ein Fehler, an einem Sonntag zu starten.

»Was machen wir jetzt?«, fragt sie den campingerfahrenen Bulli.

»Erst mal an den Strand, dann sehen wir weiter«, hört sie Werner antworten.

Werner muss allein auf dem Parkplatz warten, während Bea zum Strand läuft.

Der Moment, als sie das erste Mal das Blau des Meeres sieht, verursacht ein Kribbeln im Bauch. Der Sand unter ihren Füßen ist fein. Das grüne Dünengras ragt in den blauen Himmel. Strandkörbe, so weit das Auge reicht. Es sieht alles aus wie auf einer Postkarte.

Am Strand herrscht absolutes Urlaubsfeeling. Obwohl es noch kühl ist, sitzen die meisten Touristen in Badesachen auf ihren Handtüchern und in ihren Strandkörben. Bea fühlt sich automatisch seltsam in ihrer langen Hose, den geschlossenen Schuhen und ihrer Jacke. Sie geht zwischen den bunten Handtüchern durch bis ans Wasser.

Die Weite des Meeres lässt sie freier atmen. Hier gibt es so viel »Draußen«. Sie spürt den Wind auf ihrer Haut und hat plötzlich Sehnsucht danach, noch mehr vom Strand zu spüren. Eilig zieht sie ihre Schuhe und die Strümpfe aus. Der Sand unter den nackten Füßen fühlt sich angenehm warm an. Bea macht ein paar vorsichtige Schritte ins Wasser.

Es ist richtig kalt.

Ihr Blick folgt den Wellen und bleibt am Horizont hängen. Da drüben ist Dänemark und dahinter Schweden. Bea war bisher nur einmal in Stockholm. Eigentlich hat sie sich dort auch nur in einem schicken Hotel aufgehalten bei einem Meeting. Ob Schweden so ist, wie sie es aus Astrid Lindgrens Büchern kennt?

Plötzlich weiß sie, was sie möchte: Weiterfahren!

Snorre steht neben Per. Sein ganzer Körper ist angespannt. Er starrt in den Regen hinaus und bellt. Sie haben den Wind im Rücken, der Hund kann die Mädchen unmöglich riechen und sehen schon gar nicht. Aber Per klammert sich an das Wunder und dirigiert Knut vom Bug aus in die Richtung, in die Snorre bellt. Per schaut durch sein Fernglas. War da nicht eine kleine Erhebung auf der Wasseroberfläche?

Er lässt den kleinen Schatten nicht aus den Augen und zeigt mit seinem ausgestreckten Arm auf die Stelle. So macht man es beim Mann-über-Bord-Manöver. Niemals darf man den über Bord Gegangenen aus den Augen lassen. Knut versteht seine Geste und steuert genau in die Richtung, in die Per zeigt. Snorre bellt immer aufgeregter. Er spring an der Reling hoch, bellt durch den Regen und den Sturm.

Jetzt kann Per das Boot erkennen. Sein Herz hüpft, als er zwei kleine Gestalten erkennen kann, die sich im Regen zusammendrücken. Auch Knut kann das Boot jetzt mit bloßem Auge sehen.

»Ebba! Olivia!«, brüllt Per gegen den Wind an.

Die Mädchen entdecken den Fischkutter und winken.

Lieber Gott, es geht ihnen gut! Danke! Danke!

Zwei Minuten später sind die beiden an Bord. Per hält beide so fest im Arm, wie er kann. Snorre springt um sie herum und leckt den Mädchen über die nassen Gesichter.

Knut funkt den Notruf an. »Alles in Ordnung, wir haben sie!«

Während Per die Mädchen in die kleine Kajüte bringt, zieht Knut das Boot mit einer Seilwinde hoch, damit sie es abschleppen können.

»Hast du geweint, Papa?«, fragt Olivia, als er, so schnell er kann, seine Sachen auszieht und die Kleine in seinen trockenen Pullover hüllt.

»Das ist nur der Regen, Maus«, schnieft Per.

Ebba bricht in Tränen aus. »Es tut mir so leid, Papa. Wir wollten dir keine Angst machen. Ich dachte, wir können einfach schnell zur Schule fahren, aber dann ging der Motor plötzlich nicht mehr, und bevor wir überhaupt paddeln konnten, waren wir schon so weit abgetrieben. Ich hab Livi gesagt, sie soll sich in die Mitte auf den Boden setzen, als der Wind kam, damit sie nicht über Bord geweht wird. Ich hab uns die Schwimmwesten angezogen. Ich habe alles gemacht, dass ihr nichts passiert!«, schluchzend wirft sie sich in seine Arme.

Per streicht ihr über den Kopf. Er hält seine zitternde Tochter im Arm. »Alles gut«, flüstert er ihr ins Ohr.

Olivia streichelt die große Schwester mit ihren Händen, über die sie den warmen Pulli von Per gezogen hat. »Und dann hat Ebba gesagt, wir pfeifen nach Snorre. Weil, Snorre kann uns überall auf der Welt hören, weil er ein Hund ist!«

»Das war unglaublich klug!« Per löst Ebba aus seinem Arm und zieht ihr Schwimmweste und Jacke aus. Knut reicht ihnen seinen Pullover, den Per der zitternden Ebba überzieht.

»Snorre hat euch tatsächlich gehört. Das war eure Rettung!« Per ist sehr dankbar, dass die Kinder ihn vor einigen Monaten damit genervt haben, auf den Fingern pfeifen lernen zu wollen. Sie übten, bis sie es konnten, und pfiffen ohrenbetäubend laut durch das Holzhaus.

Er streichelt Snorre und umarmt den Hund. Zu Hause wird er ihm den größten Knochen schenken, den er finden kann.

Vanlife

Bea liegt das erste Mal in ihrem Campingbett.

Sie hat es mit der Fähre nach Dänemark und von dort bis nach Schweden geschafft. In Schweden anzukommen war ihr Tagesziel. Vielleicht war das etwas zu ehrgeizig für den ersten Tag. Bea hat keine Energie mehr, etwas zu kochen. Eine halbe Packung Kekse müssen als Abendbrot herhalten.

Da in Schweden das Jedermannsrecht gilt, das besagt, dass man sich überall in der Natur frei bewegen darf, ist auch Wildcampen erlaubt, solange man genug Abstand zu Privathäusern einhält und niemanden stört. Bea hat sich dazu eine kleine Lichtung am Waldrand ausgesucht. Ob das so klug war, weiß sie nicht. Sobald sie im Bett lag und die kleinen Gardinen zugezogen hatte, fingen die Geräusche an.

Es knackt und knirscht. Vögel zwitschern. Anscheinend ist hier in Schweden um halb elf noch jedes Tier wach. Kein Wunder bei der Helligkeit. Bea hatte sich vor der Abfahrt überhaupt keine Gedanken gemacht, wie sich das anfühlen würde. Nachts allein im Bus als Frau. In ihrer Vorstellung schienen die Sterne über ihr, und sie saß mit Kerzen in eine kuschelige Decke gewickelt vor dem Bus und sah sich den Sonnenuntergang an.

In Wahrheit liegt sie angstvoll in ihrem Bett und macht sich Gedanken um ihre Sicherheit:

Was, wenn nachts einfach einer reinkommt und mich tötet oder vergewaltigt?

Ein großer Hund wäre jetzt gut! Warum habe ich keinen Hund?

War das eine Mücke?

Bea schlägt um sich und lauscht dann konzentriert in die Nacht. Da hört sie schon das absolut blöde Geräusch, das die Blutsauger machen, wenn sie im Anflug sind.

Seufzend macht sie das Licht an und geht auf die Jagd. Sie stößt sich beim schwungvollen Aufstehen den Kopf an der Decke. An die Bushöhe muss sie sich noch gewöhnen. Da sitzt das blöde Viech. Bea erschlägt es mit einer Zeitschrift.

Als sie sich wieder hinlegt, klopft ihr Herz und will sich lange nicht beruhigen. Sie hatte sich vorgenommen, auf der Fahrt keine Schlaftabletten mehr zu nehmen, und hat deshalb auch keine mitgenommen. Das bereut sie gerade ein bisschen. Sie schiebt die Gardine ein Stück zur Seite und kann den Himmel sehen. Langsam setzt die Dämmerung ein, ein erster Stern ist zu sehen.

Alles ist gut. Die erste Nacht ist immer schwer.

»Papa?«

Per ist sofort wach. Er blinzelt die Gestalt an, die im Lichtschein in der Tür steht. »Livi?«

»Nein, ich bin's«, flüstert Ebba und schlüpft unter seine Decke.

Er nimmt sie in den Arm. Normalerweise hat Per nachts ab und zu ihre kleine Schwester zu Besuch. Dass Ebba zu ihm ins Bett schlüpft, ist ungewöhnlich.

Sie hat das Licht im Flur angelassen. Es scheint hell durch die angelehnte Tür. Per hat ein Einzelbett. Es wäre mit den kleinen Kindern zwar praktischer gewesen, sich ein größeres anzuschaffen, aber er wollte sich nicht immer die leere Hälfte anschauen, nachdem Meike gegangen war.

Seitdem kuscheln die Kinder und er auf engstem Raum, und er genießt es, sie so nah bei sich liegen zu haben. Er hält Ebba fest im Arm.

»Ich kann nicht schlafen«, wispert sie. Es kitzelt an seiner Brust, wenn sie spricht.

»Warum nicht, was ist los, *Lilla Gumman?*« Per streicht ihr über die Haare, die sich in seinen Bartstoppeln verfangen.

»Es war dumm von mir, das Boot zu nehmen.«

»Das haben wir ja schon besprochen, Maus. Das nächste Mal nimmst du den Bus.«

Ebbas Hand fährt über seine Brusthaare. Sie nickt. »Es tut mir ganz doll leid.«

»Ich weiß«, er küsst ihre Stirn und drückt sie.

Snorre tapst zur Tür herein. Er schnüffelt an Ebba und Per und lässt sich dann ziemlich laut wie ein schwerer Kartoffelsack vor dem Bett auf den Boden fallen. Per ist jedes Mal erstaunt, dass dieses anmutige Tier so einen Lärm machen kann, wenn es sich hinlegt. Auch Snorre hat das Licht im Flur nicht ausgemacht. Die Tür steht jetzt noch weiter offen.

»Papa?«

»Ja?«

»Du gehst doch nie weg, oder?«

»Von euch beiden? Niemals!«

Ebba nickt wieder und spielt mit den Fingern auf seiner Brust. Dann dreht sie sich auf den Rücken, sodass sie neben ihm liegt. Er rutscht ein Stückchen zur Seite und liegt jetzt ganz an der Wand.

»Wie kommst du auf die Idee, ich könnte gehen? Wegen Mama?«

»In einer Serie ist der Vater gegangen, weil er eine neue Frau kennenlernt. Willst du eine andere Frau kennenlernen?«

Per muss lachen. »Ich? Wen denn?«

»Irgendwen«, antwortet Ebba unbestimmt. Ihre Hände fliegen kurz nach oben.

»Ich werde keine andere Frau kennenlernen und abhauen. Ganz sicher nicht.«

Ebba denkt nach. »Du kannst gerne mit anderen Frauen sprechen und von mir aus auch mal flirten und so. Aber du darfst dich nie verlieben. Versprichst du mir das?«

»Flirten und so?«, wiederholt Per scherzhaft.

»Papa!«, sagt Ebba genervt. »Ich meine das ernst.«

»Ebba, in mein Leben passt momentan gar keine andere Frau. Die zwei kleinen Frauen, die ich habe, lasten mich völlig aus. Mit noch einer käme ich ja gar nicht mehr an das Waschbecken im Bad!«

»Versprich es mir«, beharrt sie ernsthaft auf ihrer Forderung.

Es scheint ihr wichtig zu sein. Per überlegt, ob es klug ist, ihr zu erklären, dass man Liebe selten steuern kann. Aber es ist spät, und beide sind müde. Außerdem ist eine Frau das Letzte, woran er zurzeit denkt.

»Ich verspreche es«, flüstert er in ihre Haare.

Beruhigt rollt sie sich neben ihm zusammen wie eine kleine Katze, und wenige Minuten später schläft sie. Per atmet ihren wunderbaren Duft ein und schickt ein Dankesgebet durch die Nacht, dass sie am Leben ist.

Bea wacht aus einem anstrengenden Traum auf. Sie musste rennen und dabei mehrere Töpfe in den Händen halten, in denen sich Wasser befand. Kein Tropfen durfte verschüttet werden. Durch die Gardinen sieht sie das schummerige Licht der Dämmerung. Es ist mitten in der Nacht, und sie muss mal. Sie reibt sich ihre verspannten Schultern. Das Wassertragen im Traum haben ihre Muskeln offenbar ernst genommen.

Seufzend angelt sie im Dunkeln nach ihren Schlappen. Sie späht in das diffuse Licht, bevor sie den Bus verlässt. Die Sonne ist noch nicht aufgegangen, aber am Horizont wird es langsam hell. Bea geht ein paar Schritte hinter einen Baum.

Wie albern, hast du Angst, dass ein Elch dich sieht?

Es ist ziemlich kühl, Bea fühlt beim Hinhocken den Tau auf dem Gras. Ein erster Vogel zwitschert dem neuen Tag entgegen. Am Himmel sind noch die Sterne zu sehen. Bea bleibt noch etwas länger vor dem Bus stehen und schaut auf die Lichtung. Ganz weit hinten entdeckt sie zwei Tiere, ein großes und ein kleines. Elche? Nein, sie bewegen sich flinker und sind viel dünner. Ein Reh mit seinem Rehkitz. Staunend beobachtet Bea die beiden und sieht sich weiter um. So gerne würde sie mal einen Elch in der freien Natur sehen. Ihr wird kalt.

Sie schlüpft zurück in den Bus und kuschelt sich unter die warme Decke. Das Vogelgezwitscher wird immer mehr und lauter. Es macht es ihr schwer, wieder einzuschlafen. Irgendwann schafft sie es und träumt wieder von den blöden Töpfen, die sie rennend transportieren muss.

Als sie wieder aufwacht, ist es acht Uhr. Sie hat nicht viel geschlafen, ist aber stolz darauf, es ohne Schlaftablette geschafft zu haben. Sie macht sich fertig und nutzt ihren Wassertank, um sich zu waschen und die Zähne zu putzen. Die Sonne ist nicht zu sehen, es sieht nach Regen aus.

Bea beschließt, ihre Vorräte, die ohnehin nur sehr spärlich waren, aufzufüllen. Heute will sie im Bus etwas kochen und nicht nur Kekse essen! Ein Rührei zum Frühstück wäre jetzt auch toll!

Sie fährt den nächsten Ort an und findet mühelos einen Supermarkt. Gespannt holt sie sich einen Wagen und startet ins schwedische Abenteuer. Als Erstes fällt ihr die große Süßigkeitenabteilung auf, die aussieht wie auf dem Jahrmarkt. Hinter durchsichtigen Klappen kann man sich alle nur erdenklichen Süßigkeiten in kleine, bunte Papiertüten füllen.

Bea kann nicht daran vorbeigehen und sammelt viele verschiedene Leckereien ein. Sie kauft etwas Obst und Gemüse und staunt am nächsten Regal über Käse und Schinken aus der Tube. In der Fleischabteilung gibt es Wild zu kaufen, und die Milch- und Käseabteilung ist ein absoluter Traum. Bea greift zu Filmjölk. Sie hat bisher nur davon gehört und sie noch nie probiert. Es ist eine saure Milch, die oft als schwedische Milch bezeichnet wird. Bea stellt sie sich wie eine Art Joghurt vor und ist sehr gespannt, wie sie schmeckt.

Am Ende kauft sie so viele neue, spannende Produkte, dass sie sie kaum im kleinen Werner verstauen kann. Der Kühlschrank wird zu einem 3D-Puzzle.

Ihr Handy klingelt, und Bea erschreckt sich vor dem lauten Klingelton.

»Na, du Nase! Wie läuft das so im Bulli?«, Tinas fröhliche Stimme schallt ihr kraftvoll entgegen.

»Alles gut. Die erste Nacht habe ich überstanden.«

»Überstanden? Na, das klingt ja nicht so begeistert.«

»Es war etwas unheimlich so allein.«

»Bist du nicht auf einem Campingplatz?«

Bea erzählt von ihrer Suche.

»Und du bist bis nach Schweden durchgefahren? Warum?«

»Na, bis zum Nordkap ist es weit, ich wollte Strecke machen.«

»Strecke machen!« Tina klingt entsetzt. »Bea, Sinn der Übung ist, dass du runterkommst und loslässt. Am besten hast du gar kein Ziel und lässt dich einfach treiben! Was willst du denn machen, wenn du in drei Tagen schon am Nordkap bist?«

»Na ja, ich muss ja nicht so lange unterwegs sein«, sagt Bea unsicher. »Ich dachte, wenn ich früher wieder da bin, wird das mit Marco …«

Tina unterbricht sie vehement. »Tu mir einen Gefallen, und vergiss Marco einfach mal. Wenn er der Richtige ist, dann kommt ihr auch noch nach sechs Monaten zusammen. Genieß deine Reise!«

Bea schweigt.

»Was ist los?«

Bea seufzt und streicht über ihre Decke. »Ich weiß es nicht. Ich versuche, das alles gut zu machen. Es ist auch schön, mit Werner unterwegs zu sein, aber eigentlich denke ich nur die ganze Zeit daran, wie schön es wird, wieder zurückzukommen. Ich bin so wenig im Jetzt irgendwie.« Bea kann Tinas liebevollen Blick durch das Handy spüren.

»Hase, das ist doch total normal. Du fängst ja gerade erst an mit der Reise. Das kommt mit der Zeit. Guck dir ein bisschen was an. Ich hab gehört, Schweden ist wunderschön! Fahr ein bisschen durch Småland.«

Bea verspricht es und sieht auch direkt nach dem Gespräch auf dem Handy nach, wo Småland liegt. Sie muss einfach nur rechts hochfahren. Bea gibt »Vimmerby« in den Routenplaner ein. Kein Ziel zu haben funktioniert für sie einfach nicht. In Vimmerby ist die Astrid-Lindgren-Welt, da will sie hin!

Sobald sie mit Werner wieder auf der Schnellstraße ist, überkommt sie wieder der Wunsch, Strecke zu machen. Laut Routenplaner kann sie in vier Stunden da sein. Wenn sie das Mittagessen weglässt und durchfährt, dann ist sie nachmittags da. Sie hört Tina in ihrem Kopf seufzen.

Ich kann ja wohl reisen, wie ich möchte! Mir tut es gut, ehrgeizig Ziele zu verfolgen.

Verbissen sitzt Bea hinter dem Lenkrad und streitet sich in Gedanken mit ihrer Freundin. Sie fährt und fährt, und je weiter sie kommt, desto besser fühlt sie sich. Links und rechts von ihr liegt Wald. Die Straße macht immer wieder eine Kurve.

Sie hat die Hälfte der Strecke geschafft, als ihr das Handy anzeigt, dass sie in einigen Kilometern ein Stau erwartet. Das wird ihre Ankunftszeit nach hinten verschieben. Bea flucht leise und tippt auf die Alternativroute, die ihr vorgeschlagen wird. Sie nimmt die nächste Ausfahrt und ist jetzt auf einer kleinen Straße unterwegs, die durch Dörfer führt. Bea staunt. Hier sieht es genau so aus, wie man sich Schweden immer vorstellt. Entzückende rote Holzhäuser mit weißen Fenstern und an jeder Ecke ein neuer See. Fasziniert lenkt sie Werner die kurvige Straße entlang, bis ihr Navi kein Signal mehr empfängt. Bea fährt langsam weiter, aber das Signal kommt nicht wieder.

Das gibt es doch gar nicht. Bin ich hier im Nirgendwo?

Passend dazu setzt plötzlich starker Regen ein. Innerhalb weniger Minuten ist die Straße quasi überschwemmt. Bea fährt ganz langsam und schaltet das Licht ein. Werner fährt durch die Sintflut und fängt plötzlich an, klopfende Geräusche zu machen.

Das darf doch nicht wahr sein!

Der Bus ruckelt. Bea ist ratlos. Darf ein Bulli etwa kein

Wasser abkriegen? Es regnet weiter wie verrückt, und Bea fährt den ruckelnden Bulli auf die nächste Ortschaft zu.

Vielleicht gibt es dort eine Werkstatt.

Sie erreicht mit Mühe das Ortsschild »Sjöhyttan«. Eine Kontrollleuchte fängt an, wild orange zu blinken. Bea erkennt darauf ein Motorsymbol. Das ist nicht gut. Das ist überhaupt nicht gut.

Mit einem lauten Knall verabschiedet sich Werner und bleibt endgültig stehen. Die Scheibenwischer machen eifrig weiter ihren Job und verursachen quietschende Geräusche, die man jetzt sehr gut hören kann, denn der Motor ist aus.

Ein Elch überquert die Straße vor ihr. Er tut das so gelassen, als würde er hier immer um diese Uhrzeit die Straße überqueren. Er bleibt kurz stehen und starrt sie durch die Scheibe hindurch an. Es sieht so aus, als würde er grinsen.

Gestrandet

»Der ist tot«, Oskar kommt aus der Hocke wieder hoch.

»Wie? Tot?«, fragt Bea entsetzt und starrt auf den Motor, der für sie ganz normal aussieht. Sie friert in ihren nassen Sachen. Die Werkstatt ist nicht wirklich warm.

»Motorschaden.« Oskar spricht perfektes Englisch, und trotzdem fragt Bea zur Sicherheit noch mal nach.

»Der Motor ist kaputt? Sicher?«

»Der ist nicht nur kaputt, der ist hinüber. Die Dinger halten lange, aber eben nicht ewig.«

»Und jetzt?«, fragt Bea und lässt sich entsetzt auf einen Stapel mit Reifen fallen.

»Tja, ohne Motor fährt der nicht.« Er schaut sie treuherzig an.

Bea regt dieser in sich ruhende Schwede auf. Er hat Werner und sie im strömenden Regen abgeschleppt bis in seine Werkstatt. Sie hat fest damit gerechnet, dass man den Fehler reparieren kann. Und jetzt diese Hiobsbotschaft.

»Dann müssen Sie ein Ersatzteil besorgen. Einfach einen neuen Motor einbauen!«

»Das ist nicht so leicht bei den alten Kisten. Ich müsste dafür erst mal einen passenden Motor auftreiben.«

»Dann machen Sie das!« Bea steht auf. Wenn sie nicht in der Werkstatt von dem Typen campieren will, braucht sie irgendwo ein Zimmer.

»Wissen Sie vielleicht, wo hier das nächste Hotel ist?«

»Hotel? Gibt es hier keins.« Oskar schüttelt den Kopf.

Bea seufzt. »Irgendeine Idee, wo ich heute Nacht schlafen könnte?«

»Müssten Sie mal Nanni fragen, die vermietet manchmal Zimmer.«

Bea wartet ab, ob er noch mehr Informationen über diese Nanni rausgibt. Aber er dreht sich um und füllt bei Werner Öl nach, was ja nun auch nicht mehr hilft. »Wo finde ich diese Nanni?«

»Nannis Café, das ist hier gerade aus und dann links und dann rechts.«

So ganz sicher scheint er sich mit der Wegbeschreibung nicht zu sein, aber Bea will nicht länger in ihren nassen Sachen herumstehen. Sie steigt in den Bus und packt schnell das Nötigste in eine Tasche. Es tut ihr irgendwie leid, ihren Weggefährten Werner zurückzulassen. Oskar ist schon an einem anderen Auto beschäftigt.

Sie tätschelt Werners Front und sagt leise: »Bis morgen.« Am Ausgang ruft sie dem Mann, der sich als Oskar vorgestellt hat, noch ein »Auf Wiedersehen, ich komme morgen wieder vorbei« zu. Er hört sie nicht und ist ganz in seine Arbeit versunken.

In Nannis Café ist es warm und gemütlich. Bea tritt an die Theke. Eine hübsche Frau mit hellen Haaren lächelt sie an.

»Bist du Nanni?« Bea ist froh, dass man Leute auf Englisch nicht siezen kann.

»Allerdings. Und wer bist du?«

Bea antwortet: »Ich bin Bea, und ich bin hier gestrandet. Mein Bulli hat den Geist aufgegeben, also sein Motor.«

»Hat Oskar sich das angesehen?«

»Ja, er sagt, der Motor ist hinüber.« Bea schielt auf die leckeren Kuchen auf der Theke.

»Oha!«, sagt Nanni und wischt mit einer energischen Bewegung über die Theke.

»Oha!«, wiederholt eine kleine Stimme und ahmt ihre wischende Bewegung nach.

Bea sieht ein kleines Mädchen mit viel zu großer Schürze und leuchtenden blauen Augen, die sie neugierig ansehen. Nanni sagt etwas auf Schwedisch zu ihr, und die Kleine verschwindet nach hinten in die Küche.

»Die ist ja süß. Deine Tochter?«

Nanni schüttelt lachend den Kopf. »*Nej*, das ist Olivia, die Tochter von einem Freund. Sie hilft heute aus.«

Bea nickt und bekommt jetzt richtig Hunger, wenn sie so neben den Kuchen steht. »Oskar sagt, du hast vielleicht ein Zimmer für mich?«

»Ja, da hast du Glück, einer ist heute ungeplant abgereist. Hatte es ziemlich eilig, wer weiß, was da passiert ist. Ich hab ihn aber nicht gefragt.« Sie sieht aus, als ob sie den Gast liebend gern gefragt hätte. »Ich muss das aber noch schnell fertig machen. Willst du so lange einen Kuchen essen?« Nanni sind Beas schmachtende Blicke aufgefallen.

»Sehr gerne. Und auch einen Kaffee bitte. Oder nein, doch keinen Kaffee.« Bea erinnert sich an ihre Einschlafschwierigkeiten.

»Kakao?«, schlägt Nanni vor.

»Ja!«, lächelt Bea.

Sie sucht sich erst einen Kuchen aus und dann einen Tisch. Es ist schon später Nachmittag, und die meisten Tische sind frei.

Der Sessel, in den Bea sich setzt, verschluckt sie. Er ist riesig und bequem. Sie hat den Platz eigentlich wegen der Heizung gewählt, die direkt neben ihr an der Wand hängt. Sie ist an und strahlt eine wunderbare Wärme ab. Bea legt ihre kalten Finger auf den Heizkörper und entspannt sich etwas. Das kleine Mädchen kommt an den Tisch und bringt ihr den Kuchen. Bea hat keine Zeit, sich zu bedanken, weil das Kind sofort losrennt und ihren Kakao von der Theke abholt. Konzentriert balanciert sie ihn zum Tisch, ohne einen Tropfen zu verschütten.

»*Tack*«, bedankt sich Bea auf Schwedisch und kommt sich seltsam vor, nur dieses kurze Wort zu sprechen.

Sie möchte das Kind gerne loben, weiß aber nicht, wie. Englisch wird sie sicher noch nicht sprechen. Sie entscheidet sich für Deutsch, vielleicht kann das Mädchen ja ein paar Wörter erraten, weil sie ihrer Sprache ähneln.

»Das hast du toll gemacht. Du bist eine gute Kellnerin!« Bea untermalt alles, was sie sagt, mit Gesten.

Zu ihrer Überraschung antwortet die Kleine fließend im

akzentfreien Deutsch. »Danke, Nanni sagt, ich bin ihre beste Kraft, aber ehrlich gesagt bin ich auch ihre einzige.«

»Wow, du sprichst ja besser Deutsch als ich!«

»Meine Mama ist Deutsche, aber sie lebt nicht mehr bei uns. Aber Papa spricht gut Deutsch, und manchmal ist das ganz praktisch, wenn uns andere nicht verstehen. Meine Freundin Toni will immer, dass ich bei ihr übernachte, aber ich möchte nicht so gerne, dann kann ich Papa das heimlich auf Deutsch sagen, damit er es verbieten kann. Papa kann gut Sachen verbieten.«

Bea muss lachen. Wenn das Mädchen mehr spricht, hört man einen leichten schwedischen Akzent. »Warum übernachtest du nicht gerne bei Toni?«

Die Frage ist dem Mädchen unangenehm. »Ich würde ja schon gerne, aber nicht nachts.«

»Du würdest gerne tagsüber bei ihr übernachten?«, fragt Bea lächelnd.

Das Kind kichert und nickt.

»Ich kann manchmal nicht einschlafen, wenn ich nicht zu Hause bin«, gesteht Bea und verschweigt, dass sie auch zu Hause nicht ohne Tabletten schlafen konnte.

»Ich auch nicht«, sagt das Mädchen schnell und setzt sich ihr gegenüber auf den Stuhl.

Nanni ruft etwas auf Schwedisch von der Theke.

»Nanni glaubt, ich störe dich. Störe ich dich?«

»Nein, ich freue mich über Gesellschaft.«

Das Mädchen übersetzt, was sie gesagt hat, und ruft es Nanni entgegen.

Nanni kommt an ihren Tisch. »Ist es wirklich o. k.? Olivia ist etwas zutraulich.«

»Absolut.« Bea wendet sich an Olivia und spricht deutsch: »Kann ich dich auf einen Kuchen einladen?«

Die Kleine strahlt und bestellt wie ein Profi bei Nanni einen Schokokuchen. Es ist faszinierend zu hören, wie das Kind mühelos zwischen den beiden Sprachen hin- und herwechselt.

Beas Kuchen schmeckt herrlich. Er ist eine raffinierte Mischung aus Vanille und Johannisbeeren. Eine Weile lang essen beide nur ihren Kuchen und lächeln sich an, dann fängt Olivia an, ihr Fragen zu stellen.

»Machst du hier Urlaub?«

»Eigentlich nicht. Ich wollte hier überhaupt nicht hin. Ich war auf dem Weg zum Nordkap.«

»Ist das in Amerika?«

»Das ist in Norwegen.«

»Norwegen kenn ich. Man fährt lange hin, und wenn man da ist, ist es immer schön. Das ist gut, wenn du da hinfährst.«

»Ja, mal sehen, wann ich weiterfahren kann. Mein Auto ist kaputt«, erklärt Bea und nimmt einen Schluck Kakao. Ihr fällt auf, dass Olivia nichts zu trinken hat.

Sie geht an die Theke, um eine Limo für sie zu bestellen.

»Lieber ein Wasser, sie hatte heute schon zwei«, sagt Nanni leise und zwinkert Bea zu.

Olivia bedankt sich artig für das Wasser und lehnt sich zurück. Von ihrem Kuchen hat sie nur ein Drittel geschafft.

Es ist gemütlich in dem Café. Beas Klamotten trocknen

langsam, es ist herrlich, so nah an der Heizung zu sitzen. Müdigkeit überkommt sie. Sie wird sich hier schön ausschlafen, und morgen wird Oskar den Motor besorgen, dann kann sie weiterfahren. Etwas Nasses, Kaltes berührt sie an der Hand. Bea stößt einen kleinen Schrei aus. Ein großer Hund steht wedelnd vor ihr.

Olivia lacht. »Das ist nur Gustav, der tut nix!« Sie steht auf und zieht den riesigen Hund von Bea weg. Er folgt ihr etwas unwillig, trollt sich dann aber und legt sich dick vor den Eingang.

»Du kennst dich mit Hunden aber gut aus.«

Olivia nickt. »Wir haben auch einen. Snorre. Er ist der beste Hund auf der Welt.« Gustav hebt den Kopf und sieht in ihre Richtung.

»Du bist auch der beste Hund der Welt!«, ruft Olivia ihm zu. Beruhigt legt sich das Tier wieder hin. »Er ist eifersüchtig«, flüstert Olivia Bea zu.

Bea muss grinsen.

Nanni taucht wieder auf und erklärt, dass ihr Zimmer jetzt bereit ist.

Bea steht auf und nimmt ihre Tasche. »Es war schön, dich kennenzulernen, kleine Dame«, sagt sie zu Olivia.

Olivia streckt ihre Arme aus und umarmt sie spontan. Bea ist überrascht, als sie das Mädchen in den Armen hält. Etwas tief in ihr drin möchte weinen.

Olivia winkt ihr fröhlich hinterher, als sie mit Nanni zusammen hoch zu ihrem Zimmer geht.

»Das Bad ist auf dem Flur, du teilst es mit dem anderen

Zimmer. Da wohnt eine sehr nette ältere Dame drin. Ich hoffe, sie braucht nicht zu lange im Bad!«

Bea beeilt sich, etwas zu lachen, obwohl sie die Vorstellung, sich ein Bad mit einem fremden Menschen zu teilen, etwas entsetzt. Sie sind oben an der Treppe angekommen.

»Hier ist das Bad«, Nanni zeigt auf eine Tür, »und das«, sie öffnet die gegenüberliegende Tür, »ist dein Zimmer.«

Bea tritt ein und sieht sich um.

»Sag Bescheid, wenn du etwas brauchst«, mit diesen Worten verschwindet Nanni und schließt die Tür.

Das Zimmer ist hübsch. Der Holzfußboden ist wie im Café weiß gestrichen. Ein breites Bett steht in der Mitte des Raumes mit einer Patchworkdecke und Blumenkissen. Es gibt einen kleinen Schrank, einen Stuhl und eine Lampe. Bea fühlt sich trotz der netten Einrichtung fehl am Platz. Sie verspürt den unsinnigen Wunsch, unten im Café weiter neben dem Mädchen Olivia zu sitzen. Energisch packt sie ihre paar Sachen aus und geht im Gemeinschaftsbad heiß duschen.

Als sie später im Bett liegt, muss sie an Werner denken, der allein in der Werkstatt steht. Der Elch kommt ihr in den Sinn. Sie hatte sich den Moment, in dem sie das erste Mal im Leben einen Elch sehen würde, etwas anders vorgestellt. *Ob so ein Elchfell gut trocknet?*

Bea legt sich in ihre bequeme Einschlafposition, kann aber einfach keine Ruhe finden. Aus dem Zimmer nebenan kommen Geräusche. Es hört sich an, als würde jemand monoton vor sich hin murmeln. Das hilft nicht gerade beim Einschlafen. Sie dreht sich im Bett hin und her und wünscht sich, sie hätte ein paar Schlaftabletten zur Hand. Je länger sie nicht einschlafen kann, desto höher geht ihr Puls. Sie wünscht sich, sie könnte jetzt mit Werner an einem schönen Ort stehen. Hoffentlich kann dieser Oskar den Motor bald besorgen.

»Papa?«

Per war gerade eingeschlafen. Heute Nacht ist es die Kleine, die zu ihm ins Bett schlüpft.

»Haben Frösche eigentlich Ohren?«

Per ist so müde, dass er sich nicht sicher ist, ob er den Satz richtig verstanden hat. »Was?«

»Haben die Ohren, also Frösche? Ich weiß, dass sie hören, denn wenn man ein lautes Geräusch macht, springen sie schnell weg, aber womit hören sie? Haben sie so ganz kleine Löcher, die man nicht sieht? Fließt da Wasser rein, wenn sie tauchen?«

»Livi, ich bin todmüde. Können wir das morgen besprechen?«

»Na gut.« Olivia kuschelt sich an ihn.

Er döst wieder weg.

»Ich glaub, in meinem Zimmer ist eine Maus.«

»Was?«

»Papa, du hast Ohren, aber du hörst echt nicht gut.«

Per seufzt. Er würde so furchtbar gern schlafen. Einfach eine Nacht durchschlafen, ohne von jemandem geweckt zu werden. »Was denn für eine Maus?«, murmelt er und kämpft dagegen an, wieder wegzudösen.

»Weiß ich doch nicht. Was Kleines mit Fell eben. Braunes Fell. Ist das dann eine Braunmaus?«

Per rappelt sich mühsam hoch. »Hast du sie gesehen?«

»Ja, sie saß auf meinem Schreibtisch, aber dann hat Snorre sie unter das Bett gejagt.«

»Na super.« Per seufzt und steht auf.

Die Mäusejagd dauert eine Stunde. Olivia schläft währenddessen ein, aber Per ist so aufgeputscht davon, dass er einen nächtlichen Spaziergang macht, um runterzukommen.

Diesmal trifft er niemanden. Nur eine graue Katze huscht über die Straße. Sjöhyttan schläft tief und fest. Nur oben bei Nanni brennt in einem der Gästezimmer noch Licht. Per schaut hoch und fragt sich, wer da wie er noch schlaflos ist. Dann rechnet er sich aus, wie viele Stunden er noch schlafen kann, bis der Wecker klingelt, und geht schnell nach Hause in sein Bett.

Das Treffen

Bea hat das Gefühl, eigentlich überhaupt nicht geschlafen zu haben. Sie fühlt sich völlig erschlagen, als sie unten im Café beim Frühstück sitzt. Nanni kann nicht nur Kuchen backen, auch ihr Frühstück ist großartig. Es gibt frische Brötchen, selbst gemachte Marmeladen und sogar Eier. Als sich Bea Filmjölk über ihr Obst gießt, fallen ihr die Vorräte in Werners Kühlschrank ein. Vielleicht kann sie ja heute schon weiterfahren. Sie muss gähnen. Allerdings sollte sie vorher einen Mittagsschlaf machen. So übermüdet am Steuer zu sitzen ist sicher nicht klug.

Nanni bekommt sie heute Morgen nur kurz zu sehen, sie ist in der Küche beschäftigt. Bea frühstückt allein. Nur Gustav liegt bei ihr in der Nähe und sieht sie aus braunen Hundeaugen tiefgründig an. Da kommt die ältere Dame, die neben ihr wohnt, zum Frühstück. Sie schenkt Bea ein Lächeln, als sie sich setzt und Bea gerade ihren Tisch verlässt. Heute scheint die Sonne, und alles sieht viel freundlicher aus.

Bea geht an den roten Holzhäusern vorbei und schaut sich die hübschen Gärten an, in denen viele lilafarbene Stauden stehen, die Bea nicht aus Deutschland kennt. Sie findet

Oskars Werkstatt wieder und atmet auf, als Werner ihr mit seinem schönen Türkis entgegenleuchtet.

Fünf Minuten später verlässt Bea entmutigt die Werkstatt. Oskar hatte keine guten Nachrichten. Ziellos spaziert Bea die Straße entlang und ruft Tina an.

»*Hej, hej!*«, meldet sie sich. »Wie läuft es in Schweden, oder bist du Wahnsinnige schon am Nordkap?«

»Ich stecke fest. In einem schwedischen Kaff im Nirgendwo. Motorschaden.«

»Oje, reisen mit einem Oldtimer …«

»Ja.«

»Und kann man das reparieren?«

Bea biegt in einen kleinen Pfad ab. »Nein, man muss einen neuen Motor bestellen. Das ist aber nicht so leicht und kann eine Woche dauern. Sagt der Werkstatttyp.«

»Das tut mir leid. Aber vielleicht tut dir die Zwangspause ja gut. Guck dir ein bisschen was an.«

»Viel zu gucken gibt es hier nicht. Außerdem kann ich ohne Tabletten einfach nicht schlafen. Es ist furchtbar. Und ich vermisse Marco.« Bea hört selber, wie weinerlich sie klingt.

»Hase, das wird alles. Es ist mehr als normal, dass man nach Schlaftablettenentzug erst mal nicht schläft. Das dauert manchmal Wochen.«

»Ach, das macht mir ja jetzt Mut.«

Tina muss lachen.

Bea nicht. »Hast du Marco mal gesehen?«, will sie wissen. Tinas Osteopathiepraxis ist auf demselben Gelände wie die Agentur. Ab und zu läuft man sich mal in der Mittagspause über den Weg.

»Nein. Aber du bist auch erst zwei Tage weg. Ich kann mich nur wiederholen: Vergiss Marco mal eine Zeit lang.«

»Wie läuft es denn bei dir?«, fragt Bea, um vom Thema abzulenken.

»Hier ist alles gut. Ich würde mir wünschen, in einem schwedischen Kaff festzustecken. Mein nächster Patient ist schon da, ich muss auflegen. Kopf hoch, es wird besser, versprochen!«

Bea steckt das Handy ein und läuft weiter den Pfad entlang. Durch die Bäume kann sie Wasser erkennen. Der Pfad mündet bald in eine Wiese, und dahinter liegt, so malerisch er kann, der See. Er ist riesig. Der blaue Himmel spiegelt sich im Wasser. Bea bekommt Lust, sich auszuziehen und schwimmen zu gehen. Sie taucht vorsichtig eine Hand ins Wasser. Es ist kälter, als sie erwartet hätte. Als sie sich wieder aufrichtet, begrüßt sie schwanzwedelnd ein außergewöhnlich schöner Hund.

»Ja, wer bist du denn?« Bea streicht ihm über sein seidiges Fell.

»Das ist Snorre«, sagt hinter ihr jemand auf Deutsch mit leichtem schwedischen Akzent.

Bea dreht sich um. Ein gut aussehender Mann steht da im Wollpulli. Er hat keinen echten Bart, sich aber schon eine Weile nicht mehr rasiert. Es ist kein stylisher Dreitagebart, wie Marco ihn trägt. Es ist mehr ein Ich-rasier-mich-sobald-ich-Zeit-habe-Bart. Der Mann hat dunkelblonde Haare, die sich leicht wellen, und blaue Augen, die sie schon mal irgendwo gesehen hat.

Es klingelt bei ihr. »Du bist der Vater von Olivia!«

Der Mann nickt. »Und das weißt du, weil …?«

»Du sprichst deutsch. Olivia hat mir erzählt, dass sie zu Hause deutsch spricht. Und ihr habt die gleichen Augen.«

Die gleichen schönen Augen.

Er lächelt, und sie kann ein Grübchen auf seiner Wange erkennen. »Hallo, Miss Marple, ich bin Per.« Er reicht ihr seine Hand.

»Bea.« Sie lächelt ihn an und fühlt sich plötzlich wie ein Teenager.

»Wenn du Olivia kennst, wohnst du bei Nanni im Gästezimmer?«

»Ja, ich bin hier sozusagen auf der Durchreise.«

Er sieht sie an und scheint an etwas Bestimmtes zu denken. »Das sind die meisten Touristen. Nach Sjöhyttan kommt keiner, um zu bleiben.«

»Sie ist toll, deine Tochter.«

Per lächelt stolz. »Ich hab zwei, und beide sind klasse Mädchen.«

Es platscht hinter ihnen. Snorre hat sich ins Wasser geworfen und schwimmt den Enten hinterher.

»Na klasse. Jetzt kriege ich ihn nicht mehr aus dem Wasser.« Per lässt sich auf eine breite Holzliege fallen, die am Ufer steht.

»Die sieht ja lustig aus«, Bea kommt neugierig näher.

»Die hat ein Stockholmer Designer entworfen und hier aufgestellt. Keiner weiß so richtig, warum ausgerechnet hier, aber sie ist sehr bequem. Probier mal!« Er klopft auffordernd neben sich.

Bea zögert einen Moment. Es kommt ihr seltsam vor, sich neben einen fremden Mann auf eine Liege zu legen. Schließlich gibt sie sich einen Ruck und legt sich neben Per. »Erstaunlich bequem.«

»Sag ich doch«, Per grinst sie an. Dann schauen beide in die Bäume über ihnen.

Die Sonne scheint wärmend durch die Blätter. Man kann im Liegen auch auf den See sehen. Snorre schwimmt immer noch kreuz und quer den Enten hinterher.

»Was passiert, wenn er eine erwischt?«, will Bea wissen.

»Das passiert nicht. Er hat keine Chance«, sagt Per mit geschlossenen Augen.

Bea muss gähnen.

»Du warst um zwei noch wach, stimmt's?«, fragt er neben ihr.

»Sherlock Holmes?«

»Nein, nur selber schlaflos. Ich bin heute Nacht vor deinem Fenster rumspaziert, da war noch Licht.«

Bea gefällt es, wie ehrlich er ist. Sie fühlt sich wohl, hier neben ihm zu liegen und mit ihm zu sprechen, als würden sie sich schon ewig kennen.

»Warum bist du schlaflos?«, fragt sie.

»Ich habe Kinder«, seufzt er.

»Ich dachte, das sei nur mit kleinen Kindern so.«

»Das dachte ich auch.« Beide lachen.

»Und du?«, fragt er und gähnt.

»Ich bin schon lange schlaflos. Zu Hause habe ich Tabletten genommen, um schlafen zu können, und die wollte ich auf meiner Reise jetzt weglassen. Mit dem Ergebnis, dass ich praktisch gar nicht mehr schlafe.« Es ist seltsam leicht, sich ihm anzuvertrauen.

»Um zu schlafen, braucht man ein Grundvertrauen darin, dass alles o. k. ist, dass man loslassen kann.« Er spricht mit geschlossenen Augen. »Und man braucht einen Ort, an dem man sich wohlfühlt. So wie hier.« Seine Stimme wird langsamer, und seine Atemzüge werden länger.

Bea schließt die Augen und hört den Wind in den Bäumen rascheln, sie fühlt die Sonne auf der Haut und die Liege unter sich, die sie trägt.

Sie wacht davon auf, dass jemand sie sacht am Arm berührt. Per hat sich über sie gebeugt. Einen Moment lang glaubt sie, dass er sie küssen will, aber das ist nur ihr schlaftrunkenes Gehirn.

»Ich muss los, wir haben fast zwei Stunden geschlafen.«

Bea rappelt sich zum Sitzen hoch und sieht sich um. Das Licht hat sich verändert, und Snorre liegt neben ihnen. Sein Fell ist trocken.

»Ich wollte dich nicht schlafend hier allein lassen und einfach abhauen.«

»Das gehört sich auch nicht, wenn man mit einer Frau geschlafen hat«, scherzt Bea.

Per grinst, steht auf und zieht sie hoch. Sie sieht die Muskeln auf seinen Unterarmen. Er ist sicher kein Schreibtischtäter.

Sie ordnet ihre Haare und macht sie auf, um sich erneut einen Dutt zu machen.

»Lass sie auf.« Er sagt das ganz sanft und ohne eine Begründung.

Bea lässt die Arme fallen.

»Darf ich dich noch zurück zum Dorf begleiten?«, fragt er in einem scherzhaften Ton.

»Sehr gerne«, antwortet Bea. Sie gehen nebeneinanderher und wissen nicht, was sie sagen sollen.

Beide fangen gleichzeitig an zu reden.

»Was arbeitest du?«

»Wohin geht deine Reise?«

Sie lachen und sehen sich kurz an. Snorre läuft vor ihnen her.

»Ich bin Tischler und hätte eigentlich vor zwei Stunden in der Werkstatt sein müssen.«

»Kriegst du jetzt Ärger mit dem Chef?«

»Ich bin mein eigener Chef«, sagt er nicht ohne Stolz.

»Selbstständig. Das heißt selbst und ständig«, stellt Bea fest.

»Genau so. Aber die Arbeit macht mir großen Spaß.«

»Das glaube ich. Ich stelle es mir schön vor, etwas mit den Händen zu erschaffen.«

Per nickt. Sie gehen weiter den Pfad entlang. »Und du wolltest wissen, wo ich hinreise. Ich bin auf dem Weg ans Nordkap.«

»Allein?«

»Mit meinem Bus Werner. Aber der ist jetzt bei Oskar

in Behandlung. Könnte eine Woche dauern.« Bea glaubt, so was wie Freude in Pers Augen zu sehen.

»Na, dann sehen wir uns ja sicher noch.«

»Vermutlich.«

Der Pfad ist eng, sie müssen aufpassen, dass sie beim Gehen nicht aneinanderstoßen.

»Und du reist oft so allein mit deinem Bus herum?«, fragt Per.

»Ehrlich gesagt ist das meine erste Reise mit dem Bus. Ich habe ihn erst vor Kurzem gekauft. Und meine erste Reise allein.« Der letzte Satz von ihr klingt schwerer als beabsichtigt.

»Läufst du vor irgendetwas davon?« Per sieht sie von der Seite an.

Sie schaut kurz zurück und heftet dann den Blick auf den Hund, der vor ihnen herläuft. »Wer weiß. Ich dachte eigentlich, mein Leben wäre gut, so wie es ist, aber mein Körper war mit der Zeit anderer Meinung.«

»Du kommst aus einer großen Stadt, stimmt's? Und du arbeitest in einer stressigen Branche«, rät Per.

»Ja, genau. Ich bin das typische Burn-out-Stadtmädchen.« Bea weiß selbst nicht, warum sie plötzlich sauer ist.

»Tut mir leid. Ich wollte dir nicht zu nahe treten«, sagt Per entschuldigend. »Das Leben kann jedem zu viel werden. Auch wenn man nicht in der Stadt wohnt.« Auch er schaut jetzt nur auf Snorre und nicht mehr Bea an. »Ich beneide das, einfach wegfahren zu können. Etwas nur für sich selbst machen. Das klingt himmlisch für mich.« Er läuft etwas schneller.

Bea passt sich seinem Tempo an. »Du bist alleinerziehend, richtig?«

Er nickt.

»Da kann ich die Bewunderung nur zurückgeben. Das stelle ich mir nicht leicht vor.«

»Weil ich ein Mann bin?«, fragt er halb im Ernst.

»Nein, weil ich die Verantwortung für Kinder schon zu zweit beängstigend finde. Es allein zu stemmen, ist ...« *Hör auf zu reden, du weißt ja nicht, was mit der Mutter ist.*

Bea verstummt, und auch Per schweigt. Der Pfad endet hinter Oskars Werkstatt.

»Ich muss da lang«, er zeigt auf die Straße hinter ihnen.

»Ja, und ich da«, sie zeigt nach vorne. »Vielen Dank für das Nickerchen. Das hat gutgetan.«

»Mir auch. Jederzeit, wenn du müde bist, ruf mich an«, scherzt Per.

Es tut gut, dass er einen Witz macht. Bea wünscht sich, sie hätte nicht vom Alleinerziehen angefangen. »Mach ich!«

Unschlüssig stehen sie voreinander. Die Leichtigkeit, die sie eben noch hatten, ist verflogen.

»Also dann«, sagt Bea.

»Bis dann. Wir sehen uns.« Per dreht sich schnell um und geht die Straße entlang. Snorre läuft neben ihm her.

Bea sieht ihnen nach.

Die Fahrradtour

»Erinnerst du dich noch an deine Frage?« Per liegt bei Olivia im Bett. Sie trägt einen fluffigen rosafarbenen Schlafanzug. Per findet, sie sieht darin aus wie eine entzückende Zuckerwatte.

»An die mit den Fröschen?«

»Genau. Ich habe es für dich nachgelesen. Frösche haben tatsächlich keine Ohren. Aber sie können trotzdem hören.«

Olivias Augen werden groß. »Wie?«, flüstert sie gespannt.

»Hey, das weißt du von mir!« Ebba kommt ins Zimmer und springt mit Anlauf auf ihn drauf.

»Gott, bist du schwer«, Per zieht sie ächzend zu sich in den Arm.

»Um hören zu können, braucht man nicht nur so ein Loch hier«, erklärt Ebba der kleinen Schwester und zieht scherzhaft an Olivias Ohr. »Man braucht auch ein Trommelfell.«

»Was ist ein Trommelfell?«, will Olivia wissen.

Ebba schaut Hilfe suchend zu Per.

»Das ist wie so ein kleines Stück Haut, und das vibriert bei Geräuschen. Wenn ich spreche, wackelt dein Trommelfell und leitet die Schwingungen an dein Gehirn weiter. Und dein Gehirn ist so klug und erkennt aus den Schwingungen Wörter, und du verstehst, was ich sage.«

»Genau so«, bestätigt Ebba.

»Und was ist jetzt mit den armen Fröschen ohne Ohr?«, will Olivia wissen.

»Die haben zwar keine Ohren, aber ...« Ebba macht eine dramatische Pause.

»Ein Trommelfell?«, errät Olivia.

»Richtig! Das ist da ganz nah an der Froschaußenhaut, und deshalb hört der Frosch trotzdem, wenn du laut an den See trampelst.«

Olivia hält ihre Hände über Ebbas Ohren. »So würdest du aussehen, wenn du keine Ohren hättest.«

Die Mädchen kichern, und dann muss Per zeigen, wie er aussehen würde, wenn er keine Ohren hätte, und das finden beide oberlustig.

»Jetzt wird aber geschlafen. Und wenn ihr das hinkriegt, wäre es toll, wenn mich heute Nacht niemand wecken würde wegen Ohren oder Mäusen oder sonst was. Sonst muss ich morgen wieder am See schlafen.«

»Du hast am See geschlafen?«, fragt Ebba interessiert und spielt mit Olivias kleinem Stoffhund.

»Ich bin auf der Liege an unserer Badestelle eingeschlafen, neben einer fremden Frau.« Per weiß nicht, warum, aber er hat das Bedürfnis, jemandem davon zu erzählen.

»Und was hat die Frau gemacht?«, will Olivia wissen.

»Die hat auch geschlafen. Wir waren beide sehr müde, und es war schön und seltsam gleichzeitig.«

Ebba wirft den Stoffhund gegen die Wand. Olivia schnappt ihn sich und verwahrt ihn sicher unter ihrer Decke, damit Ebba ihn nicht noch mal werfen kann.

»Was für eine Frau war das?«, fragt Ebba und klingt nicht begeistert.

»Eine Touristin, sie wohnt bei Nanni.«

»Bea?«, fragt Olivia und strahlt.

Per nickt.

»Die ist nett. Sie hat mich zum Kuchenessen eingeladen.«

Ebba steigt aus dem Bett der Schwester.

»Wo gehst du hin?«, fragt Per.

»Ins Bett. Nacht«, sagt sie kurz angebunden.

Per küsst Olivia noch auf die Stirn, macht das Licht am Nachttisch aus und ihr Nachtlicht an. Jetzt ist ihr Zimmer in einen bläulichen Schimmer getaucht.

Er klopft bei Ebba an die Zimmertür. Sie antwortet nicht. Er überlegt kurz, ob er trotzdem reingehen soll, entscheidet sich dann dagegen.

In der Küche räumt er die Spülmaschine aus und ein und stellt sie an. Er legt einen Korb Wäsche zusammen und schaut dabei etwas Fernsehen. Es erfüllt ihn mit Zärtlichkeit, die kleinen Sachen seiner Töchter zusammenzulegen. All die Shirts mit Einhörnern und kleinen Füchsen drauf. Ebbas Hosen sind jetzt deutlich länger als Olivias. Er muss sie zweimal falten, damit sie auf den Stapel passen. Sie ist auch aus der Tierphase rausgewachsen und zieht nur noch das schwarze und das gestreifte Oberteil an. Er muss mal wieder mit ihr einkaufen gehen, damit sie sich ein paar Shirts ohne Füchse aussuchen kann.

Sie werden so schnell groß, und Meike verpasst das alles. Er verbietet sich den Gedanken, geht mit Snorre noch eben an die nächste Ecke und dann direkt ins Bett. Seine Gedanken wandern zu Bea. Schlafend hat sie so hübsch ausgesehen. Er hat sie eine ganze Weile angeschaut, bevor er sie geweckt hat. Es ist albern, an sie zu denken. Er dreht sich auf die Seite und schläft ein. Kein Kind weckt ihn in dieser Nacht.

Als Bea am nächsten Morgen ins Café runtergeht, ist auf einmal einiges los. Mehrere Gäste sitzen an den Tischen. Bea sucht sich einen Platz und wartet lange auf Nanni, die von einer alten Frau mit grauen Haaren und dürren Armen in Beschlag genommen wird. Sie steht an der Theke und lamentiert mit einer durchdringenden Stimme auf Schwedisch. Bea versteht zwar kein Wort, aber sie kann erraten, dass sich die Alte über etwas aufregt. Schließlich schafft es Nanni, sich von ihr zu lösen, und kommt mit Beas Frühstück an den Tisch.

»Vielen Dank! Hast du Ärger?« Bea deutet auf die Alte, die mürrisch an der Theke steht.

»Nein«, Nanni winkt ab, »das ist nur Bergit, unsere griesgrämige Vogelscheuche. Jeder muss sich mal ihr Gezeter anhören, und heut bin ich wohl dran.« Sie schneidet eine Grimasse und bedient dann übereifrig alle Tische, um nicht mehr an die Theke zu der Alten zurückzumüssen.

Nach einer Ewigkeit, Bea ist fast fertig mit Frühstücken, bewegt sich Bergit endlich aus dem Café. Gustav springt auf und geht ihr aus dem Weg, als hätte er Angst, sonst von ihr getreten zu werden.

Sobald sie weg ist, verändert sich die Stimmung. Die Gäste an den Tischen reden wieder miteinander, und Gustav sucht sich einen guten Platz mittendrin zum Schlafen. Bea sieht ihm neidisch zu, wie er innerhalb von einer Minute tief und fest schläft. Sie hat dafür letzte Nacht wieder Stunden gebraucht.

Sie weiß nicht, was sie mit sich und dem Tag anfangen soll. Es gibt nicht viele Straßen in Sjöhyttan, und ihr fehlt ja das Auto, um weitere Ausflüge zu unternehmen.

Nanni kommt an ihren Tisch und legt ihr mit einem Grinsen einen Schlüssel auf die Serviette.

»Was ist das?«

»Ein Fahrradschlüssel. Ich hab hinten noch ein altes Rad stehen, damit kannst du etwas rumfahren, wenn du magst.«

»Sehr gerne, das ist ja lieb von dir.«

Auf dem Fahrrad fühlt Bea sich frei. Sie weiß gar nicht, wann sie das letzte Mal Rad gefahren ist. Sie hat ein sehr schickes zu Hause in Hamburg in der Garage stehen, aber sie kommt einfach nie zum Radfahren.

Es ist ein warmer Tag, und Bea fährt zum Södra Solsjö. Der Pfad ist zwar etwas holperig, aber sie hofft heimlich, auf Per zu treffen. Sie ärgert sich, dass sie keine Badesachen dabeihat. Einmal muss sie einfach in das kalte Wasser. Eine ganze Weile liegt sie auf der Liege und schaut auf den blauen

See hinaus, aber kein Hund und kein Mann mit blauen Augen tauchen auf. Bea gibt auf und fährt weiter. Es fühlt sich nicht richtig an, kein Ziel zu haben, also schaut sie auf dem Handy nach, wo sie ist.

Bis ins nächste Dorf müsste ich es schaffen.

Nach einigen Kilometern merkt sie, wie unfit sie ist. Ihre Oberschenkel fangen an, sich über die ungewohnte Bewegung zu beschweren. Sie radelt an einer Weide vorbei. Die Kühe schauen vom Grasen auf, als sie vorbeifährt.

»Schön bewegen, nicht so viel am Schreibtisch hocken, sonst werdet ihr so wie ich!«, ruft Bea ihnen zu.

Die Kühe gehen gleich ein paar Schritte, auf keinen Fall wollen sie so werden wie die Frau auf dem Fahrrad, die an ihnen vorbeikeucht.

Ein paar Hundert Meter weiter muss Bea aufgeben. Ihr altbekannter Schwindel ist zurück. Sie schließt das Rad ab, obwohl hier weit und breit keine Menschenseele ist, schließlich hat Nanni ihr extra einen Schlüssel gegeben. Sie geht langsam ein paar Schritte und bemerkt jetzt erst, dass sie am Ufer des Södra Solsjö ist. Von dieser Seite sieht er ganz anders aus. Fasziniert blickt Bea auf das Wasser. Einige Bäume stehen hier nah am Ufer. Sie sucht sich einen aus und setzt sich, den Stamm im Rücken mit Blick auf den See.

Einatmen und ausatmen.

Der Schwindel legt sich langsam, aber stetig.

Es tut gut, hier still zu sitzen.

Vielleicht muss ich mehr auf meinen Körper hören und früher spüren, was er braucht.

Bea lässt den Blick schweifen. Die Farben sind so angenehm. Das Grün der Bäume im Einklang mit dem Blau des Sees und darüber der Himmel, blau mit weißen Wolken. In ihr kommt plötzlich der Wunsch auf zu malen. Als Kind hat sie so gerne gemalt. Mit dem Älterwerden war das dann irgendwann kein Thema mehr.

Ich könnte mit Olivia malen. Es muss schön sein, wenn man Kinder hat und mit ihnen lauter Dinge aus der eigenen Kindheit machen kann.

Der Schwindel ist fort. Eine große Müdigkeit überkommt sie. Sie wünscht sich auf die Liege zusammen mit Per. Ob sie hier am Seeufer schlafen kann? Der Gedanke kommt ihr verrückt vor. Was hat Per noch mal gesagt? Man braucht das Grundvertrauen, dass alles o. k. ist, und einen Ort, an dem man sich wohlfühlt. Bea sieht sich um. Sie ist hier gut versteckt. Keiner kann sie von der Straße aus sehen.

Sie hatte im Internet nachgelesen. Es gibt zahllose Tipps gegen Schlaflosigkeit. Man soll auf keinen Fall tagsüber schlafen, steht da überall. Bea rollt sich ihre Jacke als Kissen zusammen und legt sich unter den Baum auf die Wiese. Sie schließt die Augen und hört dem Wind zu, der sacht durch die Blätter raschelt. Sie hört Vögel und das Wasser, wie es schmatzend ans Ufer plätschert.

Ich bin Gustav. Ich lege mich einfach hin und schlafe.

Als sie aufwacht, ist die Welt etwas weicher. Bea fühlt sich in der Zeit verrutscht. Tagsüber schlafen ist etwas ganz Neues für sie. Es fühlt sich tatsächlich nach Urlaub an. Und auch, wenn es das nächtliche Einschlafen schwerer machen wird, hat es einfach gutgetan.

Eigentlich ist es so was wie eine Übung. Ich übe schlafen an schönen Orten, bis ich es auch im Bett schaffe.

Statt ins nächste Dorf zu fahren, bleibt Bea einfach am See sitzen. Ihre Gedanken wandern zu Marco. Was er wohl gerade macht? Ihr juckt es in den Fingern, ihm eine SMS zu schreiben. Aber die Abmachung verbietet das. Sie will nicht die Erste sein, die sie bricht. Sie rechnet sich aus, wann sie am Nordkap sein kann, wenn der Bus bis Montag repariert ist.

Montag ist großzügig gerechnet. Er hat gesagt, es dauert etwa eine Woche, bis er die Teile hat. Dann kann ich Dienstag am Nordkap sein, wenn ich die Astrid-Lindgren-Welt weglasse. Dann drei Tage zurück oder vier. Ich könnte am Sonntag wieder zurück in Hamburg sein. Als Überraschung. Ob er sich freuen würde?

Bea wirft ein paar Steine ins Wasser und sieht zu, wie die Ringe auf der Wasseroberfläche immer größer werden und sich schließlich auflösen.

Per hat viel geschafft heute. Er hat die Holzkonstruktion der Wände auf der Bodenplatte befestigt. Er liebt diesen Moment, wenn aus den einzelnen Teilen ein Haus wird. Noch hat es kein Dach, aber man kann jetzt schon erahnen, was es einmal wird. Zufrieden sammelt er seine Jacke und Snorre ein, der mitten in den Sägespänen liegt und schläft.

»Komm her, du Waldschrat.« Er beugt sich zu ihm hinunter und versucht, ihm die vielen Späne aus dem Fell zu streichen. Mit Snorre spricht Per meistens schwedisch, wenn sie allein sind. Glücklicherweise versteht der Hund beide Sprachen.

»Schüttle dich mal«, fordert er das Tier auf.

Snorre schaut ihn belustigt an. Diesem seltsamen Befehl kommt er weder auf Deutsch noch auf Schwedisch nach.

Per gibt auf und verlässt die Werkstatt. Als Snorre in den Wagen springt, rieseln eine Menge Späne aus ihm heraus. Per schüttelt resigniert den Kopf.

Wer braucht schon ein sauberes Auto?

Burger für alle

Per fährt zu Nannis Café, um Olivia und Ebba abzuholen. Ebba war bei einer Freundin und hat angeboten, Livi auf dem Rückweg mitzunehmen, aber Per möchte gerne bei Nanni vorbeigehen. Er gesteht es sich vor sich selbst nicht ein, aber er würde Bea gerne über den Weg laufen. Heute Morgen hatte er schon gehofft, sie am See zu treffen, aber er war vermutlich zu früh dran.

Als er auf den Hof einbiegt, winkt ihm Oskar von der Terrasse. Nanni bedient hier draußen eigentlich nicht, weil sie nicht immer rein- und rausrennen will, aber Einheimische setzen sich trotzdem gerne an die Tische auf der Terrasse. Nicht nur bei Sonnenschein.

Snorre läuft direkt ins Café. Per bleibt auf der Terrasse bei Oskar stehen.

»Na, was machen die Autos?«

Oskar nickt als Antwort. »Und die kleinen Häuser?«

Per nickt zurück.

Olivia kommt mit ihrer Schürze herausgerannt, und er hebt sie hoch und schwingt sie einmal im Kreis. Sie schlingt ihre Arme und Beine um ihn, und er hält sie fest, obwohl sie inzwischen zu groß ist, um so gehalten zu werden.

Nanni kommt hinter ihr aus der Tür. »Wollt ihr Burger? Ich habe gerade etwas Fleisch auf den Grill geworfen.«

»Da sag ich nicht Nein!« Oskar grinst sie an.

»Ich auch gerne!« Pers Magen knurrt sofort. Er hatte heute kein Mittagessen.

Eine Frau kommt auf dem Fahrrad angefahren. Sie trägt ihre langen dunklen Haare offen, sie sind vom Wind zerzaust. Als sie sich herunterbeugt, um das Rad abzuschließen, fallen ihr die Haare ins Gesicht. Per erkennt sie trotzdem. Sein Herz beginnt, schneller zu schlagen.

Olivia entdeckt Bea und ruft von ihrem Platz auf seinem Arm aus: »Papa, schau, das ist die Frau, mit der du geschlafen hast!«

Nanni schlägt sich entsetzt die Hand vor den Mund. Oskar starrt Per an.

Per wird rot und setzt Olivia ab. »Wir haben am See ein Nickerchen gemacht. Es ist alles ganz harmlos«, sagt er leise.

Bea kommt die Stufen hoch. Alle starren sie an. »Oh, hallo! Ist hier eine Versammlung?«

Per schaut auf den Boden, und Oskar und Nanni bemühen sich um einen neutralen Gesichtsausdruck, der ihnen nicht gelingt.

»Hallo, Bea!«, auch Olivia ist jetzt befangen, weil sie offenbar etwas gesagt hat, was sie nicht hätte sagen sollen.

»Hallo, kleine Dame, wie geht es dir?«

»Gut.«

Da keiner der Männer etwas sagt, versucht Nanni, die Situation zu retten: »Ich mach gerade Burger, möchtest du auch einen?«

»Was ist hier los?« Bea schaut Per an, der jetzt nicht mehr weggucken kann. Ihre Blicke treffen sich.

»Olivia hat gerade einen etwas missverständlichen Satz gesagt«, erklärt Per.

Bea schaut von ihm zu Olivia, die sich kichernd hinter einem Verandapfosten versteckt. Oskar scheint das Ganze sehr zu genießen. Er sitzt zurückgelehnt auf seinem Stuhl und hört nicht auf zu grinsen.

»Über mich?«, will Bea wissen. Sie klingt sehr interessiert.

Da die Erwachsenen auf die Frage nicht reagieren, nickt Olivia.

»Sagst du es mir ins Ohr?«, fragt Bea und kniet sich neben die Säule, um die sich Olivia herumwickelt.

Olivia flüstert ihr etwas ins Ohr, und Bea bricht in schallendes Gelächter aus. Oskar und Nanni fallen mit ein, und Per muss jetzt auch grinsen.

»Oskar, hilf mir doch mal eben mit den Burgern«, kommandiert Nanni in einem Ton, der keinen Widerstand duldet.

»Setzt euch hin, ich serviere sie!« Olivia rennt den beiden hinterher.

Per und Bea bleibt gar nichts anderes übrig, als sich an einen Tisch zu setzen.

»Wie war dein Tag?«, fragt Per. Ihre verstrubbelten Haare erzählen eine Geschichte. Sie hat auch etwas Farbe bekommen und sieht aus, als hätte sie den Tag heute draußen verbracht.

»Schön. Ich war mit dem Rad von Nanni unterwegs. Bin nicht weit gekommen.« Sie streicht ihre Haare zusammen und bindet sich mit einer sehr geübten Bewegung einen Dutt. Per hat keine Ahnung, woher sie plötzlich ein Haargummi hat. Frauen können solche Dinge hervorzaubern. Er wünscht sich, sie hätte die Haare offen gelassen. Mit offenen Haaren sieht sie viel unaufgeräumter und wilder aus. Per gefällt das. Allerdings kann er jetzt viel mehr von ihrem schönen Gesicht sehen. Sie hat einen schlanken Hals und ein paar Sommersprossen, die nicht an den üblichen Stellen sitzen.

»Und wie war dein Tag?«, will sie wissen und schlägt die Beine übereinander. Per kann sehen, dass sie normalerweise eher Kleider und Röcke trägt als Hosen. Die Art, wie sie die Beine zusammenhält, verrät es ihm.

»Auch ganz gut. Ich komme mit meinem Projekt gut voran, was wichtig ist, denn bald fangen die Ferien an.«

»Wie lange dauern die bei euch?«

»Drei Monate.«

»Den ganzen Sommer lang?«

»Den ganzen Sommer lang«, bestätigt Per und reibt seine Handflächen aneinander.

»Ist Schweden nicht das Land der genialen Kinderbetreuung? Oder musst du dich die drei Monate allein kümmern?«

»Es gibt Sommerlager, und einige Schulen bieten auch Betreuungsprogramme an, aber nicht hier auf dem Land.«

Er fährt sich durch die Haare und ergänzt: »Ich bin aber nicht allein. Es gibt hier viele im Dorf, zu denen Ebba und Olivia gehen können, wenn ich arbeite. Und ab und zu kommen sie auch mit.«

»In die Werkstatt? Ist das nicht gefährlich?«

Per wirft Bea einen belustigten Blick zu. »Neulich sind sie allein mit dem Boot auf den See rausgefahren. *Das* war gefährlich.«

Bea nickt und schaut in die Ferne. Sie sieht aus, als ob sie etwas fragen möchte.

Per beantwortet die Frage, bevor Bea sie stellen kann. »Ihre Mutter ist vor langer Zeit gegangen. Sie hatte mit Depressionen zu kämpfen und meldet sich nie.«

»Das tut mir leid.« Bea sieht ihn voller Mitgefühl an.

Per kennt diesen Blick und mag ihn nicht besonders. Keiner weiß, wie sich das wirklich anfühlt, und er will es nicht erklären müssen. »Was hoffst du, am Nordkap zu finden?«, fragt er etwas ruppiger als beabsichtigt.

»Ich hab ehrlich gesagt keine Ahnung. Ich wäre schon dort, wenn die Panne nicht passiert wäre, und dann wäre ich auch bald wieder zurück und könnte mich um mein aus den Fugen geratenes Leben kümmern.«

»Das klingt wie eine Pflicht. Einmal zum Nordkap und zurück. Ist bei so einer Reise nicht der Weg das Ziel?«

Bea stöhnt und legt den Kopf auf den Arm. »Das sagen alle! Aber ich verstehe das einfach nicht. Was ist so schlecht daran, wenn man ein Ziel zügig erreichen will?«

Per fallen dazu gleich mehrere Antworten ein. Sie ist schön, wenn sie sich aufregt. Ihr Gesicht ist jetzt mit einer ganz leichten Röte überzogen. Per hat plötzlich den Wunsch, über ihre Wange zu streichen. »Wenn du am Nordkap etwas abholen willst, dann macht deine Art zu reisen Sinn. Du fährst hin, holst es ab und fährst zurück. Aber das, was du abholen möchtest, wird dir keiner am Nordkap in einer Schachtel überreichen, verstehst du, was ich meine?« Er beugt sich zu ihr herüber.

»Das kannst du nicht wissen. Ich wollte immer mal da hinfahren, und vielleicht überkommt mich ja ein großer Frieden, wenn ich da bin. Und dann fahre ich mit dem Frieden zusammen wieder zurück.« Sie macht eine ausholende Handbewegung und klopft ihm spielerisch auf den Oberarm.

Er sieht sich die Stelle an, die sie gerade berührt hat, und fragt sich, warum sich das so seltsam anfühlt.

»Ich fürchte, der Friede muss noch 'n bisschen auf seine Abholung warten.« Oskar steht mit einem vollen Tablett vor dem Tisch.

Hinter ihm strömen Nanni und Olivia aus der Tür und bringen noch mehr Essen, das jetzt überall vor ihnen auf dem Tisch aufgebaut wird.

Bea hat nur Augen für Oskar. »Was soll das heißen?«, fragt sie alarmiert.

»Ebba!« Olivia winkt mit den Servietten, die sie gerade auf den Tisch legen will.

»Esst ihr hier etwa Burger ohne mich?«, beschwert sich Pers Älteste und schnappt sich schnell den Stuhl neben ihrem Vater.

»Ich hab genug für alle, die noch kommen«, beruhigt Nanni aus dem Hintergrund. Sie verteilt Besteck und Gläser.

»Oskar«, Bea versucht, die Aufmerksamkeit wieder zurück auf ihre Frage zu lenken.

»Darf ich noch Ketchup holen?«

»Ey, du kannst dir nicht den größten nehmen!«

Per versucht, zwischen dem Gerangel seiner Mädchen, die sich schnell Teller mit Burgern und Pommes drauf sichern, dem Gespräch zwischen Oskar und Bea zu folgen. Er hat Oskars Antwort verpasst, aber Beas Gesichtsausdruck nach zu urteilen, hat er etwas Vernichtendes gesagt.

»Vier Wochen?« Sie schüttelt entsetzt den Kopf. »Das geht nicht, dann muss ich nach Hause fahren und Werner hierlassen.«

»Es könnte sein«, Oskar macht eine nachdenkliche Pause, »dass ich ihn auch früher bekomme. Aber ich kann es nicht versprechen.«

»Wie lange kann ich in dem Zimmer wohnen, Nanni?«

Nanni, die sich gerade zu ihnen an den Tisch gesetzt hat, runzelt die Stirn. »Ich fürchte, nächste Woche habe ich eine Reservierung. Es gibt ein paar Stammgäste, die jedes Jahr auf der Durchreise kommen«, sagt sie entschuldigend.

Oskar sieht Per seltsam an und schubst ihn unter dem Tisch.

Per weiß nicht, was das soll. Fragend zieht er die Augenbrauen hoch.

»Per, hast du nicht das Tiny House, das leer steht?«, fragt Oskar langsam, so als würde er diesen Gedanken gerade erst finden.

Per versteht jetzt endlich. »Ja, tatsächlich. Ich hätte ein kleines Haus für dich, in dem du wohnen kannst, solange du möchtest. Der Besitzer ist auf Weltreise und holt es erst im September.«

Bea, die immer noch sehr geschockt aussieht, schaut von Per zu Oskar. »Meinst du, es lohnt sich für mich zu warten?«

Oskar macht ein zuversichtliches Gesicht. »Auf alle Fälle. Ich hatte das schon ganz oft, dass ein Ersatzteil sehr lange Lieferzeiten haben sollte, und dann, zack, war es auf einmal innerhalb von drei Tagen da.«

Per hat noch nie von langen Lieferzeiten von Ersatzteilen gehört. »Von was für einem Bus reden wir denn hier?«

»Von einem alten T 2.«

»Oha, ach so. Deshalb dauert das so lange.«

Oskar nickt bedächtig und nimmt einen Schluck von dem Getränk, das in seiner Nähe steht. »Deshalb dauert das so lange«, wiederholt er.

»He, das war meine Rhabarberschorle«, beschwert sich Ebba.

Per schaut Bea an. Sie sieht nicht glücklich aus. »Soll ich dir das Tiny House mal zeigen?«, bietet er an.

Sie nickt dankbar. »Wenn das wirklich in Ordnung wäre, würde ich da gerne drin wohnen, bis Werner einen neuen Motor bekommt.«

»Was redet ihr?«, fragt Olivia, die noch nicht genug Englisch versteht.

»Die Fremde soll in Papas Tiny House wohnen«, erklärt Ebba auf Schwedisch.

»Au jaaaa!«, jubelt Olivia. Sie läuft um den Tisch und umarmt Bea.

Bea wird vor Freude ein bisschen rot. Per registriert das und sieht gleichzeitig aus den Augenwinkeln, wie Ebba düster auf ihre Pommes einsticht. Ihr scheint die Idee ganz und gar nicht zu gefallen. Sie wirft ihrer kleinen Schwester einen bösen Blick zu. »Deine Pommes werden kalt, Livi«, sagt sie auf Schwedisch.

Bea bekommt die frostige Stimmung von Pers älterer Tochter mit. »Ich hab mich noch gar nicht vorgestellt. Ich bin Bea. Ich komme aus Hamburg und reise ans Nordkap, sobald mein Bus wieder geht.« Sie lächelt Ebba an.

»Schön für dich«, antwortet Ebba pampig auf Englisch, obwohl Bea deutsch mit ihr gesprochen hat.

»Will noch jemand Pommes?«, fragt Nanni schnell. »Kennt ihr schon die neueste Geschichte von Tjorre? Inga war gestern da, ihr glaubt nicht, was sie erzählt hat!« Nanni erzählt eine wilde Geschichte, in der Tjorre nachts aufgestanden ist, weil er Geräusche gehört hat und überzeugt war, jemand wäre auf dem Dachboden. Ein Geist vermutlich, der ihn heimsucht.

Per beobachtet während der Geschichte seine Älteste und versucht, Blickkontakt mit ihr herzustellen. Aber sie konzentriert sich voll und ganz auf ihren Burger. Snorre verrät ihm, dass sie immer noch aufgeregt ist. Schwanzwedelnd steht der Hund neben ihr und stupst sie ab und zu zärtlich mit der Schnauze an.

Nannis Geschichte endet mit einer streunenden Katze, die oben auf dem Dachboden ihre Jungen zur Welt gebracht hat. Sie wiederholt die Geschichte in zwei Sätzen auf Schwedisch und sagt zu den Mädchen: »Ihr könnt die kleinen Kätzchen jederzeit besuchen, hat Inga gesagt.«

Olivia strahlt über das ganze Gesicht, und sogar Ebba kann sich ein Lächeln nicht verkneifen. Mit Burgern im Bauch haben alle bessere Laune, auch Bea und Ebba.

»Ich bring die Mädchen ins Bett, dann zeige ich dir das Haus«, verspricht Per, als sie aufbrechen.

»Lass dir Zeit. Schreib mir einfach eine SMS, wenn du kannst, dann komme ich runter.« Bea zückt ihr Handy, und Per holt seins auch aus der Tasche. Beide tauschen Nummern aus. Ebba geht schon vor und setzt sich mit Snorre ins Auto. Von Olivia bekommt Bea eine Umarmung zum Abschied.

Nachdem Per Olivia noch etwas vorgelesen hat, wäre er fast bei ihr im Bett eingeschlafen. Doch nun schleicht er sich leise aus dem Zimmer. Ebba ist noch wach, ihre Tür ist nur angelehnt, was bedeutet, dass er noch reinkommen darf.

»Na, *Lilla Gumman*, was liegt dir auf der Seele?«, fragt er direkt, nachdem er sich auf ihre Bettkante gesetzt hat.

»Nichts. Ich mag sie nur nicht.«

»Bea?«

Ebba nickt.

»Du kennst sie doch gar nicht«, lacht Per.

Ebba schaut trotzig in ihr Buch, das sie vorgibt zu lesen. Vor einigen Wochen hat sie beschlossen, dass sie zu groß ist, um vorgelesen zu bekommen. Seitdem liest sie selbst und muss nicht mehr die Kinderbücher der kleinen Schwester mitlesen.

»Wir treffen doch jedes Jahr Touristen. Auch Frauen, was ist denn dabei?«, fragt Per leichthin.

Ebba zuckt mit den Schultern.

Per weiß nicht, was er noch sagen soll. Zurzeit ist Ebba gut darin, ihm Schuldgefühle für Dinge zu machen, die er nicht verbrochen hat.

»Ich bin nicht lange weg, o. k.? Und ich lass euch Snorre da. Livi schläft schon.«

Ebba nickt.

Per küsst sie auf die Stirn und verlässt das Zimmer. Er schnappt sich seine Jacke und bedeutet dem Hund aufzupassen. Snorre legt sich zwischen die beiden Kinderzimmer und spitzt die Ohren.

Das Tiny House

»Ich hab noch nicht ganz verstanden, wieso du hier ein Tiny House rumstehen hast. Es gehört aber eigentlich jemand anderem?«, fragt Bea, während sie die Straße entlanglaufen.

»Ich baue Tiny-Häuser und verkaufe sie.«

»Du baust sie?« Bea klingt völlig begeistert.

»Ja. Ich baue sie. Alles daran. Und am Ende richte ich sie auch ein. Ich hänge zwar keine Bilder auf, aber die Betten bekommen eine Matratze und die Wohnzimmer ein Sofa. Ein winziges Haus zu bemöbeln ist speziell, und die meisten Besitzer möchten es bezugsfertig kaufen«, erklärt Per.

Er bleibt stehen.

»Hier ist es«, sagt er stolz und zeigt auf das Haus, das sich zwischen den Bäumen am Norra Solsjö versteckt.

Bea hatte sich unter dem Tiny House so einen bunten Bauwagen vorgestellt, wie er in der Kindersendung *Löwenzahn* vorkommt. Was sie jetzt vor sich sieht, ist ein richtiges modernes, kleines Haus. Die Form eines Bauwagens ist etwas aufgebrochen durch das Pultdach und den Erker, der an der linken Seite des Hauses hängt. Die Fenster zeigen direkt zum Wasser hin. Es muss grandios sein, dort zu sitzen und einen Kaffee zu trinken.

Das Haus ist mit naturbelassenem Holz verkleidet. Sein Dach ist schwarz, der Eingangsbereich und der Erker sind ebenfalls schwarz gestrichen. Die Fenster mit den schwarzen Rahmen geben dem Haus einen sehr modernen Look.

Per sieht in Beas Augen, wie begeistert sie ist. Er erntet zwar immer viel Lob für seine Häuser, aber aus irgendeinem Grund ist es wichtig, was sie denkt.

Sie schaut ihn an. »Du hast das gebaut? Ernsthaft? Du, allein?«

Er grinst sie an und geht die Stufen zur Haustür hoch. »Darf ich es dir auch von innen zeigen?«

Bea nickt überwältigt und folgt ihm durch die dunkle Haustür.

Per zieht am Eingang seine Schuhe aus. Bea folgt seinem Beispiel. Auf Socken betritt sie das Haus. Es hätte keine bessere Uhrzeit für die Besichtigung geben können. Die Abendsonne scheint durch die Fenster im Erker und taucht alles in ein goldenes Licht. Beas Augen wandern durch den Raum. Per zeigt ihr die Küche, die gleich links von ihnen ist, und Bea schaut sich alles interessiert an.

Sie zeigt auf die Treppe, die aus Schränken gebaut ist und den Raum dominiert. »Darf ich mal einen öffnen?«

Er nickt, und sie zieht eine Schublade heraus. »Und da kann man hochgehen?«, sie zeigt auf die Schranktreppe.

»Nein, die ist nur zur Deko«, scherzt Per.

Sie bufft ihn in die Seite.

Das fühlt sich seltsam gut an. »Bevor wir in dein Schlafzimmer gehen, zeige ich dir noch das Bad.« Per zeigt auf die einzige Tür, die es außer der Haustür noch gibt.

Bea tritt hinein. Der Raum ist winzig, also wartet Per, bis sie wieder rauskommt.

»Klein, aber fein. Woher kommt das Wasser?«

»Das Haus fängt das Regenwasser in einem Tank und pumpt es dann ins Bad und in die Küche.«

»Raffiniert!« Bea zeigt auf den Erker. »Die Möbel hast du auch gebaut?«

Per ist mit ein paar Schritten am Tisch und setzt sich auf die Eckbank. »Ja, das gibt es nirgendwo passend. Man hat also fast keine andere Wahl, als es selbst zu bauen. Ich biete das deshalb immer mit an, und die Kunden nehmen es alle gerne an.«

Bea setzt sich neben ihn und schaut auf den See. »Die Aussicht ist wunderschön«, sagt sie leise.

»Von oben ist sie noch besser«, verspricht Per und zeigt auf die Treppe.

Bea steht auf und klettert vorsichtig die Stufen hoch.

Diese Treppe hat Per ohne Geländer gebaut. Wenn Kinder mit einziehen, baut er sie auch oft mit Geländer, aber er findet, ohne sieht es am besten aus. Per klettert hinterher. Oben angekommen, hat man keine Wahl, man muss aufs Bett krabbeln, weil man nicht aufrecht stehen kann.

Bea legt sich auf den Bauch, um aus den drei Panoramafenstern auf den See zu gucken. Per legt sich bäuchlings neben sie. Er zeigt ihr, wie man die Fenster öffnen kann. Die frische Luft strömt herein. Beide gucken auf das sanft von der Abendsonne beleuchtete Wasser. Es glitzert und funkelt so schön, dass es nichts zu sagen gibt.

Er sieht Bea heimlich von der Seite an. Sie ist hübsch, das bemerkt er jedes Mal aufs Neue. Er schaut schnell wieder weg, bevor sein Körper auf seltsame Ideen kommt.

Bea fühlt sich seltsam. Traurigkeit kommt in ihr auf. Sie sehnt sich nach einer Berührung von Per.

Jetzt reiß dich zusammen!

Sie dreht sich auf den Rücken und bemerkt jetzt erst das Dachfenster.

»Mit Fenstern hast du hier oben nicht gespart, oder?«, sagt sie, um ihre schrägen Emotionen zu verdrängen.

Auch Per legt sich jetzt auf den Rücken. Seine Schulter berührt fast ihre, aber nur fast. Sie fühlt sich so wohl neben ihm. Er hat eine beruhigende Wirkung auf sie, die sie nicht erklären kann.

»Du kannst sie auch alle abdunkeln, was jetzt in den hellen Nächten ziemlich praktisch ist.« Er zeigt ihr den Schalter und muss sich dafür etwas über sie beugen. Er riecht nach Aftershave und Sägemehl.

»Per, das Haus ist unglaublich wunderschön. Es wäre mir eine große Ehre, hier zu wohnen.« Sie sieht ihm in die Augen.

Wie kann ein Mann nur so schöne Augen haben? Mit diesen langen Wimpern!

»Du bist dem Haus und mir herzlich willkommen!«

»Ich zahl dir natürlich auch was für die Zeit, in der ich hier wohne.«

Per schüttelt den Kopf. »So läuft das in Skandinavien nicht. Hast du noch nie etwas von *gästfrihet* gehört?«

»Gastfreundschaft. Ja natürlich, aber wir sind ja nicht befreundet.«

Per sieht sie mit seinen schönen blauen Augen an. »Dann lass uns doch ab heute Freunde sein.« Er macht ein Gesicht dazu wie ein Kindergartenkind.

Bea muss lächeln. »Sehr gerne.«

Er streckt ihr die Hand hin. Sie ergreift sie und schüttelt sie. Es hat einen schönen offiziellen Charakter.

»Freunde«, sagt Bea feierlich.

»Freunde«, wiederholt Per.

»Und jetzt, da wir Freunde sind, erklär mir deine traurigen Blicke.« Er dreht sich auf die Seite, um sie besser anschauen zu können.

Bea ist perplex. »Welche traurigen Blicke?«

Per mustert sie, als wollte er abchecken, ob er mit der Frage zu weit gegangen ist.

Bea denkt nach. Ihr Blick wandert aus dem Dachfenster hinaus in den Himmel. »Es gibt da jemanden, den ich zu Hause zurückgelassen habe. Ich weiß nicht, ob wir noch zusammen sind, wenn ich wieder nach Hause komme.«

»Dein Freund?«, fragt Per.

»Eher mein Ex-Freund.«

»Und …«, er sucht nach Worten, »du denkst noch viel an ihn?«

Bea nickt. »Ich glaube, er ist der Grund, warum ich die Reise nicht so genießen kann, wie ich sollte.«

Per sagt nichts. Stattdessen dreht er sich auf den Bauch zurück und schaut auf den See hinaus.

»Hab ich jetzt etwas Falsches gesagt?«, fragt Bea und dreht sich ebenfalls wieder auf den Bauch.

»Nein, ich denke nur an einer guten Antwort herum. Ebba sagt immer, man muss aufpassen, was man antwortet.«

»Ebba klingt wie eine weise alte Frau.«

Er lacht. »Allerdings. Manchmal habe ich das Gefühl, sie ist älter als ich! Erzähl mir etwas mehr von deinem Ex. Wie heißt er, wie lange wart ihr zusammen, und wie habt ihr euch verabschiedet?«

Seit sie gerade eben beschlossen haben, Freunde zu sein, fühlt sich Bea wohler, ihm von Marco zu erzählen. Auch wenn das natürlich lächerlich ist. »Er heißt Marco, und er war nicht begeistert von meiner Reise. Er wollte nicht rumsitzen und auf mich warten, und da haben wir uns eine Pause und ein Kontaktverbot auferlegt.«

»Aha. Wie genau sieht das aus?« Per klingt ehrlich interessiert an ihren Beziehungsproblemen.

»Keine Anrufe, keine SMS«, Bea lächelt, »nur Briefeschreiben ist erlaubt.«

»Und, wie klappt das mit den Briefen?«

Bea schüttelt den Kopf. Sie schaut auf den See, der jetzt in ein ganz rotes Licht getaucht ist. Die Sonne geht gerade am gegenüberliegenden Ufer unter. Es ist so unwirklich schön, dass sie eine Weile braucht, um zu antworten.

»Bisher habe ich noch keinen Brief von ihm bekommen.«

Nach einer kurzen Pause fügt sie hinzu: »Und auch noch keinen geschrieben.«

»Hat er denn deine Adresse?«

»Ja, ich habe meine Freundin Tina gebeten, sie ihm zu geben.«

Per nickt und schaut auf den fulminanten Sonnenuntergang. Er zählt die letzten Sekunden, bis die Sonne untergegangen ist: »Drei, zwei, eins.«

Der rote Ball ist verschwunden und mit ihm das Glitzern auf dem Wasser.

»Schreib du ihm doch den ersten Brief«, schlägt Per vor.

»Ich trau mich nicht. Es würde wehtun, wenn er dann nicht zurückschreibt.«

»Ach, komm«, er schaut sie herausfordernd an.

»Ich wette mit dir, er schreibt zurück, wenn du ihm schreibst. Alles andere wäre doch unhöflich.«

Bea erzählt Per ein bisschen über Marco. Wo er arbeitet, wovon er träumt und wie seine Wirkung auf Menschen ist. Per hört zu und unterbricht sie kein einziges Mal.

»Jetzt weißt du, was für ein Typ er ist und warum ich die Reise wegen ihm nicht so genießen kann.«

»Ehrlich gesagt denke ich, dass niemand der Grund ist, warum man etwas nicht genießen kann.« Per klingt sehr überzeugt.

»Wie meinst du das?« Bea legt den Kopf auf ihre Hände.

»Es liegt an dir, die Reise zu genießen.«

»Das ist ja momentan etwas schwer, ohne Bus«, Bea setzt sich auf.

»Dann versuch es doch mal mit Urlaub in Sjöhyttan im Tiny House mit Blick auf den See.«

»Das mache ich. Wann darf ich denn einziehen?«

»Ich muss mir noch Gedanken über die Stromversorgung machen. Aber zusammen mit Oskar kriege ich bis morgen bestimmt etwas hin. Versprich mir, dass du an Marco schreibst?«

»O. k., aber dann erzählst du das nächste Mal auch etwas über deine Ex. Einseitig das Herz ausschütten macht noch keine Freundschaft.«

»Okay«, er legt seine Hand auf ihre. Sie strahlt Wärme ab, und ein Kribbeln geht durch ihren Körper. Er scheint etwas Ähnliches zu spüren, denn er lässt die Hand etwas länger als angebracht auf ihrer liegen. Dann dreht er sich abrupt um und klettert die Treppe runter. Bea kommt hinterher. Per bringt sie bis zu Nannis Café. Auf dem Weg scherzen sie über Tjorre und welche Geschichte sie wohl als Nächstes von ihm hören werden. Viel zu schnell kommen sie an Nannis Haus an.

»Das war ein schöner Abend. Danke für alles. Dass ich in deinem tollen Haus wohnen darf und dass du mir zugehört hast bei meinen …« Sie macht eine Handbewegung, statt das letzte Wort auszusprechen.

Per nickt.

»Wenn ich mich revanchieren kann mit irgendetwas, die Kinder mal von der Schule abholen, oder Bürokram, der unerledigt rumliegt …« Bea zieht die Schultern hoch und lässt sie wieder fallen. »Ich würde mich freuen, etwas für dich zu tun«, schließt sie ihre Rede ab.

»Du arbeitest in der Werbebranche, du sorgst dafür, dass sich Dinge besser verkaufen?«

Bea muss grinsen. »Ja, das sollte jedenfalls am Ende rauskommen.«

»Ich könnte etwas Werbung für meine Tiny Houses brauchen. Bisher läuft es über Mundpropaganda, aber manchmal dauert es einige Zeit, bis der nächste Auftrag kommt.«

»Hast du eine Website?«

Per schüttelt den Kopf.

»Insta? Twitter? Facebook?«

»Sind das Namen von exotischen Pflanzen?«, er macht einen Witz, um zu vertuschen, wie unangenehm es ihm ist, dass er all das nicht hat.

»Das würde ich sehr gerne für dich anleiern.« Bea ist mehr als begeistert von der Option, seine großartigen Häuser zu bewerben. Sie hat sofort tausend Ideen im Kopf, aber sie spürt, dass sie das mit Per behutsam angehen muss. »Ich komm morgen mal in deiner Werkstatt vorbei, dann besprechen wir, was du machen willst und was nicht.«

Per wirkt erleichtert. Er umarmt sie schnell zum Abschied. Sie riecht sein Aftershave und Sägemehl und schließt kurz die Augen.

»Schlaf schön«, sagt er, als er sie loslässt.

»Das wird nicht leicht, aber ich versuche es«, verspricht Bea. »Du auch!«

Er nickt und geht rückwärts, damit er sie weiter ansehen kann.

Bea winkt ihm und dreht sich dann zum Haus um. Oben

verschwindet das Gesicht der alten Dame hinter der Gardine.

Die kleinen Strolche

Als Bea im Bett liegt und wie jeden Abend vergeblich auf den Schlaf wartet, hört sie aus dem Zimmer nebenan seltsame Geräusche. Es klingt wie eine Mischung aus Vogel und Frosch. Bea setzt sich auf. Das Piepsen und Pfeifen bleibt gleich laut. Sie stellt sich auf das Bett und legt ihr Ohr an die Wand.

Jetzt hört sie den Vogelfrosch lauter quaken. Es klingt, als wären es sogar mehrere. Zwischendrin hört sie eine menschliche Stimme, die mit den Quakpfeifern kommuniziert, und ein Kratzen und Rascheln. Was ist da drüben los? Könnte die alte Dame in Gefahr sein? Wurde sie von einer Bande Pfeiffrösche überfallen?

So ist an Schlaf auf alle Fälle nicht zu denken. Sie zieht sich einen Pullover über ihr Schlafshirt, schlüpft in ihre Schlappen und klopft mutig an der Zimmertür ihrer Nachbarin. Lange Zeit rührt sich nichts. Dann öffnet sich in Zeitlupe die Tür, und ein Kopf mit Lockenwicklern und einer rosafarbenen Haube darüber erscheint.

»Sie wünschen?«, fragt die alte Dame, als hätte Bea beim Zimmerservice angerufen.

»Entschuldigen Sie die späte Störung. Ich habe seltsame Pfeifgeräusche aus Ihrem Zimmer gehört. Ich wollte mich nur vergewissern, dass bei Ihnen alles in Ordnung ist.«

Die alte Dame sieht sie nur an.

»Ist bei Ihnen alles in Ordnung?«, fragt Bea, weil sie nichts sagt. Vielleicht wird sie bedroht und ist nicht in der Lage, ehrlich zu antworten.

»Alles in bester Ordnung«, antwortet die Dame liebenswürdig.

Bea kann das nicht so recht glauben und bleibt mit einem fragenden Gesichtsausdruck vor dem Zimmer stehen. Die alte Dame streckt den Kopf noch etwas weiter aus der Tür und sieht sich nach links und rechts um. Bea folgt ihrem Blick. Sie sind beide allein hier im Flur, was nicht erstaunlich ist, da Nanni nur zwei Zimmer vermietet.

»Können Sie ein Geheimnis für sich behalten?«, flüstert ihre Zimmernachbarin. Die pfeifenden Geräusche im Zimmer schwellen jetzt an.

»Natürlich«, verspricht Bea und hofft, dass die Alte sie jetzt nicht in ein Verbrechen einweiht und ihr gleich zwei geknebelte Leute präsentiert, die durch ihr Klebeband pfeifen.

Die Dame öffnet ihre Zimmertür und lässt Bea eintreten. Das Zimmer ist doppelt so groß wie ihres und ähnlich hübsch eingerichtet. Auf den ersten Blick kann Bea nichts Ungewöhnliches erkennen. Erst als sich die Alte herunterbeugt, sieht sie die vielen kleinen Tiere auf dem Boden. Quietschend scharen sie sich um die alte Dame und lassen sich von ihr über die wuscheligen Köpfe streichen.

»Sind das Meerschweinchen?« Bea kommt näher.

»Darf ich vorstellen, das sind: Alfalfa, Spanky, Porky, Scotty, Waldo, Stymie, Darla, Tommy und Buckwheat.« Sie schaut so stolz auf ihre kleinen Schweine, als würde sie ihre Kinder vorstellen.

Die Namen kommen Bea bekannt vor, aber sie weiß nicht, woher.

»Aus der Serie *Die kleinen Strolche*«, errät sie Beas Gedanken.

Bea nickt, sie kennt zumindest den Titel.

»Ach, Sie sind zu jung«, winkt die Dame ab und rafft ihren Morgenmantel, um sich auf den Boden zu hocken. Erstaunlich gelenkig kauert sie sich vor den quiekenden Tieren zusammen. Sie sieht aus, als würde sie viel Zeit in dieser seltsamen Körperhaltung verbringen.

»Ich kann sie immer erst so spät füttern, weil sie dabei so einen Krach machen.« Mit diesen Worten holt sie drei Schälchen aus einer Tasche, in denen sich Salat, Möhren und Körner befinden.

Schreiend stürzen sich die kleinen Schweine auf das Futter. Sobald jeder etwas zwischen den Zähnen hat, geht das Gequieke in ein Gurren über.

Bea schaut sich um und entdeckt keinen Käfig. »Wo halten Sie die Meerschweinchen denn?«, will sie wissen.

Die Alte richtet sich langsam wieder auf. »Spielen wir ein Spiel«, fordert sie Bea auf. Und bietet ihr einen Stuhl an.

»Was für ein Spiel?«, fragt Bea und setzt sich. Es ist seltsam, hier im Schlafshirt mit der fremden Frau zu sitzen.

Die Dame nimmt sich den anderen Stuhl und setzt sich Bea gegenüber. Sie streicht ihren Morgenmantel glatt, als sei er ein elegantes Kleid. Anders als Bea scheint sie gar keine Hemmungen zu haben, hier in ihrem Nachtoutfit zu sitzen.

»Das Spiel geht folgendermaßen: Wir stellen uns gegenseitig Fragen. Sie haben gerade die erste Frage gestellt. Mit jeder Antwort verdient man sich die nächste Frage. Wenn ich ehrlich antworte, darf ich die nächste Frage stellen, die Sie dann ehrlich beantworten. Insgesamt werden jeweils sieben Fragen gestellt. Wir haben beide ein einziges Mal die Möglichkeit, eine Frage nicht zu beantworten. Dann sagen wir ›Joker‹.« Sie freut sich ganz offensichtlich über die Regeln, die sie gerade erklärt hat.

Bea weiß nicht so recht, was das für ein Spiel sein soll. »Und wo ist der Nutzen?«

»Wollen Sie wissen, wo ich die Meerschweinchen halte, oder nicht?«

Bea nickt.

»Na also. Spielen wir. In meinem Alter pflegt man die Neugierde wie ein Haustier. Sie muss regelmäßig gefüttert werden. Das Spiel dient also vorwiegend dazu, dass eine alte Schachtel etwas über die geheimnisvolle junge Dame erfährt, die nebenan schlaflos ist.«

Bea kann nicht anders, sie muss lächeln. »Gut, ich bin dabei. Aber woher wissen wir, ob der andere auch ehrlich ist?«

Die Alte beugt sich zu ihr nach vorne. »Wir sind zwei anständige Damen. Das sollte reichen. Stellen Sie noch mal Ihre Frage«, fordert sie Bea auf.

»Wo halten Sie Ihre Meerschweinchen?«

»Sie schlafen bei mir im Bett, und wenn ich unterwegs bin, packe ich sie alle in eine große Reisetasche.« Sie zeigt auf eine überdimensionale Tasche, die neben dem Bett steht.

Bea muss sich vorstellen, wie die alte Dame mit der riesigen Tasche voller Meerschweinchen herumläuft.

»Jetzt bin ich dran«, freut sich die Frau im Morgenrock. »Wer ist der Mann, der Sie nach Hause gebracht hat?«

Bea hatte sich schon gedacht, dass eine Frage von ihr in diese Richtung gehen würde. »Das ist Per. Er ist Tischler und ein Freund von mir. Das heißt, er wird gerade zu einem Freund.«

Die Alte nickt und sieht so aus, als würde sie am liebsten die nächste Frage stellen, aber erst ist Bea dran. Sie überlegt, wie persönlich sie mit ihren Fragen werden kann. »Wie alt sind Sie?

»Siebenundsiebzig. Das sage ich seit drei Jahren, wenn mich einer fragt, weil die Zahl so schön klingt. Außerdem bekomme ich dann immer Komplimente für mein Aussehen«, sagt sie vergnügt und fasst sich an die Lockenwickler. »Aber da ich ehrlich sein muss, ich bin zweiundsiebzig.«

»Sie sind die erste Frau, die sich im Alter älter macht, als sie ist«, sagt Bea erstaunt.

»Mag sein. Ich bin, wie Sie vielleicht schon bemerkt haben, eine ungewöhnliche Frau.« Sie setzt sich aufrecht hin und stellt die nächste Frage: »Warum sind Sie mit dem jungen, gut aussehenden Mann nur befreundet?«

Bea gibt sich Mühe, ehrlich zu antworten. Sie findet es irgendwie niedlich, dass die alte Dame sich eine Liebesgeschichte vor ihrem Fenster wünscht. »Es gibt jemanden zu Hause, der …« Bea will eigentlich sagen, der auf mich wartet, aber dann realisiert sie, dass das nicht stimmt. »Es gibt jemanden, an dem mein Herz noch hängt«, korrigiert sie sich.

Die Frau auf dem Stuhl gegenüber nickt.

»Woher kommen Sie?«

Die Dame macht eine unwirsche Handbewegung, als ob ihr die Frage zu einfach ist. »Aus Stuttgart. Aber ich komme jedes Jahr, weil ich mich vor vielen Jahren hier in Sjöhyttan verliebt habe.« Sie scheint Bea absichtlich neugierig zu machen.

»Wenn Sie diesem Mann zu Hause nie begegnet wären, wäre Ihr Leben dann leichter?«

Was für eine Frage! Bea zwingt sich, ernsthaft darüber nachzudenken. Ihr Blick schweift zu den Meerschweinchen, die beharrlich alle ihren Salat futtern und sich gegenseitig die besten Stücke klauen.

»Ich weiß es nicht.«

»Das ist eine inakzeptable Antwort. Entscheiden Sie sich«, verlangt ihr Gegenüber. Sie strahlt auch im Morgenmantel eine gewisse Autorität aus, die das Leben Menschen über siebzig schenkt.

Bea fühlt sich wie ein Kind und sagt aus dem Bauch heraus: »Ja, ich denke, mein Leben wäre dann einfacher.«

»Wer ist der Mann, in den Sie sich verliebt haben?« Bea hat jetzt keine Hemmungen mehr, indiskrete Fragen zu stellen.

Die alte Dame lächelt. Sie schlägt elegant die Beine übereinander und sagt genüsslich: »Joker.«

Bea lehnt sich enttäuscht zurück. Ihr Gegenüber ist verdammt gut in dem Spiel. Aber jetzt ist ihr Joker verbraucht, die nächsten Fragen wird sie ehrlich beantworten müssen.

»Was wollen Sie an Ihrem Leben gerne ändern?«, fragt die Alte.

Woher will sie wissen, ob ich überhaupt etwas ändern will?

»Ich würde gerne nachts wieder schlafen können. Ich würde gerne wieder unbeschwert ohne Schwindel meinen Job ausüben, und ich möchte mich in meiner Wohnung so wohlfühlen wie in dem VW-Bus, in dem ich eigentlich gerade reise. Er hat eine Panne, und jetzt sitze ich hier fest.« Bea realisiert, dass sie mit einer einzigen Antwort ziemlich viel verraten hat. Es sind nicht nur die Fragen, es ist auch die Art und Weise, wie die Dame zuhören kann. Sie scheint ihre Antworten schon vorauszuahnen. Jetzt macht sie ein Pokerface und wartet, bis Bea die nächste Frage stellt.

»Was bereuen Sie in Ihrem Leben?« *Ich kann auch tiefsinnig!*

»Das fragen junge Leute immer. Es beinhaltet die Angst davor, Dinge falsch zu machen, dabei gibt es so etwas wie richtig oder falsch gar nicht.«

»Beantworten Sie die Frage«, sagt Bea würdevoll.

»Ich bereue es, fünfzig Jahre lang so gelebt zu haben, wie es andere von mir erwartet haben. Ich habe mich erst zwischen fünfzig und sechzig emanzipiert und mich davon gelöst, was andere denken. Inzwischen trage ich, was ich will, ich schlafe mit lauter kleinen Nagetieren in einem Bett, und ich tue das, was ich möchte. Ich wünschte, ich hätte das alles früher begriffen. Andererseits ...« Sie legt den Kopf schief und schaut in eine Zimmerecke, als könnte sie dort durch die Mauer und die Bäume bis auf den See gucken. »Andererseits braucht es den ganzen Weg, man kann nicht starten und sofort auf dem Gipfel stehen.«

Die Antwort gefällt Bea.

»Wieso sind Sie Ihrer Meinung nach schlaflos?«

»Wieso wissen Sie das eigentlich?«, fragt Bea spontan, obwohl sie nicht dran ist mit Fragen.

Die Alte schweigt und greift sich eines der Meerschweinchen, die mit dem Fressen fertig sind und jetzt munter durch den ganzen Raum laufen. Das Tier hält ganz still, während sie es auf den Schoß packt und streichelt wie einen kleinen Hund.

Bea versteht, dass sie keine Antwort bekommt, weil sie nicht an der Reihe ist. Also antwortet sie: »Ich denke, ich habe zu viele Gedanken, und mir fehlt eine Art Grundentspannung oder Urvertrauen. Allerdings habe ich keine Ahnung, wie man das herstellen oder wiederherstellen kann.«

Sie beobachtet die Meerschweinchen. Alle haben ein wuscheliges Fell mit vielen Wirbeln. Die meisten sind mehrfarbig, aber es gibt auch ein beigefarbenes, das aussieht wie ein Teppich, und ein ganz schwarzes. Es ist das einzige mit glattem Fell. Bea würde gerne wissen, wie es heißt, will dafür aber keine Frage verschwenden.

»Was hoffen Sie, hier zu finden?«, fragt sie stattdessen.

Diese Frage bringt jetzt die alte Dame zum Nachdenken. Sie schaut in eine Zimmerecke, als könnte sie durch die Mauer und die Bäume auf den Södra Solsjö blicken. »Das

Glück. Vielleicht sogar die Liebe. Wer weiß. Dieser Ort ist magisch, wissen Sie.«

Es rührt Bea, dass man auch mit zweiundsiebzig noch auf die Liebe hoffen kann.

»Was müsste passieren, dass aus dem Tischlerfreund ein Liebhaber wird?«

Bea findet diese Frage doof. Warum besteht sie nur auf dieser albernen Möchtegern-Liebesgeschichte zwischen ihr und Per? Sie zählt nach. Es ist die vorletzte Frage. »Joker«, sagt sie. Es klingt patziger als geplant.

Die Dame lächelt, als hätte sie jetzt das Spiel gewonnen.

Bea stellt ihre letzte Frage an sie: »Was sehen Sie, wenn Sie mich anschauen?« Die Frage ist gefährlich, aber Bea ist jetzt mutig geworden. Sie sieht an den Augen der Alten, dass ihr diese letzte Frage besonders gefällt.

»Ich sehe eine junge Frau, die zu hübsch ist, um dumm zu sein. Zu sehr in ihrem Kopf, um frei zu sein, und zu gefangen in ihrem bisherigen Leben, um besser zu schlafen.«

»Aha.«

»Haben Sie mehr erwartet?«

»Ist das Ihre letzte Frage an mich?«

Die Alte nickt. Hat sie wirklich alles so im Griff?

Bea beschließt, die Frage allumfassend zu beantworten: »Ja! Ja, ich habe mir mehr erwartet. Mehr von Ihren Antworten und mehr von dieser Reise! Ich habe gedacht, mich packt dieses Reisehoch, das alle auf Instagram posten. Dieses friedliche Glück, sich an kleinen Dingen zu freuen, und dieser ganze Quatsch. Ich habe einfach mehr erwartet, als jetzt mit einer Panne in diesem Kaff festzusitzen und mit einer seltsamen alten Frau zu sprechen und mir anzuhören, ich sollte doch mit Per zusammen sein. Als wäre mein Leben eine bescheuerte Seifenoper!«

Bea redet sich in Rage.

»Ich habe das Gefühl, mein Leben ist diese ewige Zwei, die du bekommst, wenn dir exakt ein Punkt zu der Eins fehlt. Dieser verdammte Punkt, den ich nie bekomme, und je mehr ich mich anstrenge, umso weniger klappt es!«

Bea bricht in Tränen aus. Sie kann die Emotionen nicht stoppen, die plötzlich über sie hereinbrechen. Schluchzend sitzt sie auf ihrem Stuhl.

Die alte Dame steht auf, reicht ihr ein Taschentuch und tätschelt beruhigend ihre Schulter. Das Meerschweinchen, das sie noch im Arm hält, sieht Bea mitfühlend an.

Bea kann nicht aufhören zu weinen. Sie benutzt mehrfach das Taschentuch, aber es kommen immer neue Tränen. Sie weiß nicht, wie viel Zeit vergangen ist, aber als sie sich wieder etwas im Griff hat, wird ihr eine Tasse Tee gereicht. Bea hat keine Ahnung, wo die Alte die jetzt hergezaubert hat. Sie nimmt sie aber dankend an.

»So, die nehmen Sie jetzt mit rüber in Ihr Zimmer. Dann trinken Sie den Tee, so heiß es geht, im Bett, und danach schlafen Sie wie ein Stein, versprochen.«

Bea nickt und geht mit der Tasse in der Hand zur Zimmertür. »Danke«, sagt sie auf der Türschwelle.

»Da nicht für«, sagt die Alte lächelnd.

»Wie heißen Sie?«, will Bea noch wissen.

»Frau Schluttberg«, antwortet die Dame.

»Ich bin Bea.«

»Gute Nacht, Bea.«

»Gute Nacht, Frau Schluttberg.«

Frau Schluttbergs Geheimnis

Per ist so vertieft in seine Arbeit, dass er das Klopfen an der Werkstatttür nicht hört. Er bemerkt aber, dass Snorre plötzlich vor der Tür hin- und herläuft. Bea kommt herein und wird von ihm stürmisch begrüßt.

Weil Per nicht so recht weiß, wie er sie begrüßen soll, versteckt er sich hinter seiner Nagelpistole und ruft nur »Guten Morgen« in ihre Richtung.

Sie hat die Haare offen und trägt Jeans. Per hat sich heute Morgen tatsächlich das erste Mal seit Langem überlegt, was er anziehen soll. Zur Arbeit trägt er immer eine schwarze Hose mit vielen Taschen, aber als Oberteil hat er heute ein T-Shirt und ein Hemd gewählt, um nicht ständig im Wollpulli vor Bea aufzutauchen.

»Guten Morgen? Es ist schon Mittag!«, sagt sie und streichelt Snorre, der aufgeregt um sie herumwedelt.

Per schaut auf die Uhr. Tatsächlich.

»Ich habe Flammkuchen von Nanni mit, willst du eine Pause machen?«, sie hält einen Jutebeutel hoch.

Per nickt und wäscht sich die Hände. Sie setzen sich vor die Werkstatt auf die Bank.

»Hier fehlt ein Tisch«, stellt Bea fest und stellt alles neben sich auf die Bank.

»Stimmt, den will ich seit Jahren bauen, komme aber nie dazu.«

Bea reicht ihm ein Stück Flammkuchen mit einer Serviette. Beide essen genüsslich. Die Sonne kommt immer mal wieder hinter den Wolken hervor, und in diesen glücklichen Minuten scheint sie warm auf sie herunter.

»Konntest du schlafen heute Nacht?«, fragt Per.

»Ja, allerdings bin ich mir nicht sicher, ob ich unter Drogeneinfluss stand.«

Per sieht sie mit zusammengekniffenen Augen an. »Oha, erzähl mal. Was ist passiert?!«

Bea erzählt von ihrer seltsamen Zimmernachbarin, von dem Spiel und von der letzten Frage, die sie so aus der Fassung gebracht hat. »Ich saß da wirklich schluchzend auf dem Stuhl. Es war total schräg«, vertraut sie sich Per an.

»Und meinst du, das war Absicht von der Alten?«

»Ich weiß es nicht. Sie wollte schon in eine gewisse Richtung mit ihren Fragen, aber dass ich so reagiere, hat mich ja selber überrascht.«

Per fährt sich über sein unrasiertes Kinn. Er spürt die Stoppeln und hofft, dass er nicht zu wild aussieht. Das ist fast schon ein Bart, den er da spürt. »Und was meinst du, woher kamen die Gefühle, die da ausgebrochen sind?«

Bea schaut ihn von der Seite an. »Ich weiß nicht. Es ist seltsam, das mit einem Mann zu besprechen«, gibt sie zu.

»Mit einem Mann oder mit mir?«, fragt Per, beugt sich über sie und schnappt sich noch ein Stück Flammkuchen.

Er ignoriert den Fakt, dass sein Herz jedes Mal schneller schlägt, wenn er sie berührt.

»Mit dir als Mann.« Bea lacht.

»Ich bin ganz gut im Training mit all dem Gefühlskram, den ihr Mädchen so habt.«

»Ach, das beruhigt mich ja jetzt!« Bea nimmt sich auch noch ein Stück.

»Was hat sie dir denn sonst noch für Fragen gestellt? Du hast gesagt, sie wollte in eine bestimmte Richtung?«

Bea schüttelt den Kopf: »Ach, alles Mögliche.«

Per hat das Gefühl, sie verschweigt ihm absichtlich ein paar Details.

»Es war mehr die Art und Weise, wie sie zugehört hat«, erklärt Bea. »Jedenfalls hat sie mich mit einem Tee ins Bett geschickt und prophezeit, wenn ich den trinke, schlafe ich wie ein Stein. Und genau so war es.«

»Selffulfilling Prophecy«, vermutet Per und knüllt die Serviette zusammen. »Willst du nicht mehr?« Er zeigt auf ihren Rest, den sie noch in der Hand hält.

»Das hättest du wohl gerne«, genüsslich beißt Bea in ihren Flammkuchen. Dann hält sie ihn Per hin, und als er gerade abbeißen will, zieht sie ihn wieder weg. Das spielen sie ein paarmal, bis Per ihr Handgelenk festhält und einfach abbeißt.

»So. Jetzt lass uns mal über die Werbung für deine Häuser sprechen. Ich weiß nicht, ob dir klar ist, was für ein Produkt du da hast.«

»Was habe ich denn für ein Produkt?«, fragt Per gut gelaunt. Seit sie gestern diesen Freundespakt beschlossen haben, herrscht eine Leichtigkeit zwischen ihnen, die er sehr genießt.

»Per, deine Häuser sind außergewöhnlich. Echte Handarbeit und dann auch noch aus Schweden. Auf dem deutschen Markt werden alle ausflippen und dir die Bude einrennen. Bevor wir das angehen, muss ich wissen, wie viele Häuser du pro Jahr bauen kannst und ob es eine Möglichkeit gibt, mehr Manpower zu bekommen.«

Er weiß nicht, ob er ihren letzten Satz ganz verstanden hat.

»Kennst du jemanden, der dir helfen könnte, mehr Häuser zu bauen?«, will Bea wissen.

Per schüttelt den Kopf. »Warum?«

»Na, um mehr Häuser zu verkaufen.«

Per steht auf. »Wozu?« Er sammelt seine und ihre benutzte Serviette ein und wirft sie in die Mülltonne vor der Werkstatt.

»Na, um mehr Geld zu verdienen«, Bea klingt etwas genervt von seinen Fragen.

»Warum sollte ich mehr Geld verdienen wollen?«

Bea sieht ihn verständnislos an. »Jeder will das.«

Per zuckt mit den Schultern und öffnet das Tor zur Werkstatt, er macht es weit auf und lässt die Sonnenstrahlen herein. Er schnappt sich die Nagelpistole und schießt Nägel in die Hauswand.

Bea steht eine Weile daneben. Dann nimmt sie den Jutebeutel und geht auf den Ausgang zu.

»Wo willst du hin?«, fragt Per.

»Na, es sieht ganz so aus, als hättest du unser Meeting

beendet. Du willst nicht expandieren, dann weiß ich nicht, wobei ich dir helfen soll.«

»Entschuldige, ich wollte das Meeting nicht beenden. Ich muss nur weiterarbeiten.«

»Kannst du dann etwas weniger Lautes machen?«, fragt Bea versöhnlich.

Per legt die Nagelpistole weg und holt ein Fenster, das er mühelos in die Scharniere einhängt. Eigentlich hebt er sich diese Arbeit immer für das Ende eines Tages auf. Es hat so etwas Befriedigendes, die Fenster einzusetzen und dem Haus damit Leben einzuhauchen. Er geht um die Wände herum, betritt das Haus von hinten und öffnet von innen die Fensterflügel, die nach außen aufgehen.

»Wenn du es dir wünschen könntest, wie würde deine Werkstatt dann laufen?«, fragt Bea, die außen vor dem Fenster steht, das Per gerade geöffnet hat.

Per stellt das Fenster noch etwas ein. »So wie jetzt, nur ohne Lücken zwischen den Aufträgen.«

»Du willst also nur ein, zwei Kunden mehr im Jahr?«

Per schließt das Fenster, um zu sehen, ob es jetzt besser geht. Dann öffnet er es wieder, um ihr zu antworten: »Ja, genau. Das macht dann keinen Sinn, oder?«

Bea scheint nachzudenken. Sie umrundet das Haus, bis sie den Eingang findet. Per kommt ihr am Türrahmen entgegen. Das Türblatt fehlt noch. Er bleibt im Haus stehen, sie davor.

»Ich habe noch nie einen Auftrag gehabt, bei dem der Auftraggeber nicht so viele Kunden und Reichweite wie überhaupt möglich wollte. Das ist eine ganz neue Aufgabe.

Aber es ist natürlich nicht unmöglich. Man muss es einfach geschickt anpassen. Pass auf, ich erarbeite mal einen Fragebogen, den du mir ausfüllst. Ich muss wissen, woher deine bisherigen Kunden stammen, welche Zielgruppe du hast und welche Zielgruppe du ansprechen willst.«

Per nickt, dann fragt er: »Bin ich dein schwierigster Auftraggeber bisher?«

Bea lacht laut. »Oh nein! Da gibt es ganz andere Kaliber. Aber du bist definitiv der seltsamste. Ich habe noch nie gehört, dass jemand nicht mehr Geld verdienen will.« Sie setzt sich in den Türrahmen, der einen Meter über der Erde schwebt, da das Haus ja auf dem Hänger steht.

Per setzt sich daneben. »Für mehr Geld zahlt man immer einen Preis. Mal Zeit, mal mehr Verantwortung. Und für mich ist es genau so gut, wie es ist.«

»Ist es? Wäre es nicht schön, wenn du mit den Mädchen«, Bea macht eine unbestimmte Handbewegung, »auf die Malediven fliegen könntest? Oder eine Putzfrau einstellen könntest?«

»Findest du es hier so dreckig?«, fragt Per im Scherz.

»Nein, ich meine, bei euch zu Hause.«

»Da ist es dreckig, das stimmt!« Per grinst sie an.

Bea schüttelt den Kopf. »Du verstehst schon, was ich meine.«

»Klar wäre das nett, aber ich weiß nicht, ob ich den Preis zahlen würde.« Per denkt an Beas Schlaflosigkeit und an ihren burn-outähnlichen Zustand, der sie auf die Idee zu der Reise gebracht hat.

»Ich versteh dich nicht«, gibt Bea zu. »Du könntest eine

echte Marke aufbauen mit den Häusern. Eine richtige Firma gründen ...« Sie holt mit ihren Armen weit aus. Ihre Augen funkeln, und ihre langen Haare fließen mit ihren Bewegungen.

Per sagt nichts und sieht sie nur an.

»Was denkst du?«, will Bea wissen.

»Du bist schön mit offenen Haaren«, sagt Per, ohne nachzudenken.

»Und du bist anstrengend. Ich halte dir hier flammende Reden über deine Möglichkeiten, und du kommst mir mit so was!« Sie gibt vor, empört zu sein, aber Per sieht, dass sie sich über das Kompliment freut.

Er legt die Handflächen aneinander: »Zwei Kunden mehr im Jahr, kriegst du das hin?«

»Herausforderung angenommen. Ich kriege das hin. Und du kannst dir das ja noch mal überlegen.« Sie schaut sich in der Werkstatt um, und Per kann spüren, dass sie einige Ideen hätte, aus seinem kleinen Einmannbetrieb sehr viel mehr zu machen.

»Hast du schon an Marco geschrieben?« Per will sie etwas von ihren wilden Ideen ablenken.

Beas Gesichtsausdruck wird ernst. »Noch nicht. Aber vielleicht sollte ich es wirklich versuchen.«

»Auf alle Fälle«, ermutigt sie Per.

»Ich habe mit Oskar übrigens das Stromproblem für das Tiny House gelöst. Wir dürfen beim alten Gunnar von seiner Ferienwohnung Strom abzapfen. Die Kabel lege ich heute, wenn ich hier fertig bin, mit ihm zusammen, und dann kannst du heute Abend einziehen.« Per steht auf und hält

Bea eine Hand hin. Sie lässt sich von ihm hochziehen und umarmt ihn spontan. Sie ist einen Kopf kleiner als er. Sie passen perfekt zusammen beim Umarmen. Sie duftet nach Äpfeln. Ob ihr Shampoo so riecht?

»Vielen Dank. Das ist echt lieb von dir.« Per nickt und versucht, sein klopfendes Herz zu ignorieren.

Per verspricht, sich bei ihr zu melden, wenn das Kabel verlegt ist.

Bea streichelt Snorre zum Abschied und verschwindet durch die offene Hoftür.

Per hat das Gefühl, den Duft nach Äpfeln noch eine ganze Weile zu riechen. Er versucht, sich wieder auf seine Arbeit zu konzentrieren. Jetzt ist ein Fenster eingebaut. Einsam sitzt es in der Wand und sieht deplatziert aus neben den anderen Löchern. Es irritiert ihn in seinem Arbeitsablauf. Kopfschüttelnd nimmt er seine Nagelpistole und schießt weiter Nägel in die Wände. Das laute Geräusch tut gut.

Bea fährt mit dem Rad zurück zu Nannis Café. In ihrem Zimmer packt sie ihre Sachen zusammen und setzt sich dann an den Schreibtisch.

Hab ich überhaupt Papier? Worauf schreibt man einen Brief? Sie kramt aus ihrer Tasche einen Collegeblock und starrt auf das Papier mit den Linien. Ein richtiges Briefpapier wäre ihr lieber. *Ob Nanni so was hat?*

Im Café unten ist gerade viel los. Bea findet es nicht angebracht, Nanni jetzt mit so einer Lappalie zu nerven. Sie saust zwischen den vollen Tischen hin und her und hat heute auch nicht ihre kleine Helferin Olivia.

Zwischen den Gästen entdeckt Bea die alte Dame und tritt zu ihr an den Tisch.

»Bea, setzen Sie sich doch«, sagt diese eilig und zeigt auf den freien Stuhl neben sich und legt ihr Buch weg, in dem sie gelesen hat.

Bea bedankt sich und nimmt Platz.

»Geht es Ihnen besser?«, will Frau Schluttberg wissen.

»Ja«, sagt Bea etwas verlegen. »Und ich habe tatsächlich sehr gut geschlafen. Was war in dem Tee? War überhaupt etwas in dem Tee?«

Nanni kommt an ihren Tisch, und so kommt Frau Schluttberg um die Antwort herum.

»Ich hätte gerne einen Tee und, wenn du hast, auch Briefpapier?«, bittend schaut sie zu Nanni hoch.

»Mit Briefpapier könnte ich aushelfen. Ich bin sozusagen die Generation Briefpapier.« Die alte Dame lächelt.

Nanni nickt zufrieden. »Na bestens! Ich habe heute einen wundervollen Apple Crumble gebacken. Wollt ihr ein Stück?«

Bea und Frau Schluttberg wollen beide. Zwei Minuten später steht alles auf ihrem Tisch. Die Teetassen passen zu den Tellern. Ausladende Blumen sind auf dem Porzellan, und die Henkel der Tassen sind wunderbar verschnörkelt.

»Ich kann mir keine bessere Pension vorstellen«, lobt Frau Schluttberg, nachdem sie von dem Kuchen gekostet hat.

»Ich auch nicht«, seufzt Bea und schaut fasziniert auf die kleine Sanduhr, die von unten nach oben läuft. Statt Sand blubbern blaue Perlen nach oben. Wenn alle von unten nach oben geblubbert sind, kann ihr Teesieb raus.

»Schreiben Sie an den Mann zu Hause?«, will Frau Schluttberg neugierig wissen.

»Ja, das haben Sie richtig erraten.« Bea isst weiter ihren Kuchen.

»Und Sie ziehen heute aus?«

Auch das bestätigt Bea.

»Fahren Sie weiter mit Ihrem Bus?«

»Nein, ich ziehe in das Tiny House von Per.«

»Aha«, sie macht ein zufriedenes Gesicht.

»Ich muss aus dem Zimmer ausziehen, weil heute ein Stammgast anreist«, erklärt Bea.

Frau Schluttberg sieht auf ihren Kuchen. Die Art und Weise, wie sie nichts sagt, sagt Bea eine ganze Menge.

»Kennen Sie den Stammgast zufällig?«, fragt Bea lauernd.

»Wieso sollte ich?«, antwortet Frau Schluttberg und vermeidet Augenkontakt.

»Na ja, Sie sind jeden Sommer hier. Und der andere Gast auch. Da läuft man sich ja schon mal über den Weg und kommt ins Gespräch.«

»Ich geh eben das Briefpapier holen, ich muss aufbrechen.«

Bevor Bea etwas sagen kann, ist die alte Dame schon weg. Unglaublich, wie flink sie aufgestanden ist. Offenbar hat Bea mit ihrer Vermutung ins Schwarze getroffen.

Der Brief

»Papa?«

»Ja, *Lilla Gumman?*« Per schaut Ebba an, die mit ihm auf dem Sofa sitzt und *Harry Potter* schaut. Olivia ist zu klein für so einen Film. Sie übernachtet heute bei einer Freundin, und Per und Ebba machen einen Vater-Tochter-Filmabend »für Große«. Es gibt saure Gummibärchen und Schokoküsse.

»Du magst diese Bea, oder?« Ebba schaut auf den Bildschirm, auf dem Harry gerade das erste Mal auf seinem Besen fliegt.

Per atmet tief ein und aus. »Ja, ich mag sie«, antwortet er wahrheitsgemäß. »Und du?«

Ebba schüttelt unwirsch den Kopf. »Es ist egal, ob ich sie mag, ich werde mich ja wohl kaum in sie verlieben.«

Per schnappt sich noch ein saures Gummibärchen. Eigentlich mag er die Dinger überhaupt nicht, aber es zieht sich alles so schön zusammen im Mund, wenn man sie isst. »Und du denkst, ich bin da gefährdet?«

Ebba gibt die Frage zurück: »Bist du?«

»Ebba, wir sind einfach Freunde. So wie Nanni und ich.

Da fragst du ja auch nicht ständig, ob ich mich in sie verlieben könnte.«

»Das ist etwas ganz anderes!«

»Warum, weil sie älter ist als ich?«

»Nein, weil ... Du bist anders, wenn Bea da ist.«

»Wie anders?«

Jetzt kommt die Szene, in der Mrs McGonagall Harry dem Trainer der Quidditch-Mannschaft vorstellt und Harry erfährt, dass er nicht von der Schule fliegt. Per muss also etwas auf die Antwort von Ebba warten.

»Du flirrst dann so.« Ebba hält eine Hand hoch und lässt sie schnell hin und her wackeln.

»Aha. Ich flirre. Klar. Das ist ein ganz deutliches Zeichen für Verliebtsein. Das weiß ja jeder!« Per zieht das Ganze ins Lächerliche, weil er spürt, dass Ebba mit dem Flirren nicht unrecht hat. Wie macht sie das nur, solche Sachen zu sehen?

Anstatt ihm zu antworten, legt sie sich in seinen Arm. Damit beendet sie das Gespräch. Beide kuscheln und schauen weiter *Harry Potter*, bis Per die Augen zufallen.

Als er aufwacht, läuft eine Talkshow, und Ebba liegt schlafend in seinem Arm. Er trägt sie in ihr Bett und deckt sie gut zu. Im Bad beim Zähneputzen fällt sein Blick auf den Brief, den Bea ihm mitgegeben hat. Sie hatte keine Briefmarke, und er hat angeboten, den Brief zu frankieren und in den Briefkasten zu werfen.

Vergiss es. Darüber musst du nicht mal nachdenken!

Das Verbot an ihn selbst wirkt nicht. Per denkt weiter darüber nach, ob er den Brief unauffällig öffnen und lesen könnte. Entsetzt von sich selbst, legt er den Brief ins Gefrierfach. Da ist er sicher vor ihm.

Im Bett fragt er sich, ob die Minustemperaturen der Tinte schaden können. Was, wenn er deshalb unleserlich bei Marco ankommt?

Genervt steht er wieder auf.

Ich bin so ein Idiot!

Er holt den Brief aus dem Gefrierfach. Er fühlt sich kalt an.

Man könnte ihn etwas aufwärmen. Über heißem Wasserdampf vielleicht ....

Er stellt einen Topf mit Wasser auf den Herd, wartet, bis es kocht, und hält den Brief in den Wasserdampf.

Ich tau ihn nur ganz vorsichtig auf, weiter nichts.

Per achtet darauf, den Brief nicht zu nass werden zu lassen, damit die Schrift nicht verwischt. Prüfend fährt er mit den Fingern an die Lasche, mit der der Brief zugeklebt wurde. Sie lässt sich ganz leicht öffnen. Ihm ist etwas schwindelig vor Aufregung und Schuldgefühlen, aber er holt das schöne hellblaue Briefpapier heraus, faltet es auf und liest.

Lieber Marco,

ich schreibe dir aus einem kleinen schwedischen Dorf, in dem ich gestrandet bin. Mein alter VW-Bus hat einen Motorschaden, und ich warte auf einen Ersatzmotor, der wohl sehr schwer zu beschaffen ist.

Als ich hier ankam, habe ich tatsächlich einen echten Elch gesehen! Das Licht ist hier oben weicher, und die Luft fühlt sich anders an. Manchmal habe ich das Gefühl, in einem Astrid-Lindgren-Film aufzuwachen. Überall stehen diese typischen roten Schwedenhäuser, an jeder Ecke ist ein See, und es duftet in den Wäldern nach Bärlauch.

Es wäre schön, das mit dir gemeinsam zu erleben. Ich denke viel an dich und an uns und frage mich, ob es wohl noch ein »uns« gibt, wenn ich zurückkomme. Ein Teil von mir will diese Reise, so schnell es geht, beenden und nach Hause kommen.

Wie geht es dir? Was macht die Arbeit? Fällt dir unser Kontaktverbot schwer, oder ist es ganz schön für dich, etwas Abstand zu haben?

Vielleicht schreibst du mir ja zurück, das würde mich sehr freuen.

Meine Adresse steht oben auf dem Briefkopf.

Alles Liebe
Bea

Per faltet das Papier wieder sorgfältig zusammen und steckt es zurück in den Umschlag. Er klebt die Lasche wieder zu. Jetzt sieht der Brief wieder genauso aus wie vorher.

Was habe ich mir nur dabei gedacht?

Per fühlt sich mies, Beas intime Gedanken an ihren Freund gelesen zu haben. Der Brief ist so vorsichtig geschrieben, dass es ihm wehtut.

Würde ich mich besser fühlen, wenn der Brief voller Zärtlichkeit und Nähe gewesen wäre?

Per legt sich ins Bett ohne Hoffnung auf Schlaf. Er muss an die Briefe denken, die er damals an Meike geschrieben hatte, kurz nachdem sie gegangen war. Er hatte gedacht, er könnte so eine Verbindung zu ihr aufbauen. Ähnlich wie Bea mit Marco. Seine Briefe waren damals alle unbeantwortet geblieben. Trotzdem schrieb er ihr ein Jahr lang und erzählte von den Mädchen und wie sie sich entwickelten. Es war hart gewesen zu akzeptieren, dass keine Antwort kommen würde. Er wusste nicht einmal, ob sie die Briefe überhaupt gelesen hatte. Am schlimmsten war die Vorstellung, dass es sie einfach nicht interessierte, was aus ihren Kindern wurde. Manchmal hatte Per die Vorstellung, dass ihre Krankheit, die Depression, ein großes graues Monster war, das sie einfach auffraß. Nichts von der Meike, die er mal kennengelernt hatte, war übrig.

Die Kinder fragen ihn kaum nach ihrer Mutter. Vielleicht waren sie zu klein, um sich richtig an sie zu erinnern. Es fühlt sich trotzdem manchmal falsch an, so wenig über sie zu sprechen. Aber Per will nicht, dass die Mädchen eines Tages seine Wut entdecken.

Warum bist du wütend?

Snorres braune Hundeaugen sehen ihn an. Er steht an seinem Bett und leckt ihm über die Nase.

Weil sie ihre Kinder verlassen hat. Weil sie mich verlassen hat. Sie ist einfach gegangen und hat mich mit allem alleingelassen.

Vielleicht hat sie euch damit gerettet. Snorre schaut ihn weise an.

Aber ich muss jetzt ein doppelt so guter Vater sein. Ich muss für die beiden da sein, denn sonst haben sie niemanden.

Bin ich etwa niemand? Entrüstet schüttelt sich der Hund.

Per klopft auf sein Bett. Snorre zögert etwas. Er darf sonst nie auf sein Bett springen. Per klopft noch mal einladend. Mit einem Satz ist der Hund neben ihm.

Er vergräbt sein Gesicht im warmen Hundefell. Snorre lehnt sich gegen ihn und wärmt seine ganze Seite. Er strahlt eine wunderbare Geborgenheit aus und lässt Per innerhalb weniger Minuten einschlafen.

Bea liegt im Tiny House in ihrem Bett. Ihr fehlt Frau Schluttberg mit den Meerschweinchen nebenan. Hier hört sie ganz andere Geräusche. Der Wind rauscht in den Blättern der Bäume, und wenn sie das Fenster öffnet, hört sie, wie das Wasser sacht an das Ufer schwappt. Der Schlafplatz hier oben ist wunderschön. Es ist die erste Nacht in Schweden, in der es Bea nicht stört, dass der Schlaf auf sich warten lässt. Sie hat die Verdunklung oben gelassen und schaut aus dem Dachfenster über sich in die Sterne. Es wäre so romantisch, hier zu zweit zu liegen und auf eine Sternschnuppe zu hoffen.

Ob Marco mir zurückschreiben wird? Vielleicht vermisst er mich ja auch. Ich könnte jederzeit einfach nach Hause fahren. Ich muss diese Reise nicht machen.

Ihr Handy piepst. Eine SMS von Tina.

> *Hej hej, Frau in Schweden! Ist der Motor wieder fit?*

Bea tippt zurück:

Nope. Dafür bin ich in Pers Tiny House gezogen. Ich liege unter einem Dachfenster und kann in die Sterne gucken!

Tina schickt blitzschnell jede Menge Smileys und Herzen.

Bea antwortet:

Ich denke aber tatsächlich darüber nach, einfach nach Hause zu kommen.

Die Antwort kommt blitzschnell:

Und deine Burn-out-Symptome? Willst du die einfach ignorieren?

Bea seufzt und schreibt:

Ich kann genauso gut zu Hause schlaflos sein wie hier.

Tina schickt einen genervten Smiley und tippt dann eine Weile Text ein.

Bea, stell dir mal vor, du würdest jetzt deine Sachen packen und nach Hause kommen. Wie fühlt sich das an?

Bea legt das Handy weg und hört in sich hinein, was sie fühlt, wenn sie darüber nachdenkt, nach Hause zu fahren. Eine gewisse Euphorie und gleichzeitig das Gefühl, versagt zu haben. Sie tippt:

Es fühlt sich gut und schlecht gleichzeitig an.
Aber warum sitze ich hier fest?

Tina schickt wieder einen Smiley.

Du sitzt fest, weil es vielleicht eine Aufgabe gibt, die du erfüllen sollst. Deine Reise ist nicht das Nordkap, deine Reise ist das Tiny House mit einem Dachfenster zu den Sternen.

Über diese Sichtweise denkt Bea nach. Und ohne sich anzustrengen, schläft sie darüber ein.

»Ich muss eine Entscheidung treffen, Oskar.« Bea spricht zu den Beinen, die unter dem Auto hervorragen. Sie sind das Einzige, was sie von Oskar sehen kann.

Oskar antwortet nicht.

Bea läuft in der Werkstatt auf und ab. »Ich will ans Nordkap. Und ich habe zwar glücklicherweise etwas Zeit, aber ich muss einfach wissen, von welcher Zeitspanne wir hier sprechen. Wenn du mir sagst, das kann noch vier Wochen dauern, dann muss ich vielleicht einfach auf einem anderen Weg ans Nordkap kommen.«

Oskar, der mit dem Rücken auf einem Rollbrett liegt,

taucht endlich unter dem Auto wieder auf. »Läuft der Strom im Tiny House?«

Bea ist irritiert von dieser Frage. »Ja, der läuft. Aber was ist mit dem Motor von Werner?« Bea zeigt auf den Bus, der traurig in einer Ecke der Werkstatt steht.

»Ich kann es dir nicht sagen. Ich bin kein Prophet. Er kommt, wenn er kommt.« Oskar taucht wieder unter dem Auto ab.

Bea verdreht die Augen. »Das kann doch nicht sein, die müssen doch eine Lieferzeit angeben. So kann man doch nicht planen!« Sie starrt Oskars schweigende Beine an.

Bea geht zu Werner herüber und räumt all ihre Sachen aus dem Bus. Sie stapelt alles auf dem Werkstattboden. Als sie fertig ist, steht Oskar plötzlich neben ihr.

»Ich hab da was für dich«, sagt er mit einem Blick auf die Sachen. Er geht nach hinten in die Werkstatt und kommt mit einem Elektrofahrzeug zurückgefahren. Er steigt ab. »Hier, damit kannst du alles zu deinem Haus fahren.«

Bea betrachtet staunend das Gefährt. Es sieht aus wie ein überdimensionales Fahrrad. Vorne hat es eine Laderampe, auf der ihr ganzes Zeug wunderbar Platz hat. Oskar fängt schon an, alles aufzuladen. Er fährt es für sie durch die Tür und zeigt ihr draußen, wie man damit umgeht.

»Das ist total nett von dir, Oskar, vielen Dank!« Bea steigt auf und düst mit ihrem ganzen Kram los.

Das Fahrzeug ist nicht schnell, gleitet aber schön leise über die Straße. Bea hört die Vögel, die über ihr in den Bäumen zwitschern.

Wenn ich jetzt einen Elch sehe, ist das ein Zeichen, dass ich hierbleiben soll, egal, wie lange das mit dem Motor noch dauert.

Bea ist klar, wie unwahrscheinlich es ist, dass hier mitten am Tag ein Elch zu sehen ist. Trotzdem späht sie angestrengt durch die Bäume, ob sie einen entdecken kann. Die Straße ist komplett leer, so wie immer. Kein Auto, kein Fahrrad und kein Fußgänger sind weit und breit zu sehen. Sie fährt immer weiter, ohne einen Elch zu sehen, und etwa hundert Meter vor dem Tiny House tritt plötzlich etwas großes Braunes auf die Straße.

Ein Elch. Bea kann es nicht glauben und tritt abrupt auf die Bremse. Das Elektrofahrzeug kommt mit einem Ruck zum Stehen. Dieser Elch trägt kein Geweih. Bea vermutet, dass es sich deshalb um eine »Elchin« handelt. Ihr fällt das richtige Wort für einen weiblichen Elch nicht ein. Das Tier ist beeindruckend groß und sieht aus wie ein buckeliges Pferd. Unter dem Kinn hat es einen Hautlappen hängen. Bea starrt den Elch an, und der Elch starrt sie mit dem seltsamen Fahrzeug und dem Berg Sachen auf der Ladefläche an.

Hoffentlich hat sie kein Junges dabei und greift mich an!

Sollte Bea in diesem Fahrzeug flüchten müssen, hat die Elchin leichtes Spiel. Das Tier dreht den Kopf von ihr weg und geht weiter über die Straße. Bea bleibt mit klopfendem Herzen bewegungslos sitzen. Es dauert einige Minuten, bis sie sich traut weiterzufahren.

Am Tiny House angekommen, räumt sie ihre Sachen ein. Als sie damit fertig ist, macht sie sich einen Tee und setzt sich in den kleinen Erker mit den Fenstern zum See.

»Ich bleibe«, erzählt sie dem Haus. »Ein deutlicheres

Zeichen konnte es nicht geben.« Sie lächelt vor sich hin und trinkt ihren Tee.

Nächtlicher Besuch

Per steht auf und streckt sich. Er kann nicht lange sitzen, konnte er noch nie. Bea hat ihm gerade ihre Werbeidee vorgestellt. Er bekommt eine Website auf Schwedisch. Damit grenzt er seinen Kundenstamm ein auf die eigenen Landsleute. Das hat auch den Vorteil, dass die Kunden während der Bauphase mal vorbeischauen können und der Transport nach Fertigstellung zum Zielort einfacher ist.

Per fällt auf, dass Bea Blumen auf dem Tisch stehen hat. Obst liegt in einer Schale. Das kleine Haus ist belebt. »Ich hab vorher nie sehen können, wie jemand in meinen Häusern wohnt«, er sieht sich um. »Das ist schön.«

»Wenn du magst, mache ich dir eine Liste mit den Sachen, die mir aufgefallen sind. Positive und negative Aspekte …« Sie unterbricht sich, weil sie sieht, wie er grinst.

»Bea und ihre Listen«, sagt er neckisch.

»Ja, ganz genau. Ich liebe Listen. Hier habe ich eine, was ich für Nanni einkaufen soll, guck!« Ihre offenen Haare streifen ihn, als sie ihm eine ordentlich von Hand geschriebene Liste zeigt.

Ob sie die zufälligen Berührungen auch so genießt wie

er? Ihre hübsche Handschrift erinnert ihn an den Brief, den er vor acht oder neun Tagen eingeworfen hat.

»Du hast noch keine Antwort von Marco, oder?«

Ihr Blick verdüstert sich. »Nein. Und es wird auch keine kommen.«

»Das weißt du nicht. Man muss bei Briefen eine ganz andere Zeitspanne einrechnen als bei E-Mails.«

»Das ist mir schon klar. Aber ein Brief braucht heute keine drei Tage mehr. Und entweder schreibt man sofort zurück oder nie.« Sie schaut auf ihre Fingernägel, die neuerdings ohne Lack sind. Per gefällt das. Er mag Bea am liebsten ganz natürlich.

Sie klingt so frustriert, und Per weiß nicht, was er sagen soll. Am liebsten würde er nach Hamburg fahren und diesem Marco mal ordentlich die Meinung sagen. Er legt einen Arm um sie, und Bea lehnt ihren Kopf kurz an seinen. Es fühlt sich gut an. Zu gut? Er hört plötzlich Ebbas Stimme in seinem Kopf.

»Du flirrst dann so.«

Als hätte Bea die Stimme auch gehört, macht sie sich plötzlich frei, steht auf und sagt: »Ich muss los. Ich will noch den Einkauf erledigen, bevor ich im Café aushelfe.«

Per nickt. »Heute hat Nanni doppelt Hilfe. Olivia und Ebba sind da. Die Mädchen haben jetzt Ferien. Ich kann dich mitnehmen.«

Bea schüttelt den Kopf. »Ich fahr mit Dobby.«

Per grinst über den Namen, den Bea dem Elektrofahrzeug gegeben hat. Oskar braucht es momentan nicht und hat es ihr zur Verfügung gestellt. Bea kann damit sehr gut für das Café einkaufen.

»Na, dann bis später vielleicht.« Er umarmt sie. Inzwischen hat er sich an ihren Apfelgeruch gewöhnt. Das Herzklopfen, das so eine Umarmung jedes Mal verursacht, ignoriert er.

Nannis Café ist übervoll. Jeder Tisch ist besetzt, und sogar die Terrasse ist voller Menschen.

»Was ist denn hier los?«, fragt Bea Nanni, die hinter dem Tresen mit fliegenden Händen Kuchen anrichtet und Milch aufschäumt.

»Ein Reisebus. Die haben sich verfahren und sind hier gelandet.« Sie reicht Ebba und Olivia mit Kuchen gefüllte Teller über die Theke.

Bea legt ihre Einkäufe in den Kühlschrank, bindet sich eine Schürze um und fragt: »Was kann ich tun?«

»Kannst du die Kaffeemaschine bedienen?« Nanni zeigt auf das chromblitzende Gastroprofiteil.

»Kriege ich hin«, sagt Bea zuversichtlich. »Was brauchst du?«

»Drei Latte, vier Milchkaffee, zwei schwarz.« Nannis Wangen sind gerötet. Es lösen sich einzelne blonde Strähnen aus ihrem kleinen Zopf.

Bea hat schnell raus, wie die Maschine funktioniert. Sie klopft schwungvoll die Siebträger aus und versucht sich sogar an einem Muster, wenn sie die geschäumte Milch auf den Kaffee gießt. Sie reicht zwei Tassen Milchkaffee an Ebba weiter.

»Was soll das denn sein?«, fragt Ebba auf Schwedisch.

»Das ist eine Elchin«, antwortet Bea gut gelaunt auf Deutsch.

»Elchin!«, wiederholt Olivia fasziniert und schaut auf den verrutschten Milchschaum. »Ja, ich sehe sie!«

Ebba verdreht die Augen und liefert den Kaffee an einen Tisch, an dem laut gelacht wird.

Mit den Gästen, die alle aus Deutschland sind, spricht Ebba wunderbar deutsch. Nur bei Bea bleibt sie stur bei Schwedisch oder Englisch. Meistens redet sie überhaupt nicht mit Bea.

Umso zutraulicher ist die kleine Olivia. Ab und zu schleicht sie sich hinter die Theke und schmiegt sich an Bea, die einen Kaffee nach dem anderen produziert. Bea genießt diese ungewohnte Nähe von einem Kind. Sie streicht ihr über die weichen hellen Haare und erntet dafür böse Blicke von Ebba.

Als alle Kaffee haben, schäumt Bea ein letztes Mal Milch auf. Sie macht eine Tasse heiße Schokolade für Olivia fertig. »Die bezahle ich dir«, sagt Bea zu Nanni.

»Bist du irre? Die Kinder bekommen hier immer umsonst Essen und Trinken, wenn sie helfen. Du übrigens auch.« Sie lächelt und kassiert einen Reisebustisch nach dem anderen ab.

Bea nimmt sich eine Limonade und balanciert den Kakao auf die Terrasse. Ebba und Olivia sitzen auf den Stufen und spielen mit einer zusammengebundenen Schnur das Abnehmspiel. Geschickt greift Ebba den Faden auf und nimmt ihn von Olivias Händen.

»Darf ich auch mal?«, fragt Bea und setzt sich. Sie reicht Olivia den Kakao.

»Du hast mir eine Elchin gemacht! Die ist ja süß!« Sie beugt sich über die Tasse und küsst die Milchschaum-Elchkuh.

Bevor Ebba die Hände wegziehen kann, verhakt Bea ihre Finger in der Schnur und hebt sie mühelos von Ebbas Händen. Dafür bekommt sie einen erstaunten Blick von Ebba.

»Wir haben das früher ständig in den Pausen gespielt«, erklärt sie und macht mit dem Faden immer neue Muster.

Ebba steht wortlos auf und geht. Bea seufzt.

»Sie hat Angst, dass du Papa verhext«, flüstert Olivia.

Bea sieht sie fragend an.

»Sie sagt, Papa flirrt, wenn er dich sieht. Und das stimmt auch!« Olivia nickt überzeugt von ihren eigenen Worten.

Bea fragt nicht nach, was Flirren bedeutet. Etwas in ihr ist ziemlich erfreut über diese Information. Er flirrt.

»Ich hab nicht vor, ihn zu verhexen. Ich habe einen Freund zu Hause, weißt du.« Bea fühlt sich etwas schuldig, weil sie sich heimlich freut, dass die Kinder etwas zwischen Per und ihr bemerken.

»Aber er schreibt dir nicht«, stellt Olivia fest.

»Wo hast du das denn aufgeschnappt?«

»Sag ich nicht«, Olivia lächelt durch ihre Zahnlücke.

»Nein, er schreibt mir nicht«, gibt Bea zu und nimmt einen Schluck von ihrer Limonade. Dann müssen beide zur Seite rutschen, weil die Reisegruppe jetzt geschlossen aus dem Café zurück zum Bus strömt.

Nanni kommt als Letzte raus und setzt sich mit einer Flasche Limonade neben Olivia und Bea. Olivia sagt etwas auf Schwedisch zu ihr, und Bea bemerkt an dem schnellen Blick von Nanni, dass Olivia vermutlich etwas über sie gesagt hat. Nanni antwortet auf Schwedisch.

»Ich bin heute der Babysitter für die jungen Damen«, erklärt Nanni auf Englisch. »Aber Olivia hätte lieber dich«, sagt sie schmunzelnd.

Bevor Bea antworten kann, dass sie gerne auf Olivia und Ebba aufpassen würde, mischt sich Ebba ein, die unbemerkt aus dem Café gekommen ist.

»Aber ich möchte lieber Nanni«, sagt sie auf Deutsch, damit sie ganz sichergehen kann, dass Bea diesen Satz versteht.

»Muss Per weg?«, fragt Bea und tut so, als sei es ihr egal, wer sie als Babysitter möchte.

»Papa muss Oskar helfen. Sie fahren ein Auto weg, und Oskar kommt allein nicht zurück«, erklärt Olivia hilfsbereit.

Bea nickt. Ihre Limo ist leer, und ihr Rücken tut weh vom vielen Stehen.

»Na, dann hau ich mal ab. Habt einen schönen Abend!«

»Danke. Und herzlichen Dank auch für deine Hilfe heute«, sagt Nanni.

Bea winkt ab. »Jederzeit wieder.«

Oskar ist wie immer wenig gesprächig auf der Rückfahrt. Per stellt die Musik leiser und fragt: »Wie sieht das denn aus mit dem Motor für den alten VW-Bus?«

»Wieso?«, fragt Oskar, ohne ihn dabei anzusehen.

»Nur so«, antwortet Per und schaut auf die Straße. Es

wird langsam dunkel. Per mag die Dämmerung. Er liebt es, wenn alle Farben langsam blasser werden, bis alles blau erscheint. Die blaue Stunde nennt man diese Minuten, die leider nie so lang sind, wie Per es sich wünschen würde. Vielleicht mag er diese Zeit gerade so, weil sie nicht von Dauer ist. Nichts ist von Dauer, und das findet er schön und tragisch zugleich. Er sieht oft seine Kinder an und fragt sich, wie sie als erwachsene Frauen wohl aussehen werden. Er denkt dann an die Zeit zurück, in der sie noch Kleinkinder waren. Wo sind die beiden kleinen Menschen nur hin? Ebba, die ohne ihr Schnuffeltuch keinen Schritt tat und immer lächelte, wenn er sie hochhob. Manchmal vermisst er sie, wenn die heutige Ebba ihm wegen einer Nichtigkeit böse Blicke zuwirft oder sich schnell aus seinem Arm windet, statt wie früher ihren Kopf auf seine Schulter zu legen. Dann macht er sich bewusst, dass er sie eines Tages wirklich vermissen wird, wenn sie in Köln, Stockholm oder New York wohnen wird. Man muss den Moment genießen, bevor er vorbei ist.

»Das kann schon noch dauern, mit dem Motor«, sagt Oskar.

Per hat längst keine Antwort mehr von ihm erwartet. Oskar nickt vor sich hin, und Per nickt einfach mal mit. Er lässt ihn an seinem Haus raus, und Oskar klopft ihm auf die Schulter, was gleichzeitig »Danke« und »Gute Nacht« bedeutet.

Per bleibt kurz im Auto sitzen. Er müsste nur die Straße weiterfahren, um zu seinem Haus zu kommen. Stattdessen wendet er und fährt am Tiny House vorbei. Es brennt kein

Licht mehr. Er parkt mit etwas Abstand und macht den Motor und die Lichter aus. Er will Bea auf keinen Fall wecken, falls sie schon schläft. Per schaut auf den oberen Teil vom Tiny House, in dem das Bett ist. Er erschrickt sich, als sein Handy ein Geräusch macht. Eine SMS von Bea.

Bist du wieder zu Hause?

Ein breites Grinsen erscheint auf seinem Gesicht.

Jein. Ich stehe wie ein Stalker vor deinem Haus.
Ich wollte sehen, ob du noch wach bist.

Nein. Bin ich leider nicht. Schade, sonst könntest du noch reinkommen.

Ja. Sehr schade.

Er wartet auf die nächste SMS. Sie kommt nicht. Stattdessen öffnet sich die Tür vom Tiny House. Bea erscheint nicht, aber die Tür bleibt offen.

Per nimmt die Einladung an. Er steigt aus seinem Auto aus und betritt das Tiny House. Er wuschelt sich schnell noch durch die Haare. Bea hat kein Licht angemacht, und es dauert etwas, bis er sich in der Dunkelheit zurechtfindet.

»Soll ich hochkommen?«, fragt er, als er sieht, dass sie nicht unten ist.

»Wäre praktischer zum Reden, meinst du nicht?«

Per zieht die Schuhe aus und klettert die Treppe hoch.

Die Fenster zum See sind geöffnet. Er kriecht auf das Bett und legt sich neben Bea. Das Mondlicht funkelt auf dem See und wirft ein geheimnisvolles Licht auf das Bett. Er kann Beas Augen glitzern sehen. Ihre Haare sind offen, und sie trägt ein Schlafshirt, durch das man mit etwas mehr Licht sicher ihre Figur gut sehen könnte.

»*Hej*«, sagt er etwas atemlos.

»*Hej*«, erwidert sie leise.

Per verspürt plötzlich den übermäßig dringenden Wunsch, sie zu küssen. Er schaut aus dem Fenster auf den See.

»Wie war die Fahrt?«, fragt Bea.

»Langweilig. Oskar ist jetzt nicht gerade ein Unterhalter.«

Bea greift nach seiner Kette, die frei in der Luft baumelt, weil sie ihm aus dem T-Shirt gerutscht ist. »Was ist das?«, fragt sie und dreht den kleinen Anhänger zwischen ihren Fingern hin und her.

Es ist nur beinahe eine Berührung, aber das reicht schon aus, um ihm eine wohlige Gänsehaut zu machen. Er greift nach dem Anhänger und erwischt dabei ihre Finger. Sie zieht ihre Hand nicht zurück, und er hält jetzt ihre Finger und den Anhänger fest.

»Das ist ein kleiner Vogel.«

»Und hat er eine Bedeutung für dich?« Ihre Stimme klingt sanft.

Er lässt ihre Finger los, damit sie weiter mit dem Anhänger spielen können. »Er soll mich daran erinnern, dass ich fliegen kann.«

»Wie meinst du das?«

»Wenn eine Situation oder eine Phase im Leben schwierig ist, dann muss man sich daran erinnern, was man alles kann. Man muss fliegen.«

Sie lässt den kleinen Vogel los und fasst stattdessen seinen Oberarm an. »Das gefällt mir. Du machst das gut.«

Aus irgendeinem Grund treibt dieser Satz Tränen in seine Augen. Er hofft, dass sie das bei dem schummerigen Mondlicht nicht sehen kann.

»Hast du schon versucht zu schlafen?«, fragt Per, während er aus dem Fenster schaut. Es ist egal, wie oft er den See sieht, den er seit seiner Kindheit kennt. Er ist jedes Mal aufs Neue verzaubert von seiner Schönheit.

Auch Bea dreht sich jetzt auf den Bauch, damit sie aus dem Fenster gucken kann. »Ja«, seufzt sie. »Aber heute habe ich tausend Gedanken.«

»Marco?«

»Ja«, gibt sie zu. »Er hätte wirklich schreiben können. Selbst ein kurzer blöder Brief wäre besser als gar kein Brief.«

»Sicher?«, fragt Per. »So ein richtig blöder kurzer Brief, in dem nur drinsteht: *Hallo, Bea, schreib mir nix mehr, ich treffe mich jetzt mit Margot.* Das wäre besser?«

»Wer ist denn Margot?«, fragt Bea lachend.

»Keine Ahnung. Irgendjemand, den er trifft.«

Bea legt sich die Hände aufs Gesicht. »Ich würde lieber wissen, dass er sich mit einer Margot trifft, als gar nichts zu wissen. Also ist die Antwort: Ja, lieber ein kurzer blöder Brief als gar keiner!« Sie legt die Arme mit Schwung neben ihrem Körper ab und trifft dabei Per. »Entschuldige«, sie zieht ihren Arm weg und gähnt. »Kannst du das noch mal machen?«, fragt sie und zieht die Decke hoch, so weit es geht, denn Per liegt drauf.

Er rutscht nicht weg, denn dann würde er mit ihr zusammen unter der Decke liegen, und das traut er sich heute Abend nicht zu. Nicht mit all dem Kribbeln und den seltsamen Sehnsüchten, die sich gerade in ihm stapeln. »Was soll ich noch mal machen?« Er legt sich auf den Rücken.

»Den Einschlafzauber, den du am See mit mir gemacht hast.«

Per muss lächeln. »Das letzte Mal sind wir beide dabei eingeschlafen.«

»Das wäre doch nicht schlimm. Die Mädchen sind bei Nanni, oder? Willst du mit unter die Decke?«

Per gibt sich Mühe, nicht allzu entsetzt zu klingen. »Nein, danke. Dann leg dich mal gemütlich hin, und mach die Augen zu. Alles, was du brauchst, ist etwas Vertrauen. Das hier ist ein sicherer Ort, und du musst nichts tun. Überhaupt nichts. Du darfst einfach hier liegen und dich entspannen.« Während Per redet, beruhigt sich sein Herzschlag, und all die Wünsche tauchen wieder ab in sein Unterbewusstsein, wo sie hingehören.

Er spricht leise und gleichmäßig, bis er hört, dass Bea tiefer atmet. Er hört auf zu reden und bleibt noch eine ganze Weile neben ihr liegen, hört ihrem Atem zu und betrachtet sie im Schlaf.

Keine gute Idee

Liebe Bea,

entschuldige, dass ich erst jetzt schreibe, aber ich ertrinke in Arbeit. Du kennst das ja. 😉

Es ist schön zu hören, dass es dir gut geht in Schweden. Ich hoffe, in dem kleinen Dorf, wie heißt es noch mal? Sjöhyttan? Egal, ich hoffe, dort sind die Leute wenigstens nett zu dir! Wie war es, den Elch zu sehen?

Es tut mir leid, dass wir so seltsam auseinandergegangen sind. Ich denke jeden Tag an dich.

Ich vermisse dein Grübchen auf dem Kinn, das sich so niedlich kräuselt, wenn du lachst oder isst. Mir fehlt der Geruch deiner langen Haare, und ich wünschte, ich könnte deine Stimme hören und dein tiefes, ausgelassenes Lachen. Wusstest du, dass du klingst wie ein kleiner Troll, wenn du lachst?

Es tut mir leid, dass ich dir in letzter Zeit so wenig Anlass zum Lachen gegeben habe. Ich hoffe, ich kann das wiedergutmachen, wenn du wieder da bist. Aber bis dahin genieße deine Reise. Nimm dir alle Zeit der Welt, ich glaube, du brauchst sie.

Ich werde mir auch Zeit nehmen und über unsere Beziehung nachdenken. Und wer weiß, vielleicht tut uns beiden die Pause einfach gut? Ich finde, wir sollten uns weiter an das Kontaktverbot halten, auch wenn es schwerfällt. Aber Briefe können wir uns gerne schicken.

Mach dir keine Sorgen, wenn du länger nichts von mir hörst, du weißt ja, ich bin ein Arbeitstier!

Umarmung

Marco

Per nimmt den ausgedruckten Brief aus dem Drucker und steckt ihn in einen Umschlag und klebt ihn sorgfältig zu. Ihm fällt auf, dass er die Adresse nicht von Hand auf den Umschlag schreiben kann.

Es kostet ihn eine halbe Stunde, um herauszufinden, wie man mit seinem Drucker Umschläge bedruckt. Schließlich schafft er es und betrachtet stolz sein Werk. Jetzt muss er nur noch den Teil mit der Briefmarke und dem Poststempel bewerkstelligen.

Glücklicherweise hat er noch deutsche Briefmarken vom letzten Urlaub in Deutschland. Für den Poststempel nimmt er Olivias Stempel und verwischt die Stempelfarbe schnell kunstvoll, sodass man nicht viel mehr als einen dunklen Abdruck auf der Marke erkennen kann. Da er Marcos Adresse nicht hat, schreibt er keinen Absender auf die Rückseite. Wird Bea ihm den Schwindel abkaufen?

Er hofft einfach, dass Marco Bea nie mehr als SMS-Nachrichten geschrieben hat. Dann fällt der andere Schreibstil vielleicht nicht auf. Kurz entschlossen fährt er mit dem

Fahrrad zu Nannis Café und legt den Brief in den Briefkasten.

Er sieht hoch zu dem Zimmer, in dem seine beiden Mädchen gerade schlafen, und wirft eine Kusshand zu den zugezogenen Vorhängen. Er hätte nicht zwei Bier trinken sollen.

Vermutlich war das Ganze eine blöde Idee. Aber Bea wird sich freuen, und das ist alles, was zählt. Er fährt zufrieden zurück. Es ist spät, und er ist so müde, dass er sich in Klamotten auf sein Bett wirft und sofort einschläft.

Bea ist mit Dobby unterwegs. Sie wollte eigentlich bei Oskar in der Werkstatt vorbeifahren, aber dann hatte sie plötzlich gar keine Lust. Momentan ist es auch nicht wichtig, ob der Motor nun diese oder nächste Woche erst kommt. Sie fängt an, sich in Sjöhyttan richtig wohlzufühlen. Es tut ihr gut, ein bisschen mit Pers Homepage zu tun zu haben und ab und zu für Nanni einkaufen zu gehen oder auszuhelfen. Sie fängt an, einzelne schwedische Wörter zu verstehen, und denkt darüber nach, etwas Schwedisch zu lernen. Nötig, um sich zu verständigen, ist es nicht, denn nahezu jeder hier spricht ein sehr passables Englisch. Aber es wäre schön, andere Gespräche zu verstehen, und vielleicht käme sie so auch mit Ebba ins Gespräch.

Just bei diesem Gedanken fällt ihr ein Mädchen auf, dass allein die Straße entlangspaziert. Ein schwarz-weißer Hund läuft neben ihr her. Bea beschleunigt ihr Elektrofahrzeug und sieht, dass es Ebba ist.

»*Hej*«, grüßt sie das Mädchen auf Schwedisch.

»Hi«, erwidert Ebba emotionslos.

»Komm, hüpf rauf, ich nehm dich mit.« Bea hält an.

Ebba zögert, aber das Angebot, auf Dobbys Ladefläche mitzufahren, ist offensichtlich einfach zu verlockend. Geschickt schwingt sie sich hoch, und Snorre, der Bea schwanzwedelnd begrüßt hat, springt neben Ebba auf die Ladefläche. Sie setzt sich in den Schneidersitz, und Bea fährt, so vorsichtig sie kann, los. Ebba sitzt mit dem Rücken zu ihr, aber Bea kann an ihrer Haltung erkennen, dass ihr die Fahrt Spaß macht.

»Snorre und du, wart ihr am See?«, fragt Bea von hinten.

Ebba nickt. »Ja, genau«, sagt sie auf Deutsch, ohne sich nach Bea umzudrehen.

Bea kann sich ein Lächeln nicht verkneifen. »Hast du eigentlich einen Lieblingsplatz hier in Sjöhyttan?«, fragt Bea.

Zu ihrer Überraschung dreht sich Ebba zu ihr um: »Soll ich ihn dir zeigen?«

Bea nickt erfreut.

Ebba dreht sich wieder in Fahrtrichtung und lenkt Bea mit Handzeichen in einen kleinen, holperigen Pfad. Auf der linken Seite stehen Bäume, und auf der rechten kann man in wunderschöne verwunschene Gärten schauen. Die dazugehörigen Häuser sind klein und hübsch.

»Das sind alles Ferienhäuser. Jetzt im Sommer sind die meisten Besitzer da. Meine Freundin Manuk kommt morgen.« Ebba zeigt auf die rechte Seite.

»Ach, wie schön. Seht ihr euch nur im Sommer?«

Ebba nickt. »Aber jeden Sommer«, sagt sie nachdrücklich.

Der kleine Pfad wird immer holperiger. Ebba hält Snorre fest, damit er nicht von der Ladefläche rutscht.

»Hier kannst du anhalten.« Ebba zeigt auf einen Busch, vor dem Bea das Fahrzeug zum Stehen bringt. Snorre springt mit einem Satz von der Ladefläche und flitzt los. Bea und Ebba folgen ihm.

Sie sind am Ufer des Södra Solsjö. Hier ist ein verborgener kleiner Strand. Sand knirscht unter ihren Füßen. Der Hund ist nirgends zu sehen. Bea schaut sich suchend um, und Ebba zeigt mit dem Arm auf runde, große Felsplatten, die sich zu einem kleinen Berg aufeinanderstapeln. Obendrauf steht Snorre. Als er sie sieht, bellt er aufgeregt.

»Wir sollen hochkommen«, übersetzt Ebba.

»Na, dann los!« Bea gibt Gas und springt, so schnell sie kann, die ersten Steine hoch. Man kann gut von einem zum anderen hüpfen. Allerdings hat sie keine Chance gegen Ebba, die sie mit Leichtigkeit überholt und längst oben ist, als Bea atemlos ankommt.

Sie muss erst wieder etwas zu Atem kommen, bevor sie den Ausblick genießen kann. Man sieht auf der einen Seite über den See und auf der anderen Seite über die Baumwipfel. Hinter den Bäumen sind einzelne Häuser von Sjöhyttan zu sehen.

»Es ist wunderschön hier«, staunt Bea.

Ebba nickt und setzt sich. Bea macht es ihr nach.

»Ich dachte, du wärst so eine Frau, die sich die Hose nicht schmutzig macht«, sagt Ebba mit einem Blick auf Beas Stoffhose.

Ebba trägt eine Jeans und rote Converse. Hier oben geht

ein leichter Wind, und Bea fragt sich, ob ihr in ihrem geringelten Shirt nicht etwas kalt ist.

»Das war ich auch«, gibt Bea zu.

»Und was für eine Frau bist du jetzt?«, will Ebba wissen und streichelt Snorre, der wie ein Wachhund kerzengerade neben ihr sitzt.

»Das weiß ich noch nicht. Ich bin, glaube ich, noch nicht.«

Ebba sieht sie fragend an. »Du meinst, die Saubere-Hose-Frau bist du nicht mehr, aber du weißt noch nicht, welche Frau du wirst?«

»So in etwa«, lächelt Bea. »Vielleicht werde ich eine Kaugummi-in-der-Tasche-Frau.« Sie zieht ein Päckchen Kaugummis aus der Hosentasche und reicht einen an Ebba.

Eine Weile kauen beide nur Kaugummi und genießen die Aussicht.

»Wann fährst du zu deinem Freund in Deutschland zurück?« Ebba versucht eine Kaugummiblase, scheitert aber bei dem Versuch, sie aufzublasen.

»Wenn ich am Nordkap war«, antwortet Bea und schafft eine winzige Blase, die aber sofort platzt.

»Und warum musst du vorher ans Nordkap?« Ebba wackelt mit ihren roten Schuhen hin und her.

»Das ist mein Ziel. Jede Reise hat ein Ziel, und meins ist eben das Nordkap.«

Ebba macht ein unbestimmtes Geräusch. Es klingt wie ein »Ja«, bei dem sie allerdings ein- und nicht ausatmet. Es ist ein typisch schwedischer Laut. »Hat er dir denn inzwischen geschrieben?«, fragt sie unschuldig.

Offenbar weiß inzwischen ganz Sjöhyttan, dass Marco mir nicht zurückschreibt!

»Nein«, sagt Bea genervt und steht auf.

»Ich wette, du hast heute Post von ihm. Ich wette, sie liegt schon bei Nanni auf der Theke!« Ebba strahlt sie an und kommt mit einem Satz auf die Füße.

Bevor Bea nachfragen kann, rennt sie mit Snorre wie ein kleines Wiesel die Felsen herunter.

Als Ebba, Snorre und Bea wenig später das Café betreten, drehen sich alle Köpfe von einem Tisch zu ihnen. Dort sitzen Olivia, Nanni, Frau Schluttberg und ein älterer Herr und essen Kuchen.

»Bea, da bist du ja endlich«, begrüßt Nanni sie.

»Sie haben Post!«, sagt Frau Schluttberg entzückt und zeigt auf den Brief, der mitten auf dem Tisch liegt.

Bea wird rot und nimmt den Brief an sich. Sie dreht ihn um, aber es steht kein Absender darauf.

»Die Briefmarke ist aus Deutschland«, sagt Nanni grinsend. »Ich habe einen neuen Kuchen gebacken. Eine Kreation mit Mohn, wir testen ihn gerade. Setzt euch doch!«

Ebba nimmt die Einladung sofort an. Bea würde am liebsten sofort nach Hause fahren und den Brief lesen, findet das aber etwas unhöflich, also setzt sie sich zögernd.

»Guten Tag, mein Name ist Lindemann. Wie aus *Loriot*«, fügt der alte Herr, der neben ihr sitzt, hinzu und reicht Bea seine Hand.

Er sieht aus wie aus einem Katalog. Seine Kleidung ist tadellos, und auch seine grauen Haare sitzen perfekt. Er ist sicher schon Ende siebzig, aber seine Erscheinung ist umwerfend.

»Sehr erfreut. Bea Goldmund. Wie aus ...«

»*Narziss und Goldmund* von Hermann Hesse«, vervollständigt Herr Lindemann glücklich.

Nanni verteilt Kuchen und schenkt Saft aus. Bea hat das Gefühl, alle starren sie an.

»Willst du ihn nicht lesen?«, spricht Olivia aus, was alle am Tisch denken.

Frau Schluttberg nickt zustimmend. »Sie sollte ihn lesen, oder?«, wendet sie sich an Herrn Lindemann.

»Ich lese ihn lieber zu Hause«, sagt Bea und sticht in ihren Kuchen. Sie hat das Gefühl, noch nie in ihrem Leben so viel Kuchen gegessen zu haben wie in den letzten Wochen in Sjöhyttan. All ihre Hosen sind ihr inzwischen viel zu eng. Ständig muss sie heimlich den obersten Knopf auflassen.

Alle machen ein enttäuschtes Geräusch.

»Habt ihr gedacht, ich lese ihn euch vor, oder was?«, fragt sie in die seltsame Runde.

»Du kannst uns auch erzählen, was drinsteht«, schlägt Olivia vor.

»Ich würde vorschlagen, wir lassen die junge Dame den Brief allein in Ruhe lesen und bedrängen sie nicht weiter. Nanni, dein Mohnkuchen ist hervorragend!« Herr Lindemann prostet Nanni mit Apfelsaft zu.

Bea wirft ihm einen dankbaren Blick zu. Ebba und Olivia flüstern auf Schwedisch und kichern.

Frau Schluttberg sieht nach der Ansage von Herrn Lindemann äußerst unzufrieden aus. »Sie können uns ja morgen berichten, wie Ihnen der Brief gefallen hat.«

Bea sieht, dass sie sich aus der Neugierde der Dorfbewohner nicht befreien kann. Offenbar hat man, wenn man in Sjöhyttan lebt, das Recht auf Privatsphäre verwirkt.

»Das werde ich«, verspricht Bea seufzend.

Später, im Tiny House angekommen, klettert sie oben auf ihr Bett und öffnet mit zitternden Fingern den Brief.

Sie liest ihn dreimal und starrt dann auf die Unterschrift.

Da steht ganz eindeutig »Marco«. Der Brief kann aber eigentlich nicht wirklich von ihm sein. Er schreibt so schöne Dinge. Vermisst er sie wirklich so? Bea riecht an dem Papier. Es duftet nach gar nichts. Dass Marco nicht von Hand unterschrieben hat und auch der Umschlag bedruckt ist, ist allerdings typisch. Sicher hat er ihn spät in der Nacht noch im Büro geschrieben. Bea weiß überhaupt nicht, ob in der Agentur überhaupt echte Stifte existieren. Alles wird auf Computern und iPads geschrieben und präsentiert.

Der Brief übertrifft all ihre Erwartungen.

Ich muss Tina anrufen! Bea wählt die Nummer ihrer Freundin.

»Ist es wichtig, mein nächster Patient sitzt schon nebenan!« Tinas Stimme klingt gehetzt.

Es ist erstaunlich, wie schnell sich Bea daran gewöhnt hat, nicht mehr zu arbeiten. Es kommt ihr total seltsam vor, dass Tina tagsüber keine Zeit zum Telefonieren hat. Früher war Tina immer diejenige, die vergeblich anrief, weil Bea keine Zeit hatte.

»Ich mach es kurz. Marco hat mir geschrieben. Aber sein Brief ist fast zu schön, um wahr zu sein.«

»Oh, erzähl, warum?« Tina klingt sehr interessiert.

»Er schreibt einfach sehr liebevoll. Offenbar vermisst er mich.«

»Das freut mich, Bea. Es passt einerseits auch ganz gut zusammen. Gestern sind wir uns kurz über den Weg gelaufen, und er wollte ganz viel von dir wissen. Ob du noch in Sjöhyttan bist und wie es dir geht. Er wollte sogar wissen, ob du von dort aus etwas im Homeoffice arbeitest. Er wirkte plötzlich unheimlich interessiert an dir.«

»Du sagtest einerseits. Was ist das ›andererseits‹, Tina?«, fragt Bea, die sehr feine Antennen für die Details hat, wenn es drauf ankommt.

»Andererseits sehe ich ihn in letzter Zeit ständig mit dieser großen Rothaarigen.«

»Bestimmt Lara«, Bea rollt mit den Augen. »Die ist einfach nur eine karrieregeile Kuh. Was heißt, du siehst ihn mit ihr?«

»Na ja. Sie hängen ständig zusammen und reden sehr angeregt miteinander. Als er wegging, flüsterte er etwas von einem *Lupin*-Deal zu ihr. Sagt dir das was?«

Bea denkt nach. Der *Lupin*-Deal war eine große Sache, an der ihr Chef Martin seit einem Jahr arbeitete. Bea hatte vor einigen Monaten den geheimen Auftrag bekommen, die Werbeagentur *Lupin* auszuspionieren. *Lupin* hatte ein paar sehr große Kunden, die sich Martin nur allzu gerne unter den Nagel reißen wollte. Seine Idee war damals, *Lupin* eine Art Fusion anzubieten, um sich die Kunden zu schnappen und die Mitarbeiter dann Stück für Stück wegzurationalisieren.

Dazu brauchte er aber ein paar Informationen, die Bea ihm beschaffen sollte. Bea hatte sich damals tatsächlich undercover als Praktikantin in der Agentur umgesehen und wichtige Informationen auf ihrem Arbeitslaptop gesammelt. Sie hatte die Datei allerdings nie an Martin weitergegeben. Es fühlte sich für sie nicht richtig an, mit *Lupin* einen Deal einzugehen, bei dem mindestens die Hälfte der Mitarbeiter ihren Job verlieren würde. Sie konnte sich nicht erinnern, jemals mit Marco darüber gesprochen zu haben. Die Sache war topsecret, denn sie könnte Martin den Kopf kosten.

»Vielleicht hast du dich verhört«, vermutet Bea.

»Wie läuft es denn so in deinem Tiny House? Und wie geht es dem Mann, von dem du mir nie erzählst?«

Bea traut ihren Ohren nicht. »Hast du nicht nebenan einen Patienten sitzen? Und woher weißt du, dass es einen Mann gibt, von dem ich dir nie erzähle?« Sie lacht erstaunt.

»Das war nur so ein Schuss ins Blaue. Hat ja funktioniert! Wer ist er?« Tina klingt, als hätte sie ihren Patienten nebenan völlig vergessen. Sie ist Bea plötzlich so nah. Etwas Sehnsucht überkommt sie nach ihrer Freundin. Wie schön es wäre, wenn sie jetzt neben ihr sitzen könnte.

Bea atmet tief ein. Sie weiß nicht, wie sie Per in ein paar Sekunden beschreiben soll. »Er heißt Per. Er ist einen Kopf größer als ich, sieht sehr gut aus, und ihm gehört das Tiny House, in dem ich wohnen darf. Er bringt mich zum Lachen, und er hat so einen Zaubertrick. Wenn er neben mir liegt, fühle ich mich sicher und kann einschlafen. Er ist alleinerziehend mit zwei ganz süßen Mädchen, und er hat einen sehr tollen Hund, der Snorre heißt.«

»Das klingt wie im Bilderbuch. Und läuft da was?«

»Nein«, Bea zögert. »Ich wünsche mir ab und zu tatsächlich mal, dass er mich küsst, und seine Tochter behauptet, er würde immer ›flirren‹, wenn er mit mir zusammen ist, aber … es fühlt sich einfach an wie eine unumstößliche Regel, dass zwischen uns nichts passiert.«

»Warum, woran liegt es? An Marco?« Tina stellt wieder ihre einfühlsamen Fragen, bei denen Bea sich so fühlt, als wäre jede Antwort in Ordnung und jedes Gefühl von ihr hätte eine Berechtigung.

»Es liegt sicher auch an Marco, aber viel mehr an ihm. Seine Familie und sein ganzes Leben hier sind so rund. Ich will da nicht stören oder etwas kaputt machen. Er redet nie von der Mutter seiner Kinder. Ich weiß nicht mal, ob sie noch lebt. Jedenfalls gibt es wohl gar keinen Kontakt mehr.«

»O. k.«, Tina klingt nachdenklich. »Lass uns da unbedingt noch mal drüber reden, ich muss jetzt aber wirklich rüber, sonst hat der Arme nur noch zehn Minuten Behandlungszeit.«

Bea verabschiedet sich von Tina und versucht dann, alle widersprüchlichen Gefühle zu ordnen. Ohne Erfolg.

Pers Flucht

Zieh etwas an, in dem du dich wohlfühlst, hatte Bea gesagt. Per steht stöhnend vor seinem Kleiderschrank.

»Ich fühle mich aber nicht wohl, wenn mich jemand fotografiert«, murmelt er vor sich hin.

»Kann ich helfen?« Ebba steht plötzlich im Türrahmen.

»Ja«, seufzt Per. »Bea macht heute ein Fotoshooting von der Werkstatt …« Er ballt die Hand zu einer Faust und stößt sie leicht gegen den Schrank. »Und von mir«, fügt er unglücklich hinzu.

»Warum ist das so schlimm? Wenn wir Fotos machen, hast du damit nie ein Problem.«

»Die landen ja auch normalerweise auf keiner Homepage, wo sie jeder sehen kann.«

Ebba schaut ihn lange prüfend an. Sie sagt nicht, dass sie denkt, dass das Problem eher Bea hinter der Kamera ist, aber ihr Blick ist auch ohne Worte sehr offensichtlich.

»Guckst du mich jetzt weiter so an, oder erbarmst du dich und hilfst mir?«, fragt Per seine Tochter.

Ebba schreitet wortlos zu seinem Schrank. Zielsicher

holt sie ein blau-schwarz kariertes Hemd und Jeanshosen heraus. »Hier. Das passt zu deiner Augenfarbe.«

Per zieht es zweifelnd über. Kritisch betrachten ihn vier Augen im Spiegel.

»Dein T-Shirt hat einen V-Ausschnitt«, sagt Ebba, als sei damit alles klar.

»Ja, und?«

»Man sieht so viel von deiner Brust, das geht nicht.« Sie schaut ihn streng an.

Per seufzt und zieht sich ein T-Shirt ohne V-Ausschnitt an. »Warte, bis wir genau dieses Gespräch umgekehrt führen in ein paar Jahren.« Er packt sie an den Schultern und wirft sie aufs Bett.

Ebba kreischt wie früher, als sie noch klein war.

Der erste Teil des Fotoshootings ist leicht für Per. Bea fotografiert seine Werkstatt, und alles, was er tun muss, ist ein paar Dinge hin- und herräumen.

»Wir machen da gar kein Theater mit Licht und Staging, wir lassen alles so authentisch, wie es ist.«

Per, der keine Vorstellung von Licht und diesem »Staging« hat, nickt.

Bea fotografiert das unfertige Haus in der Werkhalle und bittet ihn dann, das Tor zu öffnen, damit sie Bilder von der Werkstatt schießen kann.

Sie macht das sehr konzentriert und ist ganz bei der Sache.

»Pause und Tee?«, bietet Per nach einer Stunde an.

Bea nimmt dankbar eine Tasse Tee entgegen. Sie setzen

sich auf die Bank draußen in die Sonne und pusten in ihre Tassen.

Per ist nervös neben ihr. Es wäre hilfreich, wenn Bea heute nicht so umwerfend aussehen würde. Sie trägt Jeans, die er noch nie an ihr gesehen hat, und eine etwas durchsichtige Bluse. Er kann ihre tolle Figur sehen, die, seit sie da ist, immer schöner geworden ist. Bea hat ein bisschen zugenommen, und ihre Kurven sind weiblicher geworden. Er muss sich konzentrieren, um ihr nicht auf den Busen zu gucken.

»Jetzt frag mich schon«, sagt Bea mit einer genervten Stimme.

Er soll sie nach einem Date fragen? Per weiß nicht, was sie meint, und sieht sie fragend an.

»Der Brief! Ganz Sjöhyttan weiß, dass Marco mir geschrieben hat. Das ganze Dorf fragt mich danach, also tu gar nicht erst so, als wüsstest du nichts von dem Brief.«

Einen kurzen Moment denkt Per entsetzt, Bea hätte ihn durchschaut. Weiß sie etwa, wer der wahre Verfasser des Briefes ist?

»Guck nicht wie ein Auto. Der Brief war nicht blöd und kurz. Im Gegenteil, er war sogar richtig schön.«

»Ja?«

»Wundert dich das? Du klingst so erstaunt?«

»Nein«, Per beeilt sich, den Kopf zu schütteln, und fragt, was man vermutlich fragen würde, wenn man den Brief nicht kennt. »Was schreibt er denn?«

»Dass er mich vermisst«, Beas Stimme wird weich. Ihre Augen bekommen einen Glanz.

Pers Herz krampft sich in seiner Brust zusammen. »Das ist doch schön«, sagt er tapfer.

Bea sieht ihn von der Seite an.

Er versteckt sich in seiner Teetasse und verbrennt sich die Lippe.

»Ich hätte nie gedacht, dass er mir so einen Brief schreiben würde. Ich hab gedacht, es wäre vorbei mit uns, aber jetzt sehe ich ihn in einem ganz anderen Licht. Ich weiß, es klingt kitschig, aber ich wusste nicht, dass er so eine liebenswert verletzliche Seite hat.«

»Das liest du alles aus einem Brief?!«, Per klingt ärgerlicher, als er möchte.

»Du hast ja keine Ahnung, was er geschrieben hat. Das war so ... echt!« Bea strahlt ihn an. Sie sieht glücklich aus.

Er hat genau das erreicht, was er wollte. Warum fühlt sich das jetzt so schwer an? *Sei kein Idiot. Reiß dich zusammen!* Sie trinken den Tee aus, und Per gibt vor, froh zu sein, dass Beas Gefühle für Marco durch den Brief neu entfacht sind.

Bea schießt noch ein paar Bilder von der Werkstatt, dann ist er dran. Sie dirigiert ihn vor das Holztor. »Wieso hast du kein T-Shirt mit V-Ausschnitt angezogen?« Bea hält die Kamera in ihrer rechten Hand und legt den Kopf schief.

»Ihr macht mich fertig, ihr Frauen!«, stöhnt Per.

»So ein kleines bisschen sexy wäre schon gut für die Homepage.«

»Du findest mich mit V-Ausschnitt sexy?«, fragt Per und grinst über beide Ohren.

Bea wird rot und hält sich deshalb schnell die Kamera vors Gesicht. »So siehst du aus wie ein Holzfäller.«

»Holzbearbeiter, bitte.« Per schneidet eine Grimasse. »Ebba hat mir verboten, einen V-Ausschnitt zu tragen.«

Bea verkneift sich einen Kommentar. »Egal, dann eben so. Das passt schon.«

Per zappelt vor der Holzwand rum, an der er stehen soll. »Ich weiß nicht, wie ich stehen soll.«

»Das seh ich!« Bea nimmt die Kamera runter.

»Sag jetzt nicht, ich soll locker sein!«, warnt Per sie.

Sie nimmt die Kamera wieder hoch. »Lass uns zum Aufwärmen ein paar blöde Bilder machen«, schlägt sie vor.

Per macht einen Muskelmann nach, und Bea knipst. Dann macht er einen Handstand an der Wand, und Bea knipst. Als er wieder hochkommt, ist er rot im Gesicht, und Bea knipst.

»Ich seh aus wie ein Fliegenpilz.« Er lehnt sich an die Wand hinter ihm und wuschelt sich durch die Haare.

»Du siehst gut aus. Das Hemd passt zu deinen blauen Augen.«

Er sieht sie lächelnd an, und Bea knipst.

»Ha, wir haben es!«, sagt sie triumphierend und geht ein paar Schritte auf ihn zu, um ihm das Bild zu zeigen.

Sie hält ihm die Kamera hin, und zusammen beugen sie sich über den kleinen Bildschirm. Sie riecht nach Äpfeln. Die Härchen an seinen Armen stellen sich auf. Die Sehnsucht, sie zu packen und zu küssen, wird übermächtig. Sein Bild sieht gut aus. Aber sein Blick erschreckt ihn etwas. So sieht jemand aus, der bis über beide Ohren verliebt ist.

Er packt Bea und hebt sie hoch. Ihr Körper ist weich, und die einzige Möglichkeit, sie jetzt nicht zu küssen, ist, sie, so schnell er kann, im Kreis rumzuwirbeln. Sie quietscht und hält sich an ihm fest. Er lässt sie zurück auf den Boden gleiten. Ihre Hände liegen auf seinen Unterarmen. Seine Beine berühren ihre. Er lässt sie los und geht schnell zwei Schritte rückwärts. Er verliert die Kontrolle, wenn er noch eine Sekunde länger in ihrer Nähe ist.

»Super Bild! Ich danke dir, aber ich muss ganz dringend los. Ich habe vergessen ... Ich hab was vergessen!« Ohne sich noch mal umzudrehen, steigt er in seinen Pick-up. Snorre, der auf der Ladefläche in der Sonne lag und döste, wird unsanft geweckt, als Per ruckartig anfährt.

Im Rückspiegel sieht er, wie Bea immer noch an derselben Stelle steht, an der er sie abgesetzt hat. Ratlos sieht sie aus, wie sie ihm so hinterherschaut.

»Ich bin so ein Idiot!« Per haut auf das Lenkrad.

Er fährt rastlos durch die Gegend, bis er schließlich vor Nannis Café landet. Mit gesenktem Kopf geht er hinein und wäre fast über Gustav gestolpert, der wieder mitten im Weg liegt und mit dem Schwanz wedelt, als Snorre an ihm vorbeischnüffelt.

Außer den Hunden ist niemand im Café zu sehen. Per setzt sich an einen Tisch und wartet geduldig, bis Nanni aus der Küche kommt.

»Oha«, sagt sie, als sie sein Gesicht sieht.

»Gib mir einfach einen Kaffee und irgendetwas Süßes«, verlangt er matt.

Nanni werkelt eine Weile hinter der Theke und setzt sich dann mit zwei Kaffee und einem Keksteller an seinen Tisch.

Sie weiß offenbar genau, dass er nicht wegen eines Kaffees hier ist.

»Ärger im Paradies?«, fragt sie und schiebt ihm die Tasse rüber.

Per weiß nicht, wie er das Gespräch anfangen soll. Er weiß ja selber nicht genau, was mit ihm los ist. »Nanni. Ich habe mich ganz schrecklich und ungeplant verliebt.«

Nanni nickt. Es überrascht sie nicht, das zu hören. Sie fragt jedenfalls nicht, in wen er sich verliebt hat. »Wo sind die Hürden?« Ihre blauen Augen schauen ihn tiefgründig an.

»Frag lieber, wo sie nicht sind. Zuallererst hat sie einen Freund, sie hat ein Leben in Hamburg, und ich habe zwei Kinder, denen ich versprochen habe, dass ich für sie da bin.«

Nanni schüttelt den Kopf, als sei das alles nichtig. »Was fühlt sie denn für dich?«

Per hebt die Tasse zum Mund und schaut auf den Milchschaum. »Ich weiß es nicht. Aber es ist auch egal, weil es einfach nicht geht. Ich kann nicht ihr Leben in Hamburg gefährden, und ich kann mir auch keine Fernbeziehung leisten als alleinerziehender Vater.«

Nanni tunkt ein Stück von einem Riesenkeks in ihren Kaffee. »Du weißt schon, dass es viele Leute gibt, die das schaffen? Auch Alleinerziehende?«

»Ja, sicher. Aber ich habe es Ebba versprochen.« Sein Blick trifft ihren.

Nanni sieht ihn traurig an. Dann nickt sie. »Was willst du jetzt machen?«, fragt sie.

»Das Richtige. Bälle flach halten, bis sie weiterfährt. Aber ich fürchte, ich brauche mal kurz etwas Abstand. Sie zu sehen ist gerade ... schwierig.« Er hält seine Tasse mit beiden Händen. Es tut gut, die Wärme des Kaffees zu spüren und sich an etwas festhalten zu können. »Ich geh ein paar Tage fischen. Kannst du so lange Olivia nehmen? Ebba ist momentan sowieso mehr bei ihrer Freundin Manuk als zu Hause.«

»Sehr gerne. Ich hoffe, du findest eine gute Lösung. Es ist nie verkehrt, ein paar Tage über alles nachzudenken.«

Per schüttelt den Kopf. »Ich muss nicht drüber nachdenken. Ich muss nur diese Gedanken aus meinem Kopf bekommen.«

Nanni seufzt. »Ich verstehe dich«, sagt sie schließlich.

Frau Schluttberg und Herr Lindemann kommen von draußen herein. Nanni steht auf und geht hinter die Theke. Die beiden Alten sehen sehr glücklich aus. Strahlend gehen sie an ihm vorbei und bestellen Kuchen.

Per pfeift nach Snorre und verlässt das Café.

Oskar

Bea steht auf und dehnt sich. Die Sonne ist längst untergegangen. Sie hat nichts davon bemerkt. Ihre Augen tun weh vom langen Auf-den-Laptop-Starren. Die Homepage für Per ist fertig. Sie ist so schön geworden, dass Bea richtig stolz ist. Es ist lange her, dass sie bei ihrer Arbeit in der Agentur dieses Gefühl hatte.

Das kann man nicht vergleichen. Diese Homepage ist ja auch für einen Freund.

Bea schenkt sich ein Glas Wasser ein und denkt nach, ob das der einzige Unterschied ist.

Nein. Ich glaube an das Produkt, das ist es!

Das Tiny House ist inzwischen ein echtes Zuhause für Bea geworden. Sie kann sich nicht erinnern, sich in ihrer Penthousewohnung in Hamburg über den Dächern der Stadt jemals so wohlgefühlt zu haben wie hier. Sie stellt überrascht fest, dass sie mit einem Bruchteil der Quadratmeter so viel glücklicher ist als mit der riesigen Wohnung, die ununterbrochen von einem Saugroboter gereinigt werden muss.

Oder liegt es an Sjöhyttan? Am See? An Nanni, an Olivia,

Ebba, Oskar und Per? Und was war mit Per heute eigentlich los? Bea hat ihn noch nie so seltsam erlebt. Lag es an dem Brief von Marco? War er etwa eifersüchtig?

Ihre SMS an ihn, die sie heute Nachmittag geschickt hatte, blieb unbeantwortet. *Alles o. k.??*, tippt sie ein zweites Mal und drückt auf *Senden*. Morgen wird sie in der Werkstatt vorbeifahren und ihm seine fantastische Homepage präsentieren. Bea kann es gar nicht abwarten.

Als sie endlich ins Bett geht, sieht sie sich noch mal seine Fotos an. Sie hat natürlich das gute Bild von ihm für die Homepage genommen, auf dem er so natürlich lächelt. Sie liebt aber auch alle anderen Fotos von ihm. Beim Handstand ist ihm sein Shirt aus der Hose gerutscht. Sie kann seinen Bauch sehen. Bea vergrößert das Bild und sieht ein schönes Sixpack.

Sie muss daran denken, wie er sie heute hochgehoben hat. Dieser eine Moment, in dem sie dachte, er würde sie jetzt küssen, und die Enttäuschung, die sie überkommen hat, als er sie einfach wieder auf dem Boden abstellte. Ihm war eingefallen, dass er etwas Wichtiges vergessen hatte. Seine Gedanken waren offenbar ganz woanders gewesen als ihre.

Was bilde ich mir ein?

Energisch legt sie die Kamera mit den Bildern weg und löscht das Licht. Sie versucht, sich Marcos Sixpack in Erinnerung zu rufen, aber immer wieder schleicht sich Per in ihre Gedanken. Seine welligen Haare. Die Muskeln auf seinem Unterarm. Die Art, wie er sie ansieht und sich freut, wenn sie über einen seiner Scherze lacht. *Jetzt ist aber Schluss!*

Bea knipst das Licht wieder an. Es fühlt sich an, als sei Per allgegenwärtig. Er hat diese Lampe angebracht, er hat dieses Haus gebaut. So kann sie unmöglich einschlafen. Marco hat ihr einen echten Liebesbrief geschickt, und sie fantasiert wie ein Teenager von einem anderen Mann.

Sie holt Marcos Brief hervor und liest seine Zeilen. Ein warmes, gutes Gefühl steigt in ihr auf. *Das ist der Mann, an den ich denken sollte.* Vielleicht ist es Zeit, ans Nordkap zu fahren und die Reise dann zu beenden. Bea beschließt, morgen mit Oskar zu sprechen und nach alternativen Reisemöglichkeiten zu suchen. Sie schläft ewig nicht ein, und als sie morgens aufwacht, fühlt sie sich, als hätte sie überhaupt nicht geschlafen.

Heute ist die Sonne nicht zu sehen. Über dem See liegt dicker Nebel, der besser in den Herbst als mitten in den Sommer passen würde. Sie nimmt das Elektrofahrzeug, weil sie so besser ihren Laptop transportieren kann.

Auf dem Weg zu Pers Werkstatt ist sie traurig. Es fällt ihr schwerer, Sjöhyttan zu verlassen, als sie dachte. *Du hast deine Aufgabe hier erfüllt. Du hast Per eine tolle Homepage erstellt, und er hat dir beigebracht einzuschlafen.* Leider funktioniert das nur, wenn er neben ihr liegt. Bea muss an sein Sixpack denken und an seine Unterarme und …

»Schluss jetzt!«, sagt sie laut.

Die Sicht ist schlecht, sie kann immer nur ein paar Meter weit gucken. Langsam gleitet sie durch die weiße Wand. Erst als sie vor dem Tor parkt, sieht sie, dass Pers Pick-up nicht vor der Werkstatt steht. Mutlos versucht sie trotzdem, die Klinke runterzudrücken, vergeblich. Es ist abgeschlossen.

Sie schaut auf ihre Tasche mit dem Laptop darin. Der Wunsch, Per zu sehen, ist gleichzeitig groß und beängstigend. Gestern ist etwas zwischen ihnen passiert, was sie nicht greifen kann. Ratlos steht sie eine Weile vor der Werkstatt herum.

Dann setzt sie sich wieder auf ihr Fahrzeug und fährt zu Per nach Hause. Im kleinen blauen Holzhaus brennt kein Licht. Und auch hier ist kein Pick-up weit und breit. Bea fällt jetzt nur noch Nannis Café ein. Die Enttäuschung, auch hier keinen Pick-up vorzufinden, trifft Bea mit voller Wucht. Hier stimmt doch etwas nicht.

Sie betritt das Café in der Hoffnung, Nanni allein anzutreffen, aber die Tische sind gut besetzt. Gustav begrüßt sie schwanzwedelnd, und sie streichelt sein dichtes Fell. Ihr Blick schweift über die Tische. Sie erkennt ein paar Einheimische, aber auch einige Touristen haben heute Morgen trotz des Nebels den Weg in Nannis Café gefunden. Bea hat schon gefrühstückt und steht etwas verloren im Raum, bis sie Frau Schluttberg fröhlich winken sieht. Sie sitzt allein an einem Tisch und sieht toll aus. Ihre grauen Haare hat sie mit einem samtigen Schleifenband zusammengebunden und in altmodische Locken gelegt, die man mit einem modernen Glätteeisen niemals so hinbekommen könnte. Sie trägt einen knallblauen Hosenanzug und dazu rote Schuhe.

»Sie sehen toll aus, Frau Schluttberg! Erwarten Sie noch jemanden?«

»Nein«, sagt die alte Dame lächelnd. »Setzen Sie sich doch.«

Bea setzt sich, und zu ihrer Erleichterung sieht sie Olivia, die eifrig Kekse auf Untertassen verteilt, wobei jeder dritte Keks in ihrem Mund landet. Sie wird ihr sicher verraten, wo Per ist.

»Na, haben Sie den Brief inzwischen gelesen?«, fragt die alte Dame sofort.

Bea verkneift sich ein Lächeln über die übergroße Neugierde. Frau Schluttberg gibt sich nicht einmal die Mühe, sie zu verbergen. »Ja, habe ich«, antwortet Bea extra ohne weitere Informationen.

»Und, sind Sie zufrieden mit dem Inhalt?«, fragt Frau Schluttberg weiter und nimmt einen Schluck Tee aus ihrer Tasse.

»Ja, das bin ich. Sehr zufrieden sogar.« Beas Augen wandern wieder zu Olivia hinter der Theke.

»Äußerst interessant. Und trotzdem stimmt etwas nicht. Was stimmt nicht?« Frau Schluttberg mustert Bea voller Detektivlust.

»Miss Marple, soll ich Ihnen Ihren Hut reichen?«, scherzt Bea.

In diesem Augenblick entdeckt Olivia den neuen Gast. Sie kommt an Beas Tisch gerannt und umarmt sie. Bea knuddelt die kleine Maus in der großen Schürze. Ihr Herz wird schwer bei dem Gedanken, sich demnächst von ihr verabschieden zu müssen.

Ihr brennt die Frage nach Per auf den Nägeln, sie will sie aber ungern vor der neugierigen Frau Schluttberg stellen.

»Ich hab die Homepage für deinen Papa fertig. Weißt du, was eine Homepage ist?«

Olivia legt den Kopf schief. »Jeder weiß, was eine Homepage ist«, sagt sie lachend.

»Also ich weiß das nicht so genau«, mischt sich Frau Schluttberg ein.

»Weißt du, wo dein Papa ist? Ich würde sie ihm gerne zeigen!« Bea versucht, die Frage beiläufig zu stellen, was ihr ganz und gar nicht gelingt. Die alte Dame richtet sich sofort auf, als Bea nach Per fragt.

»Papa ist fischen. Das macht er immer, wenn er allein sein muss. Ich wohne jetzt bei Nanni, und ich muss auch weiter helfen, ich bin ihre beste Kraft!« Sie lächelt stolz und zieht ihre Schürze glatt. Ihr blondes Haar ist zu zwei Zöpfen geflochten, die ihr bis auf die Schultern reichen. »Willst du etwas bei mir bestellen?«

»Sehr gerne. Ich hätte gerne einen Tee. Weißt du zufällig, wo dein Papa fischen geht und wie lange?«

Frau Schluttberg neben ihr macht ein Pokerface, aber Bea weiß, dass sie sich ein ganz genaues Bild macht anhand von Beas Fragen.

»Na, an einem See! Der ist ganz groß, und da gibt es ganz viele Fische, und Papa hat ein Zelt, und in dem kann er ganz allein schlafen ohne Frösche und ohne Mäuse. Nur mit Snorre drin, der schnarcht aber selten.«

Die Ortsbeschreibung »an einem See« ist in Schweden etwa so hilfreich wie ein Rasierapparat, wenn man eine Wiese mähen möchte.

»Und er kommt zurück, wenn er fertig ist mit dem Alleinsein. Ein paar Tage kann das schon dauern.« Sie dreht sich um und läuft zur Theke.

Nanni steht dahinter, und Bea fängt einen Blick von ihr auf, der vielsagend ist, den Bea aber nicht richtig deuten kann.

»Sieht ganz so aus, als wäre der junge Mann Ihretwegen verschwunden«, orakelt Miss Marple neben ihr.

»Woraus schließen Sie das denn?«, fragt Bea empört, obwohl sie ein ähnliches Gefühl hat.

»Was werden Sie jetzt tun? Wie werden Sie ihn finden?« Frau Schluttbergs Augen glänzen, während sie das sagt. Ohne den Blickkontakt zu brechen, nimmt sie sich ein Stück Brot und beißt davon ab.

»Wieso sollte ich ihn finden wollen?«

Frau Schluttberg sieht sie statt einer Antwort einfach weiter an.

»Hören Sie auf, mich so gruselig anzuschauen! O. k., ich gebe zu, ich würde ihn gerne finden und mit ihm sprechen, aber nur, weil das gestern so seltsam war, als wir die Fotos für die Homepage gemacht haben.«

Frau Schluttberg schiebt ihr eine Brötchenhälfte mit Marmelade bestrichen hin, und Bea beißt dankbar davon ab. Essen hilft ihr dabei, ihre Gedanken zu ordnen. Ohne Zwischenfragen lässt die alte Dame sie reden.

»Alles lief super, und dann ganz plötzlich ist er abgehauen. Im wahrsten Sinne des Wortes, er ist richtig geflüchtet. Und seitdem ist er nicht mehr erreichbar, und das macht mir Sorgen. Außerdem habe ich mich dazu entschlossen, meine Reise fortzusetzen und endlich ans Nordkap zu fahren. Wenn es nicht anders geht, dann eben ohne Werner. Werner ist mein Bus«, fügt sie erklärend hinzu.

Nanni kommt mit ihrem Tee. Sie stellt ihn ihr wortlos hin. Kurz sieht sie so aus, als wollte sie etwas sagen, aber dann entscheidet sie sich anders und geht zu einem anderen Tisch.

»Interessant«, sagt Miss Marple und sieht ihr nach, dann schaut sie Bea an und sagt: »Alles deutet darauf hin, dass es gestern einen Vorfall bei Ihrem Treffen gab, der den jungen Mann dazu veranlasst hat, die Einsamkeit aufzusuchen.«

»Müssen Sie das denn so dramatisch klingen lassen?« Bea rührt in ihrem Tee.

»Wie steht es um den anderen Mann? Den Briefeschreiber?« Frau Schluttberg macht große, fragende Augen. Würde Bea nicht mittendrin stecken, würde sie das sicher lustig finden.

»Das werde ich sehen, wenn ich zurück in Hamburg bin.«

»Ist sein Brief ein Grund, so bald abzureisen?« Frau Schluttberg ist fertig mit Frühstücken. Sorgfältig legt sie ihre Serviette zusammen.

»Eigentlich bin ich jetzt mal dran, ein paar Fragen zu stellen. Sie und Herr Lindemann ...« Bea lässt die alte Dame den Satz beenden.

»Wir sind Freunde«, sagt sie würdevoll.

»Warum nur Freunde?«, fragt Bea, die jetzt umgekehrt Miss Marple spielt.

»Weil keiner von uns den Mut hat, den ersten Schritt zu tun. Das geht nun schon so viele Jahre so. Irgendwann ist der

Zeitpunkt dafür verpasst.« Ein Hauch von Melancholie verfängt sich in ihrem roten Samtband.

Je länger Bea im Café sitzt und Frau Schluttberg zuhört und Olivia und Nanni dabei beobachtet, wie sie liebevoll die Gäste bedienen, desto mehr schmilzt ihr Entschluss, ihre Reise fortzusetzen. Es gibt eigentlich nur einen Ausweg.

»Frau Schluttberg, Sie sind doch noch ein paar Tage hier, oder?«

Die alte Dame nickt. »Dann grüßen Sie Ihre Schweinchen, Herrn Lindemann und die beiden da von mir«, sie zeigt auf Nanni und Olivia hinter der Theke.

»Ich reise zum Nordkap und komme auf dem Rückweg vorbei, um mich richtig zu verabschieden.« Bea klingt zufrieden. So wird sie es machen.

Frau Schluttberg zieht ihre Lippen kurz zusammen und sagt dann: »Wenn Sie meinen, dass das ein guter Plan ist ... Gute Reise.«

»Danke!«, Bea steht schnell auf. Sie lässt etwas Geld auf dem Tisch liegen, um nicht an der Theke bezahlen zu müssen. Nanni und Olivia würden ihren Plan garantiert zum Einstürzen bringen.

Oskar macht ein entsetztes Gesicht. »Du reist ab? Ohne den Motor? Ich meine, ohne den Bus?«

»Ich komme ja wieder«, beruhigt ihn Bea. »In ein paar Tagen bin ich wieder da, und dann verabschiede ich mich richtig von allen. Und wenn Werner dann immer noch ohne Motor hier rumliegt, dann«, sie spricht leise, als würde der

Bus in der Ecke der Werkstatt zuhören, »dann kannst du ihn vielleicht für mich verkaufen?«

Oskar schaut sie an, als hätte sie ihm gerade ein höchst unmoralisches Angebot gemacht. Der Bus schweigt ebenso entsetzt. Sein Türkis scheint blasser und blasser zu werden.

»Ich kann einfach nicht mehr hier rumsitzen. Per ist sowieso gerade ein paar Tage weg, es wird niemandem auffallen, dass ich ans Nordkap fahre. Alles, was ich von dir brauche, ist ein Auto.« Bea sieht ihn bittend an.

Oskar nickt, und dann hält er die längste Rede, die sie je von ihm gehört hat. »O. k., pass auf. Du bekommst ein Auto von mir. Aber du musst wissen, in Skandinavien kann man sich nie auf ein Navigationsgerät oder Handy verlassen, o. k.? Du musst immer eine Karte als Back-up im Auto haben.« Er kriecht in einen grauen Volvo und holt eine ziemlich mitgenommene Karte heraus. Er faltet sie auf der Motorhaube auseinander. »Hier sind wir«, er markiert Sjöhyttan mit einem roten Kreuz. »Und du willst hier hin«, sein Finger fährt auf der Karte nach Norden. »Da kommst du an ein paar sehr schönen Orten vorbei, die markiere ich für dich, und dann kannst du los.«

Er klingt aufgebracht und etwas hektisch, was sonst überhaupt nicht seine Art ist. Mit langen Schritten geht er mit der Karte durch die Werkstatt, als müsste er den Weg probehalber ablaufen. Dann beugt er sich über die Karte und zeichnet sorgfältig und dementsprechend lange etwas ein.

Er klappt die Karte zusammen und reicht sie ihr feierlich. »Versprich mir, dass du sie benutzt.«

»Ich verspreche es.«

Aufbruch

Bea braucht ihre volle Konzentration, um nicht loszuheulen, als sie das Ortsschild von Sjöhyttan passiert. Sie hat nur das Nötigste in den Volvo geladen. Hätte ihr jemand zugeschaut, hätte er sicher gedacht, sie sei auf der Flucht.

Bea schaltet das Radio ein. Bisher funktioniert ihr Handynavi einwandfrei. Der Nebel hat sich immer noch nicht verzogen. Es ist anstrengend zu fahren, und Bea hat fast das Gefühl, als wolle das Schicksal sie daran hindern, den kleinen Ort zu verlassen.

Vielleicht sollte ich es langsam angehen und tatsächlich einen der Orte von Oskars Karte anfahren.

Sie fährt rechts ran und klappt die Karte auf. Erstaunt stellt sie fest, dass Oskar nur einen einzigen Punkt auf dem Weg markiert hat. Es ist ein Kreuz ganz nah an einem See und über dem Kreuz steht: *Per*.

Beas Herz setzt einen Herzschlag aus.

Sie schaut sich die Karte genauer an und sieht, dass er ihr sogar eine kleine Wegbeschreibung zu Pers verstecktem Ort geschrieben hat.

Oskar, du raffinierter Hund!

Plötzlich sieht sie den stillen, in sich ruhenden Mechaniker mit ganz anderen Augen. Oskar hat mehr gesehen, als sie glaubte. Bea starrt auf das markierte Kreuz. Sie legt sich die Fäuste an die Stirn.

Ich kann da nicht hinfahren.

Energisch schüttelt sie den Kopf. Per ist extra abgehauen, jetzt kann sie nicht alles kaputt machen und ihm hinterherfahren.

Nordkap. Ich fahre zum Nordkap.

Verbissen startet sie den Wagen und fährt weiter. Sie macht das Radio lauter in der Hoffnung, dass damit die Gedanken in ihrem Kopf leiser werden. Keine Chance.

Denk doch, was du willst. Ich fahr ans Nordkap.

Beas wilde Entschlossenheit wird von einer kleinen blinkenden Lampe unterbrochen. Sie muss tanken.

War ja klar. Hat Oskar das auch geplant?

Innerlich wappnet sie sich für die Katastrophe, die nun sicher folgen wird, aber ihr Handy verrät ihr ohne Probleme, wo die nächste Tankstelle ist. Immer noch wabert dichter Nebel um sie herum. Die Zapfsäulen ragen wie kleine Inseln aus der weißen Landschaft. Bea ist sich fast sicher, dass irgendetwas beim Tanken schiefgehen wird. Paradoxerweise wirkt die kleine Tankstelle hier im Nirgendwo so friedlich und unschuldig. Es muss einen Haken geben. Aus der kleinen Bude dudelt fröhliche Musik.

»Kann ich mit Karte zahlen?«, fragt sie den Mann, der hinter einem geöffneten Fenster sitzt.

Er antwortet in perfektem Englisch: »Gar kein Problem.«

Na also. Nordkap, ich komme.

Bea steckt die Karte wieder ein, und als er ihr die Quittung reicht, fällt ihr Blick auf sein Shirt. Darauf ist ein großer Elch zu sehen und darüber die Aufschrift:

TURN AROUND

»Tut mir leid, du hast sicher einen Patienten, aber ich werde hier wahnsinnig. Glaubst du an Zeichen?« Bea flüstert in ihr Handy, obwohl sie wieder im Auto sitzt und der Mann in der kleinen Bude sie sicher nicht hören kann.

»Kommt darauf an. Wenn ich mich für Ja oder Nein entscheiden müsste, würde ich auf Ja tippen.« Tina klingt belustigt.

»Und was passiert, wenn man Zeichen ignoriert?«, fragt Bea und kann den Blick nicht von dem Elchshirt abwenden.

»Dann landet man nicht da, wo man hinsoll. Was ist denn los? Welche Zeichen willst du ignorieren?«

»Ich will einfach nur meine Reise fortsetzen. Ich habe mir von Oskar extra ein Auto geliehen und bin an der Stelle vorbeigefahren, an der Per sich gerade befindet, und jetzt sitzt da dieser Typ in seinem Elch-T-Shirt!«

»Aha«, sagt Tina, die kein Wort verstanden hat. »Was ist denn mit dem Elch-T-Shirt?«

»Es ist ein Zeichen!«, Bea flüstert jetzt superlaut. »Ein Zeichen, Tina. *Turn around* steht da drauf. Deutlicher geht es doch gar nicht mehr!«

»Dann dreh doch einfach um. Scheiß doch drauf. Folge dem Zeichen. Vergiss die blöde Reise.«

Bea weiß, warum sie Tina angerufen hat. Obwohl ihre

Freundin die Sachlage unmöglich komplett begreifen kann, rät sie ihr genau das, was Bea hören muss.

»Ich danke dir! Du hast so recht!« Bea legt auf, startet den Volvo und dreht um. Sie fährt die Straße zurück, die sie gerade gekommen ist. Oskars Wegbeschreibung nach muss sie an der Eiche mit dem Loch im Stamm links abbiegen. Von ihrer Seite aus also rechts.

Sie biegt ab. Jetzt dem Feldweg folgen bis zu den Felsen. Der Wagen rumpelt über die unebene Fläche. Bea umklammert das Lenkrad. Sie fährt etwa zehn Minuten, bis sie die Felsen sieht. Und vor den Felsen steht der Pick-up.

Beas Herzschlag beschleunigt sich. Nachdem sie den Motor ausgestellt hat, bleibt sie noch kurz im Auto sitzen. Unschlüssig, was sie jetzt mitnehmen soll. Sie entscheidet sich nur für die Karte. Ab hier wird die Wegbeschreibung kompliziert. Sie soll dem Pfad nach Westen folgen.

Bea steigt aus. Wo bitte ist Westen? Ein Blick zum Himmel hilft ihr nicht. Alles ist grau und weiß. Aber der Pfad führt nur in eine einzige Richtung, also kann man davon ausgehen, dass dort Westen ist.

Bea läuft immer weiter, bis sie den See sieht. Hier wird der Nebel lockerer. Über der Wasseroberfläche liegen nur einzelne Schleier. Sie kann weiter gucken und sieht, dass es einen weiten steinigen Uferbereich gibt, der wie ein ausgetrocknetes Flussbett aussieht. Mittendrauf steht ein kleines Zelt.

Bevor sie Per sehen kann, hat Snorre sie entdeckt und rennt bellend auf sie zu. Ein vorsichtiges Nähern kann sie also vergessen. Per sieht sie schon von Weitem. Er steht bis zu der Hüfte im See, die Angel in der Hand. Reglos steht er da und wartet, bis sie näher kommt.

»*Hej*«, sagt sie, als sie am Wasser stehen bleibt.

»*Hej*«, sagt er, als würden sie sich im Supermarkt treffen und nicht am Ufer eines Sees, zwei Stunden von Sjöhyttan entfernt.

Sein Haar ist zerzaust, und er ist nicht rasiert. Er sieht aus, wie ein Mann in der Wildnis aussehen muss.

»Ich war auf dem Weg ans Nordkap. Ein Elch hat mich hier vorbeigeschickt.«

»Ein Elch?« Per erlaubt sich jetzt endlich zu lächeln. Es ist so unwirklich, dass sie da ist. Wie ein Trugbild ist sie dahinten aus dem Nebel aufgetaucht mit ihren langen dunklen Haaren, die sie offen trägt. In ihren Jeans und den Turnschuhen, die sie in den letzten Wochen gegen ihre hohen Schuhe getauscht hat. Ihre Wangen sind gerötet, ob vom Wetter oder vor Aufregung, kann er nicht sagen. Er holt seine Angel ein und kommt langsam durch das Wasser ans Ufer.

»Woher weißt du, dass ich hier bin?« Er steht jetzt vor ihr.

Keiner von beiden weiß, wie sie sich begrüßen sollen. Snorre kompensiert das, indem er laut winselnd um sie herumspringt.

»Das ist eine Lagerfeuergeschichte. Die erzähle ich dir heute Abend. Also falls ich überhaupt bleiben darf.« Sie schaut ihn unsicher an.

Er sagt einfach, was er denkt: »Ich lass dich sowieso nicht wieder gehen.«

Sie wirkt erleichtert. Es ist hart, sie nicht zu umarmen,

aber sie macht einen Schritt von ihm weg und löst damit die Spannung zwischen ihnen auf.

Bea schleppt ihren Rucksack zum Zelt, während Per am Wasser die Fische ausnimmt, die er gefangen hat. Erstaunlicherweise halten sie eine ganze Weile lang durch, ohne sich ein einziges Mal zu berühren. Sie schaffen es, zusammen Feuer zu machen, zusammen zu kochen und zusammen zu essen, ohne eine einzige Berührung. Sie lachen zusammen wie früher, als noch alles einfach war zwischen ihnen. Der Nebel um sie herum bietet einen sicheren Rahmen.

Als sie mit dem Essen fertig sind, bricht die weiße Decke auf und gibt den Himmel frei. Die Abendsonne schickt ihre Strahlen über das Wasser.

»Ich wäre dann bereit für die Lagerfeuergeschichte.« Per sitzt ihr auf einem umgedrehten Eimer gegenüber. Er hat ihr den Campingstuhl überlassen.

Bea weiß nicht, wo sie anfangen soll. Sie erzählt von ihrem Plan, ihre Reise fortzusetzen, und bemerkt, wie sich Pers Miene verdüstert. Dann erzählt sie von Oskar und der Karte, die er ihr mitgegeben hat.

»Und als ich im Auto auf seine sehenswerten Orte geguckt habe, da sah ich das …« Sie steht auf und holt die Karte mit dem roten Kreuz, über dem *Per* steht.

Per kommt ihr einen Schritt entgegen und hilft ihr, die Karte aufzuklappen. Als er das Kreuz mit seinem Namen sieht, huscht ein Lächeln über sein Gesicht. »Oskar«, sagt er kopfschüttelnd. Dann wird er wieder ernst. »Warum bist du gekommen?«, fragt er.

Sie stehen nah beieinander. So nah, dass er mit Leichtigkeit ihre Hand nehmen könnte, die immer noch die Karte festhält.

»Zuerst wollte ich nicht kommen. Ich bin an der Eiche mit dem Loch vorbeigefahren, aber an der Tankstelle war dieser Typ mit dem Elchshirt und der Aufschrift *Turn around*«, sie schaut ihn hilflos an. Das Abendlicht lässt ihre Augenfarbe golden schimmern. »Ich dachte, es ist ein Zeichen. Ich konnte einfach nicht weiterfahren. Ich wollte dich sehen.« Sie lässt die Karte sinken und legt ihre Hand auf seinen Arm.

Die Berührung elektrisiert seinen ganzen Körper. Er schaut auf den See, um die Kontrolle zu behalten. »Ich weiß nicht, ob das eine gute Idee ist«, sagt er leise. Langsam zieht er sie zu sich heran. Sie ist einen Kopf kleiner als er. Er hebt die Hände und streicht ihr durch die Haare. Ein Teil in seinem Kopf ruft ihm zu, er solle sich umdrehen und rennen. Aber er bleibt stehen. Sie schaut zu ihm hoch und berührt mit ihren Fingerspitzen sacht seine Bartstoppeln.

»Ich weiß es auch nicht«, sagt sie ehrlich.

Das ist zu viel. Er kann nicht mehr dagegen ankämpfen und gibt auf. Er packt sie und küsst sie. Es ist kein vorsichtiger Kuss, sondern ein längst überfälliger, wilder, den sie genauso hungrig erwidert wie er.

Der See schaut zu, wie sie in dem Kuss versinken und nichts vom wunderschönen Sonnenuntergang bemerken.

»Darf ich dich vielleicht in mein Zelt einladen?«, sagt Per zwischen zwei Küssen.

Bea schüttelt zwar den Kopf, zieht ihn aber mit sich. Sie krabbelt zuerst ins Zelt. Er hält am Eingang kurz inne.

Letzte Gelegenheit, vernünftig zu sein.

Es fühlt sich nicht so an, als hätte er wirklich eine Wahl. Der Kuss hat alles in ihm geweckt, was dort jahrelang geschlummert hatte. Er will sie. Jetzt und hier, und es ist ihm egal, was dann passiert.

Der Untergrund des Zeltes ist mit einer dicken Matte ausgestattet, um nicht mit Steinen im Rücken schlafen zu müssen. Per kommt auf allen vieren rein und stößt direkt auf Bea. Sie versucht, ihn mit einem Handzeichen abzuhalten. Er hält inne in dem Versuch, sie zu küssen, muss sich aus Platzmangel aber direkt neben sie legen und kann dabei nicht aufhören, sie zu berühren.

Kurzerhand setzt sie sich auf ihn drauf und hält seine Hände fest. Wehrlos liegt er schwer atmend unter ihr.

»Per. Lass uns kurz nachdenken, ob wir das wollen!«

Macht sie Witze? Sie sitzt auf seiner Erektion, und sein ganzer Körper schreit: **Ich will!**

»Willst du nicht?«, fragt er und kann in ihren Augen sehen, dass die Wahl längst getroffen ist.

Sie beugt sich runter, um ihn zu küssen. Seine Finger verschränken sich in ihren. Es tut so gut, ihren Körper auf seinem zu spüren. Die ersten Sterne tauchen am Himmel auf. Snorre sucht sich einen Platz außerhalb des Zeltes. Er spitzt die Ohren und lauscht in die Nacht. Er wird wachsam sein. Einer vom Rudel muss einen kühlen Kopf bewahren in der Wildnis. Und da bleibt nur noch er übrig.

Die Rückkehr

Die Rückfahrt nach Sjöhyttan kommt Bea schrecklich lang vor, weil sie nicht neben Per sitzen kann, sondern im Volvo hinter seinem Pick-up herfahren muss. Körperlich von ihm getrennt zu sein fühlt sich an wie Entzug nach dieser Nacht voller Berührungen und dem besten Sex, den sie je hatte. Alles hat gepasst. Als hätten sein und ihr Körper all die vielen Jahre nur darauf gewartet, endlich zusammenkommen zu können.

Am Morgen haben sie kaum geredet. Es war genug gewesen, sich anzusehen und zu berühren. Sie hatten sich lange umarmt, bevor jeder in sein Auto gestiegen war.

Beas Gesicht fühlt sich rau an von seinen Bartstoppeln. Sie fühlt sich leicht. Beide haben gehofft, noch ein paar Stunden oder Nächte nur zu zweit genießen zu können. Aber Per bekam von Nanni die Nachricht, dass Olivia krank ist. Nicht schlimm, nur etwas Fieber, aber Bea entschied sofort zurückzufahren. Per sah sie dankbar an.

Bea ist sich nicht sicher, wie es in Sjöhyttan mit ihnen weitergehen wird. Aber sie ist einfach so glücklich, dass sie den Gedanken beiseiteschiebt. Alles wird sich finden. Irgendwie.

Noch zehn Kilometer.

Per setzt den Blinker und biegt rechts in einen Feldweg ein. Bea fährt hinterher und parkt hinter ihm. Beide steigen aus. Er ist in ein paar Schritten bei ihr und presst sie gegen das Auto.

»Ich muss dich noch mal küssen, bevor wir da sind«, murmelt er und küsst sie lange und zärtlich.

Sie hält ihn fest und hört sein Herz klopfen. »Angst?«, fragt sie ihn.

Er nickt an ihrer Schulter.

»Ich auch«, gibt sie zu.

Er zieht ihre Jacke vorne zusammen. »Ich habe Angst, es Ebba zu sagen. Ich hatte ihr versprochen, mich nicht zu verlieben, und das habe ich so was von vermasselt.« Er sieht Bea sehnsüchtig an und küsst sie ein zweites Mal.

Beas Knie werden weich. Sie weiß nicht, was dieser Mann in ihr auslöst. Dieser Mann, neben dem sie so wunderbar tief und fest einschlafen kann wie ein Baby.

Snorre bellt aus dem Fenster heraus.

»Er will weiterfahren«, grinst Per und gibt Bea noch einen winzigen Kuss auf die Nase.

Bea hält ihn fest. »Lass dir Zeit. Es ist o. k., ich warte, bis du es den beiden gesagt hast. Jetzt muss Olivia erst mal wieder gesund werden.«

Sie fahren weiter und passieren das Ortsschild. Per biegt ab zu Nannis Café, und Bea fährt weiter zum Tiny House. Erstaunt registriert sie, dass sie sich freut, »nach Hause« zu kommen. Den Volvo wird sie Oskar morgen zurückgeben.

Kurz bevor das Tiny House in Sicht kommt, überfällt sie ein seltsames Gefühl. Dann sieht sie das teure Auto neben dem kleinen Haus, und auf den Stufen sitzt ein überaus gut aussehender Mann, der sie mit einem Lächeln anstrahlt.

Marco.

Per erzählt Geschichten von Fröschen, die Elfen mit ganz großen Ohren treffen und sich dann selbst auch große Ohren wünschen, bis Olivia einschläft. Sie hat kein hohes Fieber. Per vermutet, dass es ihr in zwei, drei Tagen wieder gut gehen wird. Aber ein krankes Kind gehört einfach zu Mama, oder eben Papa.

Snorre wacht an ihrem Bettende. Er weiß, dass der Hund sich die nächsten Tage nie lange von ihr entfernen wird. Das macht er immer so, wenn eins der Mädchen krank ist. Er hütet sie, bis sie wieder gesund sind.

Pers Verlangen, zum Tiny House zu Bea zu fahren, ist riesig, aber er wird Olivia nicht allein lassen. Er schreibt Bea eine SMS mit der Einladung vorbeizukommen. Er macht den Kamin an, geht duschen und legt sich aufs Sofa. Bea hat seine Nachricht noch nicht gelesen. Vielleicht ist sie eingeschlafen. Viel Schlaf haben beide in der letzten Nacht nicht bekommen. Viel zu aufregend war es, gemeinsam zu entdecken, wie unglaublich gut sie zusammenpassen. Er weiß nicht, wie er es Ebba beibringen soll, aber er weiß, dass er diese Frau nicht mehr gehen lassen will. Die Nacht im Zelt hat ihm gezeigt, wie groß seine Gefühle für sie die ganze Zeit schon waren.

Jetzt ist »das Flirren«, wie Ebba es nennt, nicht mehr leise und versteckt, es lodert praktisch, und er kann an nichts anderes denken als an sie. Auch eine Stunde später ist keine Nachricht von Bea bei ihm angekommen. Er schaut noch mal nach Olivia, schreibt dann *Gute Nacht* an Ebba, die bei ihrer Ferienfreundin übernachtet, und geht ins Bett. So gerne würde er rüberfahren zu Bea und sich neben sie ins Hochbett schleichen.

Jetzt gönn ihr etwas Schlaf und dir auch.

Er legt sein getragenes T-Shirt aufs Kopfkissen, weil es noch ein kleines bisschen nach Bea riecht, und schläft so ein.

Am nächsten Morgen geht es Olivia schon besser. Sie möchte Pfannkuchen frühstücken, und Per backt ihr welche.

»Papa?«

»Ja, *Lilla Gumman*, was ist?«

»Warum bist du so glücklich?«

Per schmunzelt. »Das erzähle ich dir später. Ich muss kurz weg, würdest du in der Zwischenzeit eventuell, also nur, wenn es dir nichts ausmacht, etwas Fernsehen gucken?«

Olivia lächelt. Dann sagt sie gespielt gelangweilt: »Ja, na gut. Wenn es sein muss, dann schau ich halt etwas Fernsehen.«

Per verlässt leichtfüßig das Haus. Er holt frische Zimtschnecken beim Bäcker und fährt zum Tiny House. Vielleicht hat er Glück, und Bea liegt noch im Bett, dann kann er sie mit einem Frühstück wecken. Es ist endlich ein echter warmer Sommermorgen, an dem der Himmel so blau ist wie der See. Per kurbelt das Seitenfenster herunter und atmet die frische Luft ein. Vögel zwitschern in den Bäumen, und er hat das Gefühl, sie spüren, dass er endlich sein Herz geöffnet hat. Mit einem offenen Herzen sieht die Welt plötzlich bunter, strahlender und schöner aus.

Der Sommer ist da, und so viele schöne Unternehmungen liegen vor ihnen. Er wird es den Kindern sagen, sobald er kann, und vielleicht wird Ebba gar nicht so einen Aufstand machen. Und noch weiß ja keiner, wo die Beziehung hinführen wird. Vielleicht kehrt Bea in ein paar Wochen in ihr altes Leben zurück, und sie führen dann eine dieser perspektivlosen Fernbeziehungen. Er schüttelt den Gedanken ab. Der Tag ist einfach zu schön für solche düsteren Prognosen.

Das Tiny House kommt in Sichtweite und mit ihm auch ein teures schwarzes Auto mit Hamburger Kennzeichen. Bevor Per sich fragen kann, ob seine Befürchtung wahr ist, sieht er schon den großen, schlanken Mann, der auf das Tiny House zujoggt. Seine Laufausrüstung ist übertrieben, seine dunklen Haare sitzen auch nach dieser Joggingrunde perfekt. Dieser Mann muss Marco sein.

Per steigt aus und bleibt mit der Bäckertüte in der Hand stehen. Er schaut zu, wie der Läufer jetzt selbstverständlich auf die Eingangstür zustrebt. Pers erster Impuls ist, sich umzudrehen und wegzufahren. Aber das kommt überhaupt nicht infrage.

Marco hat ihn entdeckt: »Ach, Sie müssen der Vermieter sein. Ist ja fantastisch, dass Sie auch einen Brötchenservice anbieten. Wir haben nicht viel geschlafen heute Nacht, wenn Sie verstehen«, er macht ein anzügliches Gesicht.

Per muss sich überwinden, ihm keine reinzuhauen. Das kann nicht sein. Bea würde doch nicht?! Er traut diesem Kerl nicht. Sein Bauchgefühl sagt ihm, dass dieser Marco alles andere als ein guter Mensch ist. Schade, dass er Snorre nicht dabeihat. Snorres Menschenkenntnis irrt nie.

Allerdings ist dieser Mann der Ex- oder eigentlich sogar Immer-noch-Freund von Bea, und Per höchstpersönlich hat mit seinem gefälschten Brief dafür gesorgt, dass Marco jetzt nicht wie ein Idiot dasteht, der sich wochenlang nicht gemeldet hat.

Er lässt sich von Marco die Tüte aus der Hand nehmen und bleibt erschlagen stehen, bis dieser im Haus verschwunden ist. Dann dreht er sich um und fährt nach Hause. Alles um ihn herum fühlt sich an wie in Zeitlupe.

Bea kommt aus dem kleinen Bad. Sie haben die halbe Nacht geredet, und es passt ihr nicht, dass Marco so früh hier schon wieder auftaucht.

»Ich hab dir Brötchen mitgebracht. Es war ganz schön unbequem, im Auto zu schlafen«, er wirft ihr einen vorwurfsvollen Blick zu. »Da tat etwas Bewegung gut. Darf ich wenigstens mal in dein Bad?« Er sieht sie bittend an.

»Natürlich.« Bea macht ihm Platz und nimmt die Bäckertüte entgegen. Darin befinden sich zwei Zimtschnecken. Die Liebe zu diesem Gebäck hat sie tatsächlich erst in Schweden entwickelt. Woher wusste Marco das? Oder war es ein Zufallstreffer, weil jeder Deutsche in Schweden Zimtschnecken kauft? Während Marco duscht, versucht Bea, ihre Gedanken zu ordnen.

Es war ein Schock, als er plötzlich vor der Tür saß. Er war liebevoll und ist auch nicht ausgeflippt, als sie ihm von Per erzählte. Mit großem Verständnis hat er sich alles angehört und dann die richtigen Dinge gesagt. Er hätte sie so vermisst, sie sollten noch einmal neu anfangen, man könnte ihre Liebe doch nicht einfach so wegwerfen.

All das passte sehr gut zu seinem letzten Brief, und trotzdem wollte Bea auf keinen Fall, dass er bei ihr im Tiny House übernachtet. Was sie jetzt bräuchte, wäre Zeit allein. Was soll sie Per sagen, der bald merken wird, dass sie Besuch hat?

Mit Marco ist ihr ganzes Leben aus Deutschland wieder so präsent. Alles, wofür sie gearbeitet hat. Alles, woran sie glaubt. Es kommt ihr vor, als würden die letzten zehn Jahre, die sie für die Agentur gearbeitet hat, gerade bei ihr im Bad stehen und duschen. Marco ist untrennbar mit alldem verbunden. Er kommt aus ihrer Welt, er weiß, welche Wichtigkeit ein Pitch hat, und er brennt ebenso wie sie für die Alles-oder-nichts-Deals.

Er hat sie nicht vergessen. Es hat etwas gedauert, bis er zurückgeschrieben hat, aber in dem Brief beweist er doch, dass er sich aufrichtig für Bea interessiert. Und dass er jetzt die ganze Strecke bis nach Schweden gefahren ist, sagt ja auch eine Menge aus.

Bea fühlt sich wie gelähmt. Sie hat absolut keine Ahnung, was sie nun machen soll. Tina anrufen ist das Einzige, was ihr einfällt. Diesmal hat sie kein Glück. Ihr Anruf geht ins Leere.

Marco kommt gut gelaunt und frisch geduscht aus dem Bad, setzt sich an den gedeckten Frühstückstisch und schenkt sich Kaffee ein. Mit einem Blick auf die Zimtschnecken sagt er: »Na, die schwedischen Leckereien haben es dir ja angetan, wie ich sehe.«

Bea braucht einen Moment, um zu begreifen, dass das eine Anspielung auf ihre Figur ist.

»Das bekommen wir zu Hause aber ganz schnell wieder weg. Ich entführe dich einfach jeden Mittag zum Sushi Essen.« Er klingt liebevoll, aber eigentlich sagt er ihr gerade, dass sie die paar gewonnenen Kilo wieder abnehmen soll.

»Ich fühle mich ganz wohl so«, entgegnet sie und beißt in die Zimtschnecke. Sie schmeckt himmlisch. Ihr Blick wandert nach draußen. Der See liegt vor ihr wie ein Urlaubsfoto. Sie hätte heute mit Per in den See springen können, wenn Marco nicht aufgetaucht wäre. Sie muss Per informieren, bevor es zu spät ist und er es selbst herausfindet.

Sie nimmt ihr Handy und sieht, dass er ihr gestern Abend noch geschrieben hat. Schnell antwortet sie:

> *Marco saß gestern überraschend vorm Haus. Es tut mir total leid. Ich muss jetzt erst mal rausfinden, was ich will. Geht es Olivia besser?*

Als Per zur Haustür reinkommt, hört er schon, dass Ebba wieder zu Hause ist. Die beiden Mädchen albern herum.

Ebba hat sich selbst aus übrig gebliebenem Teig einen Pfannkuchen gemacht und will ihn jetzt wenden, indem sie ihn in die Luft wirft und wieder auffängt.

»Eins, zwei, drei, wirf ihn!«, schreit Olivia vom Sofa aus.

Ebba fasst sich ein Herz, schleudert den Pfannkuchen hoch aus der Pfanne und fängt ihn wieder auf.

Olivia jubelt vor Freude. Per versucht ein Lächeln.

»Papa, was ist los?« Ebba stellt die Pfanne auf dem Herd ab und sieht ihn besorgt an.

Auch Olivias Augen gucken ihn jetzt prüfend an. Snorre erhebt sich und streicht ihm um die Beine. Normalerweise wird er schwanzwedelnd und stürmisch begrüßt. Aber Snorre merkt genau wie die Mädchen, dass etwas nicht stimmt.

Ebba kommt aus der Küche und umarmt ihn. Sanft führt sie Per zum Sofa. Beide Mädchen kuscheln sich rechts und links an ihn.

»Du kannst es uns sagen, wir sind alt genug«, sagt Ebba und macht dabei ein Gesicht, als sei sie zwanzig und Olivia achtzehn.

Per seufzt. »O. k., ich versuche es. Es ist so.« Er streicht Snorre über den Kopf, der vor ihm steht und ihn aus braunen weichen Hundeaugen anschaut.

»Ich hab mir etwas gewünscht, und das ist dann auch ganz kurz eingetreten, aber so wie es aussieht, ist es schon wieder vorbei.« Per hofft, dass sie sich mit dieser vagen Aussage zufriedengeben.

Ebba schlägt sich die Hände vor den Mund und schaut

ihre kleine Schwester an. »Er hat Bea geküsst«, zischt sie aufgeregt, als würde Per nicht zwischen ihnen sitzen.

»Glaub ich auch!«, flüstert Olivia zurück. Dann sehen ihn beide wieder erwartungsvoll an.

Per seufzt. »Euch kann man nix vormachen, ihr kleinen Hexen!« Er drückt die Mädchen an sich.

»Und was ist dann passiert?«, will Ebba wissen.

»Beas Freund Marco ist überraschend aus Deutschland gekommen.«

Jetzt schlägt sich Olivia die Hände vor den Mund. »Und küsst er jetzt Bea?«, fragt sie ihre Schwester, die die Geschichte besser deuten kann als sie.

Ebba zuckt mit den Schultern und sieht fragend ihren Vater an.

»Ich weiß es nicht, aber ich vermute schon«, gibt er ehrlich zu. Dann wendet er sich an Ebba. »Ebba, ich weiß, ich hab dir versprochen, mich nicht zu verlieben. Aber ich habe es vermasselt. Ehrlich gesagt habe ich mich furchtbar doll verliebt. Eines Tages wirst du merken, dass man das mit der Liebe gar nicht wirklich steuern kann. Ich hab alles versucht, aber am Ende konnte ich mich nicht dagegen wehren.«

Ebba blickt finster auf ihre Hände. »Ich wusste es!«, sagt sie bitter.

Ein beißender Geruch macht sich im Raum breit. Alle schauen auf die Pfanne, in der gerade ein Pfannkuchen verbrennt.

»Scheiße!« Per springt auf, wirft den verkohlten Teig weg und reißt das Fenster auf. »Ich mach dir einen neuen«, bietet er Ebba an.

Die schüttelt den Kopf. »Setz dich, Papa, ich mach dir jetzt einen. Ich glaube, du brauchst ihn dringender als ich.«

Jetzt muss Per aufpassen, dass ihm die Tränen nicht über die Wangen laufen, die ihm spontan in die Augen schießen. So schwer es ist, alleinerziehender Vater zu sein, so schön ist es auch. Wer hat schon so ein Support-Team? Er schaut auf seine beiden Kinder, die jetzt zu zweit in der Küche herumwuseln und ihm einen Pfannkuchen backen. Ebba serviert ihn, als er fertig ist, und Olivia klettert auf seinen Schoß und bestreicht ihn liebevoll mit Marmelade.

Per teilt ihn durch drei, wobei Olivia kaum etwas isst. Sie ist auch wieder etwas heiß, deshalb trägt Per sie nach dem Essen huckepack in ihr Bett. Er macht ihr ein Hörbuch auf seinem Handy an und sieht dabei Beas Nachricht. Er tippt drei Antworten:

Hab ich gemerkt.

Dann mach das.

Ja, es geht Olivia etwas besser.

Es klingt alles furchtbar nüchtern, aber das ist die einzige Art und Weise, wie er ihr überhaupt antworten kann. Er überlässt das Handy seiner Tochter und steht dann etwas verloren im Wohnzimmer herum.

Ebba und Snorre kommen zur Tür rein. Sie haben gerade einen winzigen Spaziergang gemacht. Jetzt steht Snorre winselnd vor Olivias Zimmertür. Per öffnet sie, und der Hund nimmt wieder seine Hüteposition am Bettende ein.

Alles bricht ab

Per verbringt den Tag ruhelos in seinem Haus. Er nimmt Olivias Krankheit als Ausrede, nirgends hinzukönnen, aber eigentlich fürchtet er sich davor, Bea mit Marco zu sehen. Ebba verbringt den wunderschönen Sommertag auch im Haus. Sie schleicht zwischen der kranken kleinen Schwester und dem stillen Papa hin und her und versucht tapfer, gute Laune zu verbreiten. Abends bauen sich die drei ein Matratzenlager im Wohnzimmer, wo sie alle zusammen mit Snorre vor dem Kamin einschlafen. Alle außer Per, der keine Ruhe finden kann.

Muss ich etwas tun? Sie hat gesagt, sie braucht Zeit. Wenn es der schwierigste Weg ist abzuwarten, dann ist Abwarten vielleicht genau das Richtige? Warum habe ich Idiot den Brief geschrieben?

Es kann eigentlich nicht gut für ihn ausgehen. Wenn rauskommt, dass Marco nie auf Beas Brief geantwortet hat, dann gibt es nur einen Menschen, der geschrieben haben könnte. Er. Er wälzt sich auf seiner Matratze rum.

Soll ich einfach nichts tun und warten, bis Marco Bea wieder nach Deutschland zurücklockt? Aber ist es auf der anderen Seite nicht an ihr zu entscheiden, was sie will?

Per hält es nicht länger aus, schlaflos rumzuliegen. Er vergewissert sich, dass Olivia kein Fieber hat und beide Mädchen tief schlafen, dann verschwindet er in die Nacht.

Er zwingt sich, nicht in Richtung Tiny House zu laufen. Er hat keine Jacke angezogen. Die Luft ist frisch, aber es ist nicht kalt. Der Himmel ist noch nicht ganz dunkel. Er sieht ein Leuchten, dort, wo die Sonne untergegangen ist. Per schlägt den Weg zum Södra Solsjö ein. Er streicht über die Bank, auf der Bea und er das erste Mal miteinander gesprochen haben und auf der sie gemeinsam eingeschlafen sind.

Hatte das alles nichts zu bedeuten? Sie muss das doch auch spüren. Das ist doch mehr als ein Urlaubsflirt. Viel mehr.

Die Situation schnürt ihm die Kehle zu. Ohne nachzudenken, zieht er sich nackt aus und stürzt sich in den See. Es tut gut, das kalte Wasser zu spüren. Er taucht unter und ist jetzt in einer ganz anderen Welt. Es ist zu dunkel, um Fische zu sehen. Per taucht wieder auf und krault hinaus auf den See. Er schwimmt in kräftigen Zügen. Bewegung hilft. Wenn er krault, muss er nicht einfach nur nichts tun und abwarten.

Er powert sich aus, bis er nicht mehr kann, und schwimmt dann langsam zurück ans Ufer. Der Mond ist aufgegangen, und auch wenn sich der schwedische Himmel immer noch weigert, ganz dunkel zu werden, ist jetzt alles in dieses schummerige Dämmerlicht getaucht, das Per so liebt. Er erschrickt, als er eine andere Gestalt am Ufer wahrnimmt. Reflexartig hofft er, dass es Bea ist, aber die Gestalt ist eindeutig männlich und alt.

»Guten Abend, junger Mann«, sagt eine Stimme würdevoll.

Sie stehen sich beide nackt gegenüber.

»Guten Abend, Herr Lindemann. Was machen Sie denn so spät hier am See?« Die Frage ist natürlich bescheuert, denn was sollte Herr Lindemann wohl nackt am See tun?

»Ich habe ein Bad genommen. Das hilft mir, meine Gedanken zu ordnen.«

Beide nicken sich zu und gehen zu ihren Klamotten. Als sie wieder angezogen sind, stellen sich beide ans Ufer mit Blick auf das Wasser und den Mond darüber, der etwas blass wirkt am immer noch nicht dunklen Himmel.

Per fragt: »Und, sind Sie zu einem Ergebnis gekommen?« Er würde tatsächlich gerne wissen, was den Alten bewegt.

»Ja, aber es ist kein schönes Ergebnis. Ich bin ein alter Feigling.« Herr Lindemann sieht ihn nicht an. Sein Blick schweift vom Himmel auf seine Schuhe.

Per ist erstaunt über diese Worte. »Wie meinen Sie das?«

»So, wie ich es sage. Seit Jahren scheue ich mich, das Unaussprechliche anzusprechen. Und so bleibt alles, wie es ist.« Herr Lindemann schaut jetzt wieder auf das Wasser, die Arme hinter dem Rücken verschränkt.

»Vielleicht gibt es einen guten Grund, warum Sie es nicht ansprechen«, sagt Per versöhnlich.

»Es gibt immer einen guten Grund, feige zu sein.«

Ob es auch von mir feige ist abzuwarten?

»Dann entscheiden Sie sich doch anders. Es ist eine Nacht für Helden.« Per zeigt auf den Himmel, an dem immer mehr Sterne auftauchen. »Entscheiden Sie sich, kein Feigling zu sein.« Er schaut den alten Mann an.

Der nickt und schmunzelt. »In Ihrem Alter war das noch leichter«, sagt er und klingt etwas wehmütig.

»Es ist eigentlich nie leicht«, entgegnet Per.

Herr Lindemann hebt den Kopf, und auch Per schaut nach oben. Die Sterne und der Mond sehen auf sie herunter. Zwei Männer mit wehen Herzen.

Marco hat ihr viel Freiraum gelassen. Den ganzen Tag ist er um ihr Tiny House herumgeschlichen. Bea hat sich trotz des herrlichen Sonnenscheins nicht getraut, irgendwo hinzugehen aus Angst, Per oder Nanni, Olivia, Ebba, Oskar, kurz irgendjemandem von Sjöhyttan über den Weg zu laufen. Stattdessen hat sie den Tag größtenteils mit Nachdenken verbracht, wobei sie einfach zu keinem Ergebnis finden konnte.

Abends hat Marco ihr schließlich leidgetan, und sie hat ihn zu einem Essen in das kleine Haus eingeladen. Sie haben geredet und gelacht. Marco war aufmerksam und witzig gewesen. Bea fühlte sich an den Anfang ihrer Beziehung erinnert. Vielleicht braucht jede Beziehung eine zweite Chance. Man muss sich an das erinnern, was einmal war.

Jetzt sitzt Bea am Ufer des Sees. Es ist windstill. Das Wasser ist eine glatte Fläche, die nur ab und zu von einem Haubentaucher etwas in Unruhe gebracht wird, wenn er abtaucht.

Das Tiny House steht hinter ihr, und Marco kommt mit zwei Gläsern Wein aus seinem Auto.

»Du hast Wein mitgebracht?«

Er grinst und reicht ihr ein Glas. »Hat die Zeit hier dir gutgetan?«, fragt er nach einer Weile.

Bea atmet mit einem kleinen Ja-Geräusch ein, so wie sie es oft von Ebba und Olivia gehört hat.

»Hast du die ganze Zeit nicht gearbeitet, obwohl du deinen Arbeits-Laptop mitgenommen hast?« Seine Stimme klingt einfühlsam. Es tut gut, dass er ihr ein paar Fragen stellt und sich in sie hineinfühlt.

»Ich habe meinen Arbeitslaptop gar nicht mitgenommen, sondern nur meinen privaten. Extra nicht, damit ich nicht in Versuchung gerate und anfange, meine Mails zu lesen.«

Marco sieht plötzlich sauer aus. »Dein Agentur-Laptop ist überhaupt nicht hier, in dieser Hütte, in diesem schwedischen Kaff?« Er steht auf, verschüttet dabei etwas Wein und geht ein paar Schritte.

»Was bist du denn so aufgeregt?« Bea versteht die veränderte Stimmung nicht.

»Bea!« Marco kniet sich jetzt vor sie hin. »Komm mit mir zurück nach Hamburg. Ich habe das Gefühl, du brauchst dein altes Leben zurück.« Er hat etwas sehr Dringliches in seiner Stimme. Es scheint ihm äußerst wichtig zu sein, und er wählt jetzt seine Worte mit Bedacht. »Als ich dich getroffen habe, da warst du voller Leidenschaft. Du hast gebrannt für deinen Job. Das habe ich immer an dir bewundert. Es gab keine Bea ohne ihren Laptop und ihr Arbeits-Smartphone!« Er nimmt ihre Hände in seine. »Ich werde nicht dabei zusehen, wie das alles hier versiegt. Du hast eine Pause gebraucht, aber jetzt ist es Zeit, den Weg zurück zu finden!«

Seine Hände sind warm, und in seinen Augen liegt Leidenschaft.

Bea hört ihn reden, und seine Worte erreichen einen kleinen Teil von ihr, der sich genau darüber auch schon Sorgen gemacht hat. Wo ist ihre Leidenschaft für ihren Job? Ihr Feuer? Hat Marco recht, und sie kann all das nur in Hamburg wiederfinden?

»Gib zu, du vermisst das alles doch«, Marco setzt sich neben sie ins Gras. Er nimmt einen Schluck Wein. Er sagt kein Wort über Per. Es ist, als wolle Marco das, was zwischen Bea und Per passiert ist, einfach ausblenden.

Bea kann es nicht ausblenden. Ihr Herz sehnt sich nach ihm. Aber welche Zukunft hätten sie denn zusammen? Wie soll eine Beziehung zwischen ihnen funktionieren? »Ich weiß gar nicht, ob ich es vermisse. Mein Job war mir mal so wichtig, aber …«

Marco lässt sie nicht ausreden. »Bea, das tut mir wirklich in der Seele weh. Das hier …«, er zeigt auf sie und das Haus. »Das bist doch nicht du! Momentan fühlst du dich hier wohl, weil es Urlaub ist, aber dein echtes Leben muss jetzt weitergehen.«

Bea steht auf. »Ich denke drüber nach, Marco. Such dir ein Hotel in der nächsten Stadt. Ich muss etwas allein sein, und ich will morgen mit Per sprechen. Ich melde mich bei dir.« Mit diesen Worten gibt sie ihm ihr Weinglas zurück, aus dem sie nichts getrunken hat, und verschwindet ins Haus.

Per ist erleichtert und alarmiert zugleich. Bea will ihn treffen, um mit ihm zu reden. Gespräche, die so beginnen, sind nie einfache Gespräche. Der Satz »Wir müssen reden!« kündigt in den wenigsten Fällen eine Liebeserklärung an.

Snorre ist außer sich vor Glück, sie zu sehen. Er springt an ihr hoch und macht es Per unmöglich, sich Bea zu nähern. Sie haben als Ort die Bank am Södra Solsjö gewählt. Per war schon eine halbe Stunde zu früh da. Dass Snorre mit auf den Spaziergang gekommen ist, lässt darauf hoffen, dass Olivia morgen wieder ganz gesund ist.

Bea streichelt Snorre, und wenn Per richtig sieht, hat sie dabei Tränen in den Augen. Nach einer Ewigkeit geht sie zu ihm rüber, und ihre Blicke treffen sich. Sie sieht wunderschön aus, wie immer. Sein Herz läuft über, als er sie ansieht.

»Das ist vermutlich das Schwerste, was ich je im Leben tun musste«, ihre Stimme zittert.

Per hört auf einmal keine Vögel mehr zwitschern, und die Sonne verschwindet hinter einer dicken Wolke. Der Schmerz nimmt ihm den Atem. Mit einem Satz hat sie klargemacht, dass sie gekommen ist, um sich zu verabschieden.

In Per steigt Wut auf. »Marco taucht hier auf, und sofort kippst du um und willst zu ihm zurück? So leicht geht das?« Er wird lauter als beabsichtigt.

Bea schüttelt traurig den Kopf. »Nein, Per. So leicht geht das eben nicht. Was aus Marco und mir wird, weiß ich nicht. Aber ich habe das Gefühl, ich muss zurück in mein altes Leben. Du baust Tinyhäuser mit Leidenschaft, und ich habe meinen Job auch mal mit Leidenschaft ausgeübt ... früher«, fügt sie zögernd hinzu. Sie verschränkt die Arme vor ihrem

Körper. »Marco hat mir klargemacht, dass ich das nicht alles über Bord werfen kann.«

Per überfällt eine Welle der Übelkeit. Er muss ein paar Schritte gehen, um sich wieder einzukriegen. Der Boden unter seinen Füßen fühlt sich nicht fest an. Er dreht sich zu ihr um und macht eine schwache Geste mit den Händen, und dann stellt er die Frage, die ihm auf dem Herzen brennt: »Und was ist mit uns?«

Bea treten Tränen in die Augen.

Per ist mit vier schnellen Schritten bei ihr. Er nimmt sie in den Arm. Sobald sie sich berühren, ist da wieder das Flirren. Alles kribbelt, alles in ihm vibriert vor der Sehnsucht danach, sie zu küssen und festzuhalten. Es ist wie Magie.

Ihre Haare sind wieder zu einem Dutt gebunden, statt wie sonst wild über Schultern und Rücken zu fließen. Ihr Atem geht schneller, seit er sie hält.

»Sag mir, dass du das nicht spürst«, sagt er mit einer leisen und ernsten Stimme.

Jetzt laufen Bea Tränen über die Wangen. »Doch«, sagt sie vehement.

Per steht so nah bei ihr, dass er glaubt, ihren Herzschlag hören zu können, der genau wie seiner in hoher Frequenz schlägt.

Bea spricht schnell und mit funkelnden Augen: »Ich spüre das. Ich spüre das so sehr, dass ich nicht weiß, wie ich mein Herz davon überzeugen soll, dass es richtig ist, nach Hamburg zurückzukehren. Aber mein Verstand sagt mir ganz klar, es kann nicht funktionieren mit uns.« Sie löst sich von ihm und wischt sich mit einer Hand die Tränen ab.

»Aber es könnte funktionieren. Du musst uns nur eine Chance geben, Bea!« Per klingt genauso verzweifelt, wie er sich fühlt. Wo sind all die guten Worte, wenn man sie braucht? Im Film würde er jetzt eine flammende Rede halten. Die Dinge sagen, die er tief in seinem Inneren fühlt. Er ist dabei, sie zu verlieren.

»Warum hast du am See, kurz bevor wir uns geküsst haben, gesagt, das sei keine gute Idee, Per? Du weißt genauso gut wie ich, dass es nicht geht.« Sie sieht so traurig und verzweifelt aus.

Per nimmt sie erneut in den Arm. Sie klammern sich aneinander und halten sich fest. Per riecht ein letztes Mal ihren Geruch nach Äpfeln. »Wann fährst du?«, flüstert er in ihre Haare.

»Heute.«

Er hat keine Worte. Er möchte ihr sagen, dass er sie liebt. Er möchte ihr sagen, dass er ihr nur das Beste wünscht, und wenn ihr Glück wirklich in Hamburg liegt, dann lässt er sie gehen.

Beas Lippen finden seine. Sie küssen sich und sagen sich alles, was sie nicht in Worte fassen können. Es ist ein leidenschaftlicher, trauriger Kuss.

Als sie gegangen ist, bleibt Per allein am See zurück. Ein Gewitter zieht auf. Er bleibt an der Stelle stehen, an der sie ihn verlassen hat. Der Wind wird heftiger und zerzaust seine Haare. Dann fallen die ersten Tropfen. Kurze Zeit später rauscht der Regen nur so vom Himmel. Per lässt sich komplett durchnässen. Blitze zucken über den See, und der Donner grollt laut über ihm. Snorre verkriecht sich winselnd unter der Bank.

Als der heftige Regenschauer nachlässt, stupst der Hund mit der Schnauze gegen seine Hand. Seine braunen Augen sehen zu ihm hoch.

Zeit, heimzukehren zu den Mädchen.

Anlanden

Ihre Wohnung ist überwältigend groß. Auf dem Tisch liegt die Post, die sie in den letzten Wochen bekommen hat. Alles ist vertraut und gleichzeitig fremd. Bea tritt auf die Dachterrasse. Die Luft ist warm und etwas stickig. *Stadtluft.*

Auf der Außenalster sieht sie ein paar Segelboote. Viele Läufer ziehen ihre Runden. Das Summen der Stadt ist hier oben noch zu spüren. Der Blick ist toll, aber Bea muss unwillkürlich an den Seeblick im Tiny House denken.

Hier oben ist kein Vogelgezwitscher zu hören. Der Lärm der Straßen dringt abgeschwächt an ihr Ohr, wie ein dumpfes gleichmäßiges Brummen. Sie geht wieder rein und läuft durch die Wohnung, als würde sie sie das erste Mal sehen. Die Küche ist riesig und unpersönlich. Es stehen kaum Lebensmittel in den Schränken. Im Tiny House war ihr kleiner Oberschrank immer voll. Sie hat in der Zeit in Schweden tatsächlich ihre Liebe zum Kochen entdeckt.

Der mannshohe Kühlschrank ist bis auf drei Flaschen Champagner total leer. Bea kommt sich vor, als würde sie die Wohnung einer fremden Frau inspizieren. Das kann doch nicht ihr Leben sein, das sie da gerade so distanziert betrachtet. Das Doppelbett ist mit einer Tagesdecke bezogen, viele schwere Kissen liegen als Deko darauf.

Bea schlägt die Decke zurück und wirft die Kissen in die Box, die extra in die Wand integriert ist, damit sie nicht auffällt oder stört. Sie streicht mit den Fingern über die Bettwäsche aus Seide. Auf dem Nachttisch liegen die Schlaftabletten. Bea betritt das Ankleidezimmer und macht das Licht an. Ihre vielen Schuhe und Kleidungsstücke glotzen sie stumm an. Wer bist du?, scheinen sie zu fragen.

Wer bin ich? Bea schaut sich in der Spiegelwand mit dem schmeichelnden Licht an. Sie trägt Jeans und ein schwarzes Shirt. Ihre Haare sind zu einem Dutt zusammengebunden. Sie sieht nicht aus wie die Frau, die in dieser Wohnung lebt. Ihr Gesicht und ihre Arme haben Farbe bekommen. Zu ihren paar Sommersprossen sind einige Hundert hinzugekommen. Sie zieht das Haargummi raus und schaut zu, wie sich die Frisur auflöst und ihr die Haare über die Schultern fallen. Sie sehen etwas wild und ungepflegt aus. Eine Haarkur könnte ihnen guttun.

Bea lässt sich ein Bad ein. Viel zu selten hat sie die schöne große Badewanne genutzt, die wie ein kostbares Ei mitten im Badezimmer steht. Sie findet einen teuren Badezusatz, den sie nie benutzt hat. Sie riecht vorsichtig an der Flasche. Er duftet übertrieben nach Blüten. Bea kippt einen großzügigen Schluck davon in die Wanne. Eine blaue Flüssigkeit breitet sich schnell aus. Kurz hat das Badewasser die Farbe des Sees, auf den Bea die letzten Wochen gucken durfte.

Sie zieht sich aus und lässt sich in das heiße Wasser gleiten. Wohlig seufzend fährt sie durch den Schaum, der sich gerade bildet.

Ob Per eine Badewanne in ein Tiny House einbauen könnte? Der Gedanke ploppt in ihrem Kopf auf, und als ihr klar wird, woran sie denkt, rückt der Schmerz wieder in den Vordergrund, der sie begleitet, seit sie das Ortsschild von Sjöhyttan hinter sich gelassen hat.

Es war ziemlich feige, sich von niemandem zu verabschieden, außer von Per. Sie hat sich davongeschlichen, als hätte sie ein Verbrechen begangen. Es hängt jetzt an ihm, allen zu sagen, dass Bea fort ist. Sie muss an Werner denken. Auch er hätte einen Abschied verdient. Die Mail an Oskar mit der Bitte, den Bus zu verkaufen, blieb bisher unbeantwortet. Am schlimmsten fühlt es sich an, dass sie der kleinen Olivia nicht Auf Wiedersehen gesagt hat. Bea hatte einfach nicht den Mut, es ihr persönlich zu erklären. Ihr oder Ebba, und dann bei der einen Enttäuschung und bei der andern vielleicht Erleichterung im Blick zu sehen. Es hätte ihren Entschluss ins Wanken bringen können. So gesehen war es eine kluge Entscheidung gewesen, sich von niemandem zu verabschieden. Nanni zum Beispiel oder Frau Schluttberg hätten sie sicher auch nicht wortlos ziehen lassen.

All diese Menschen, die ihr in den letzten Wochen so nah waren, schwirren ihr jetzt im Kopf herum. Bea taucht unter in dem hilflosen Versuch, die Gedanken an Sjöhyttan loszuwerden.

Unter Wasser ist es still.

Per.

Pers Hände.

Pers Lippen.

Seine welligen Haare.

Das Grübchen auf dem Kinn.

Sie taucht wieder auf und wäscht sich energisch die Haare und trägt dann so sorgfältig eine Haarkur auf, als würde ihre Zukunft davon abhängen.

»Ich hab Essen und ...«, er zaubert hinter seinem Rücken zwei Kerzen hervor, die in silbernen Kerzenständern stecken. Marco stellt die Tüten mit dem Essen vom *Bao Lao* auf den Tisch und sucht dann in der Küche nach Tellern und Geschirr.

Bea kommt sich fremd vor. Sie hat sich nach dem Bad ein seidiges Home-Outfit angezogen, das sie tatsächlich noch nie getragen hat. Über die Schultern hat sie sich ein Handtuch gelegt, damit ihre Haare nicht alles durchnässen.

Marco zaubert ein Candle-Light-Dinner auf ihren Esstisch, der so groß ist, dass ihre ganze Abteilung aus der Agentur daran Platz hätte. Die beiden am Ende gedeckten Plätze wirken etwas verloren.

Bea setzt sich und schafft ein Lächeln. Marco gibt sich sichtlich Mühe. Er hat ihr Lieblingsessen besorgt. »Nur ohne Reis, weil du ja abnehmen möchtest.«

Möchte ich das?

»Es ist sicher seltsam, jetzt wieder in deiner Wohnung zu sein, oder?«, fragt er empathisch, während sie die ersten Bisse nehmen.

»Ja, es ist alles so groß hier. Ich fühle mich ein bisschen verloren«, gibt sie zu.

»Gib dir etwas Zeit. Du musst das alles erst mal verarbeiten. Hast du schon deine Mails gecheckt?«, fragt er mit einem Blick auf ihren Arbeits-Laptop, der am anderen Ende des Tisches liegt.

»Nein.« Bea weiß nicht, wieso diese Frage sie wütend macht. Es war doch eine ganz harmlose, normale Frage.

»Ich weiß, was los ist«, sagt Marco mit einer weichen Stimme. »Das macht dir alles Angst. Wieder hier sein, die Agentur, die Arbeit. Alles ist wie ein großer Berg, und du hast keine Ahnung, wie du anfangen sollst, richtig?«

Bea nickt erstaunt. Marco hat das ziemlich gut erfasst. Der Gedanke, in die Agentur zurückzukehren, ist beängstigend. Sogar überwältigend beängstigend.

»Ich weiß, wie wir das lösen.« Marcos Augen glänzen. Er holt den Laptop und klopft auf seinen Schoß. »Setz dich hier hin.«

Das Angebot ist so seltsam, und er klingt so liebevoll, dass Bea zu ihm rübergeht und sich auf seinen Schoß setzt.

»Und jetzt machen wir das Schritt für Schritt zusammen. Ich bin da. Dir kann nichts passieren.«

Bea gibt mit zitternden Fingern ihr Passwort ein. So albern es auch ist, Marco gibt ihr tatsächlich Sicherheit. Sie öffnet ihr Postfach und sieht die vielen Hundert Mails, die während ihrer Abwesenheit bei ihr eingegangen sind.

»Alles gut, wir lesen jetzt genau drei zusammen, nicht mehr, o. k.?«

Bea muss fast lachen. Er spricht mit ihr wie mit einem Pferd, das sich nicht traut, auf den Hänger zu gehen. Bea liest drei Mails mit belanglosem Inhalt. Trotzdem geht ihr

Puls dabei hoch. Marco hält sie von hinten fest und wartet geduldig, bis sie fertig ist.

»Geschafft«, sagt er, als sie das Mailprogramm schließt. »War doch gar nicht so schlimm, oder? Und so machst du es einfach Schritt für Schritt. Ganz langsam. Du solltest auf keinen Fall schon Martin informieren, dass du wieder da bist. Akklimatisiere dich erst mal.« Er nähert sich ihrem Gesicht, um ihr einen Kuss zu geben.

Bea steht auf. »Entschuldige, ich bin noch nicht so weit. Aber vielen Dank für deine Hilfe, das war lieb.« Bea fühlt sich plötzlich seltsam.

Kommt der Schwindel etwa wieder?

Sie entschuldigt sich und geht ins Bad. Der Boden dreht sich ganz leicht. Bitte nicht! Das kann jetzt nicht wieder anfangen. Sie hatte ganz vergessen, wie sich das anfühlt. Dass der Schwindel schon beim Checken ihrer Mails wieder losgeht, frustriert sie unheimlich. Nachdem sie eine Weile in den Spiegel geschaut und mit ihrem Spiegelbild zusammen geatmet hat, geht es ihr besser.

Als sie wieder ins Wohnzimmer kommt, sitzt Marco an ihrem Arbeits-Laptop. Schnell umschließt er mit der Hand etwas kleines Silbernes. Bea nimmt es nicht richtig wahr, sie überlegt, wie sie ihm beibringen soll, dass er jetzt gehen muss. Er steht auf und steckt die Hände in die Hosentaschen, was eine neue, ungewohnte Geste ist, die sie nicht von ihm kennt.

»Ich hab das Wetter für morgen nachgesehen. Es wird gut, wir könnten nach der Arbeit irgendwo hinfahren.« Er klingt ein bisschen gestresst, sieht dann auf die Uhr und verkündet, schnell nach Hause zu müssen.

Bea ist erleichtert. Sie braucht Zeit für sich und will dringend ins Bett.

»Das waren nicht so die besten Nächte, im Auto«, erklärt Marco und schenkt ihr seinen typischen Blick, der Bea ein Lächeln aufs Gesicht zaubert.

Sie küsst ihn zum Abschied auf die Wange.

Ich brauche nur Zeit, mich wieder an alles zu gewöhnen. Das wird schon!

Bea räumt die Schlaftabletten weg. Sie kommen ganz nach hinten in den Schrank, in dem ihre vielen Schuhe stehen.

Als sie im Bett liegt, hat sie auf einmal ein seltsames Gefühl. Es dauert eine Weile, bis sie realisiert, dass es Heimweh ist. Ihr Bett hier ist riesig, mit einer perfekten Hightech-Memory-Schaummatratze. Mit einem Schalter kann sie die Wohnung komplett abdunkeln. Sie hat vier verschiedene Kissen zur Auswahl, aber sie sehnt sich auf die einfache Matratze zurück, in das kleine Haus, von Per gebaut. So nah am See, so nah an den Bäumen und Vögeln und am Himmel.

Sie versucht, sich einzureden, dass es andersrum ist. Hier ist ihr Zuhause, und jetzt ist sie endlich wieder da, und alles wird gut. Nichts ist gut, sagt ihr Herz und hämmert verzweifelt und laut in ihrer Brust. So wird das nichts mit dem Einschlafen.

Bea macht das Licht wieder an und holt sich ihren Arbeits-Laptop ins Bett. Sie geht auf Pers Homepage und liest den schwedischen Text, der den Kunden einlädt, sich die

Tiny Houses anzuschauen. Sie klickt sich durch das Menü. Es ist wirklich sehr benutzerfreundlich. Man findet sich sofort zurecht. Die Bilder von den Häusern wecken Sehnsucht nach ihrem kleinen Zuhause.

Es war nie dein Haus, es gehört jemandem, der es bald abholen kommt.

Sie kann es jetzt nicht mehr vermeiden und klickt auf den Menüpunkt »Über mich«. Pers Bild schaut sie an. Er guckt so offen in die Kamera. Bea liebt dieses Bild. Der Blick, der nur ihr galt. Marco hat sie nie so angesehen. Nicht mal am Anfang ihrer Beziehung.

Eine seltsame Unruhe überkommt sie. Etwas an der ganzen Marco-Geschichte stimmt nicht. Ein Detail, das sie die ganze Zeit übersehen hat. Sie sucht ihr Handy und ruft Tina an.

»Hey! Wie schön, von dir zu hören! Hättest mir ja mal sagen können, wie das lief mit dem Elch! War das Zeichen ein Zeichen?« Tina überschlägt sich fast vor lauter Fragen.

Bea erzählt hastig und in Kurzform, was passiert ist. »Heißt das, du bist jetzt in Hamburg? In deiner Wohnung?«

»Ja, genau, das bin ich gerade.«

Es klingelt an ihrer Wohnungstür.

»Los, mach auf«, sagt Tina am Telefon.

»Das bist jetzt nicht wirklich du, oder?« Bea springt aus dem Bett und drückt den Summer.

Während Tina den Aufzug nimmt, telefonieren sie weiter. »Das ist so verrückt, ich war gerade in deiner Straße. Hab was bei dem kleinen China-Imbiss gegessen, der bei dir an der Ecke ist. Du bist wieder da, ich fass es nicht!«

Bea öffnet die Wohnungstür, und die beiden fallen sich quietschend vor Freude in die Arme.

»Mein Gott, du siehst gut aus, Bea! Du siehst aus wie …« Tina denkt nach.

»Wie?«, will Bea gespannt wissen.

»Wie die Bea, die ich kenne, die immer in der anderen Bea versteckt war.«

Bea schaut in den großen Spiegel im Eingangsbereich. »Ich finde, ich sehe aus wie jemand, der nicht in diese Wohnung passt.«

Tina schaut jetzt auch in den Spiegel. »Ja, genau, sag ich doch.«

Sie setzen sich aufs Bett, und Bea erzählt noch mal ausführlicher, was mit Per gelaufen ist und wie Marco sie dann zurück nach Hamburg gelockt hat.

Tina hebt die Hände. »Ich komme nicht ganz mit. Du hast dich total in Per verliebt und bist mit Marco zurückgekommen?«

Bea legt sich ein Kissen vors Gesicht. »Ja«, ihre Stimme klingt dumpf hinter dem Kissen.

Tina nimmt es ihr weg. »Warum?«

Bea weiß nicht, wie sie es erklären soll. »Er hat all diese richtigen Dinge gesagt. Er hat von Leidenschaft gesprochen, und dass sie mir fehlt. Ich habe gedacht, ich könnte dieses Feuer wieder anfachen, wenn ich hier bin. Aber als ich heute ein paar Mails gelesen habe, ging der Schwindel wieder los.« Bea sieht Tina verzweifelt an. »Ich weiß nicht mehr, was richtig ist.«

Tina nimmt sie in den Arm. Es tut gut, von ihr gehalten zu werden.

Eine Weile sitzen sie so da, bis Bea sich von Tina löst. »Und irgendwas stimmt an der ganzen Sache mit Marco nicht, aber ich komme nicht drauf, was!«

»Du denkst, er meint es gar nicht ehrlich?«, fragt Tina gespannt.

»Ich habe das Gefühl, er verschweigt mir etwas, und er hat mich nicht nach Deutschland mitgenommen wegen mir, sondern ...« Bea macht plötzlich große Augen. Ihr ist etwas eingefallen. »Der Laptop«, flüstert sie.

»Was ist damit?«

»Er hat mich in Schweden ständig unauffällig nach meinem Arbeits-Laptop gefragt. Und heute saß er dran, als ich im Bad war. Und als ich rauskam, wollte er sofort gehen.«

Tina spitzt die Lippen. »Dann lass uns doch mal im Browserverlauf nachsehen, auf welchen Seiten er war. Vielleicht im Darknet!« Sie sagt den letzten Satz mit einer verstellten Gruselstimme.

Bea greift nach dem Laptop, und beide Frauen beugen sich gespannt über den Bildschirm. Enttäuscht stellen sie fest, dass niemand heute mit dem Computer im Internet war, außer auf Pers Homepage.

»Er hat gesagt, er hätte das Wetter gecheckt ...«, denkt Bea laut nach.

»Hat er aber nicht«, stellt Tina fest.

»Was hat er dann gemacht?« Bea öffnet Office und guckt nach, welche Dokumente zuletzt geöffnet wurden.

Das letzte Dokument springt ihr in die Augen. Das kann nicht wahr sein! Sie hält sich eine Hand vor den Mund.

»Der *Lupin*-Deal. Er hat das Dokument gefunden und gelesen.«

»Ha, das war doch die Sache, die er der Rothaarigen zugeraunt hat, als ich ihn getroffen habe! Ich hab mir das gemerkt, weil ich die Serie *Lupin* auf Netflix gesehen hatte. Was ist dieser Deal?«

Bea zögert. Dann erzählt sie Tina alles. Wie sie damals die Informationen gesammelt hat und dass sie das Dokument dann doch nie an Martin weitergegeben hat.

»Und die Fusion hat dann nie stattgefunden?«, fragt Tina.

»Nein. Martin hat die Idee auf Eis gelegt, genau, wie ich vermutet hatte. Ich habe ihm damals gesagt, ich wäre an keine Informationen gekommen.«

»Und Marco hat davon irgendwie erfahren und will deine Infos nutzen, um Karriere zu machen. So schräg, wie das bei euch da läuft, kann ihm dieses Dokument sicher nutzen. Meinst du, er hat es kopiert?«, fragt Tina aufgeregt.

Vor Beas geistigem Auge spielt sich noch mal die Szene ab, als sie aus dem Bad kam. Marco am Laptop. Marco, der etwas Kleines in der Hand versteckt, und dann die seltsame Geste mit den Händen in den Hosentaschen. Natürlich, um den Stick verschwinden zu lassen.

Bea lässt sich rückwärts aufs Bett fallen. Sie legt sich die Hände vors Gesicht und stöhnt: »Ich bin so ein Idiot!« Sie setzt sich wieder auf. »Ich bin mir ziemlich sicher, dass er es kopiert hat.« Sie schüttelt den Kopf. »Das ganze einfühlsame Getue hat nur dazu gedient, dass er an das Dokument kommt!«

»Aber was ist mit dem Brief, von dem du erzählt hast? War der dann auch nur Mittel zum Zweck?«, will Tina wissen.

Bea schüttelt den Kopf. »Da ist der Haken. Das klang so echt. Mein Bauchgefühl kann mich doch nicht so täuschen!«, sie schaut verzweifelt ihre Freundin an.

»Zeig mir den Brief mal«, fordert Tina sie auf.

Bea kramt ihn aus ihrem Koffer. Tina liest ihn und lächelt dabei. Bea fühlt sich bestätigt. Dann prüft Tina sorgfältig den Umschlag.

»Was machst du? Willst du rausfinden, welchen Wein er getrunken hat, als er ihn schrieb?«, scherzt Bea.

»Das ist kein Poststempel. Da hat jemand einfach etwas Stempelfarbe verwischt.« Sie reicht Bea den Umschlag.

Bea starrt verwirrt auf die Farbe. »Das heißt …?«

»Der Brief ist nicht von Marco. So wie es aussieht, wurde er überhaupt nicht von Deutschland aus verschickt.«

Bea zieht die Augenbrauen hoch.

»Hast du eine Ahnung, wer dir in Schweden so einen Brief hätte schreiben können?« Tina wedelt mit dem Brief herum.

Bea muss nicht lang nachdenken. »Da kommt eigentlich nur einer infrage. Per.«

Zabong

»Halt, da ist ein wichtiges Meeting, da können Sie nicht einfach …« Daniela versucht, sie aufzuhalten. Es dauert eine Weile, bis sie realisiert, wer da vor ihr steht. Ihre Miene verrät Überraschung. Sie hat sich überhaupt nicht verändert. Die gleichen Locken, das gleiche Oberteil, der gleiche Duft. Daniela ist eine echte Konstante in dieser schnelllebigen Agentur.

»Schön, dich zu sehen, Daniela«, wirft Bea ihr zu und reißt dann schwungvoll die Tür zum Meetingraum auf. Ihr Auftritt verfehlt seine Wirkung nicht. Alle im Raum starren sie an.

Der Geschäftsführer von *Lupin*, Achim Schellenberg, und seine Partnerin Heike Windhus, Beas Chef Martin, die rothaarige Lara und Marie, die noch besser aussieht, als Bea sie in Erinnerung hatte. Auch Pia, die hinten am Tisch bei den Schnittchen und Donuts steht und die Servietten arrangiert, schaut sie an, als sei sie ein Gespenst.

Marco, der gerade vorne steht und spricht, wird immer leiser, bis er schließlich ganz verstummt.

Bea fühlt sich großartig. Sie hatte Angst, der Schwindel

würde wieder einsetzen, sobald sie die Agentur betritt, aber es geht ihr gut.

»Meine Damen und Herren, lieber Marco, lieber Martin!« Bea gönnt sich eine kleine Sprechpause und nimmt sich Zeit, jeden einzeln anzuschauen. Marco sieht ihr nicht in die Augen. »Ich kann das Meeting für euch abkürzen. Es wird keine Fusion zwischen *A Piece of Cake* und *Lupin* geben. Ich habe Achim Schellenberg und Heike Windhus über deinen Plan unterrichtet«, sie schaut jetzt Martin an, der stumm vor Entsetzen, die Arme verschränkt, beobachtet, was passiert. »Und beide waren sehr interessiert zu hören, was du mit ihren Mitarbeitern vorhast.«

Achim Schellenberg und Heike Widnhus lächeln erst ihr zu und dann Martin und Marco, als hätte Bea gerade allen Eiscreme versprochen. Sie genießen Beas Auftritt sichtlich.

Marie und Pia sehen verwirrt aus. Sie sind natürlich nicht in den *Lupin*-Deal mit allen schmutzigen Details eingeweiht.

»Entschuldigen Sie uns kurz«, sagt Martin mit einer Geste zu Achim und Heike.

Offenbar glaubt er, dass er die Situation noch retten kann. Er weist Bea energisch aus dem Meetingraum.

»Essen Sie so lange ein paar Donuts, die sind sehr gut!«, sagt Bea zu den Geschäftsführern von *Lupin*, während sie an ihnen vorbeigeführt wird.

Martin zieht sie in den nächstbesten leeren Raum. Daniela macht Stielaugen, als sie an ihr vorbeikommen. Das mit dem Sekretärinnen-Pokerface muss sie dringend noch üben.

»Was ist denn in dich gefahren?« Er funkelt sie wütend an. »Tauchst hier aus dem Nichts auf und machst alles kaputt. Das ist nicht die Art und Weise, wie wir miteinander umgehen!«

Er zieht wirklich alle Register. Ihr jetzt so zu kommen, ist ein geschickter Schachzug. Leider wird er nicht funktionieren.

Bea lehnt sich an einen Tisch. »Ach so. Und was du mit Marco in meiner Abwesenheit gemauschelt hast, das war eher die Art und Weise, wie wir miteinander umgehen?«, rät sie auf gut Glück. Sie ist sich ziemlich sicher, dass Marco den *Lupin*-Deal für seinen eigenen Aufstieg angestoßen hat.

Martin fährt sich durch seine gut sitzende Frisur. Er hat nichts dem Zufall überlassen. Jedes Haar, das etwas wild aus der Reihe tanzt, ist genau geplant und mit Haarwachs fixiert. Seine fahrige Geste zerstört jetzt den gewollt lässigen Look.

»Bea, Marco wird nie im Leben Partner!«

Partner! Ach, darum geht es hier!

»Ich gebe zu, ich habe ihn in dem Glauben gelassen. Aber er hat nicht dein Format. Ich will immer noch dich.« Er sieht sie flehentlich an.

Bea kann es nicht glauben. Hier betrügt nicht nur eine Agentur die andere, auch untereinander läuft das Spiel aus Versprechungen und miesen Plänen.

»Was hast du *Lupin* gesagt?«, fragt Martin hastig. Sie kann sehen, dass er durch ihren Auftritt gerade ziemlich aus der Ruhe gebracht wurde, was sie tatsächlich noch nie erlebt hat.

»Alles. Ich habe ihnen alles gesagt.« Bea hält seinem Blick stand.

Martin haut auf den Tisch, an dem sie lehnt, und beugt sich dann bedrohlich zu ihr. »Und das kleine Detail, dass du die Informationen aus ihrer Agentur gestohlen hast, hast du ihnen das auch erzählt?« Seine Augen funkeln wütend. Er beherrscht nur mit Mühe seine Stimme.

Bea nickt unbeschwert und weicht keinen Zentimeter zurück. »Du kannst Marco zum Partner machen, Martin. Ihr passt nämlich hervorragend zusammen. Ich vermute, mein nächster Satz ist jetzt überflüssig, aber ich will ihn einmal sagen.« Sie steht auf, breitet die Arme aus und legt den Kopf in den Nacken. »Ich kündige!«, sagt sie aus tiefstem Herzen und dreht sich einmal im Kreis.

Martin stellt sich ihr in den Weg, als sie auf die Tür zugeht. »Ich kenne die ganze Branche in Deutschland, Bea. Ich werde dafür sorgen, dass du nirgends einen Fuß in die Tür bekommst, da verlass dich drauf!«

»In Deutschland. Wie niedlich, Martin. Mach das. Und jetzt entschuldige mich, ich will unbedingt noch einen Donut abkriegen.«

Die Sonne scheint. Es ist warm. Alle sind am Södra Solsjö. Das Leben pulsiert vor lauter Leichtigkeit, bei allen anderen. Sogar Frau Schluttberg und Herr Lindemann sind heute zum Baden vorbeigekommen. Jetzt sitzen sie auf der Bank, auf der er und Bea … Er greift sich an die Stirn. Es kostet ihn so viel Anstrengung, hundertmal in der Minute diese Gedanken abzuwehren.

Die beiden Alten tuscheln angeregt miteinander und werfen ihm ab und zu einen Blick zu. Am liebsten würde er allen Menschen aus dem Weg gehen, denn alle erinnern ihn irgendwie an Bea, und alle fragen nach ihr. Olivia ist wieder fit, und Per hat Mühe, sie davon abzuhalten, ständig ins kalte Wasser zu springen. Zweimal hatten sie ausgemacht. Und die sind schon vorbei. Per versucht, seine Jüngste jetzt mit Essen bei Laune zu halten. Ebba und Manuk sind praktisch nonstop im Wasser, was Olivias Laune nicht gerade beflügelt.

»Kann ich nach Hause Fernsehen gucken?« Die Kleine lehnt sich an seine Schulter und schaut bittend zu ihm hoch.

Normalerweise würde er so einer Bitte an einem herrlichen Sommertag nicht nachkommen, aber er ist froh, einen Grund zu haben, das fröhliche Treiben am See zu verlassen. Er sagt Ebba Bescheid, und zu seiner Überraschung will sie mit nach Hause gehen. Er wird das Gefühl nicht los, dass sich seine Große um ihn sorgt.

Es stimmt, er fühlt sich furchtbar. Er kann nicht mehr schlafen, er kann an nichts anderes mehr denken, und sein Herz tut zu weh, um richtig atmen zu können, aber Ebba soll keine Angst haben, ihn auch noch an die dunkle Seite zu verlieren. Gespielt fröhlich nimmt er Olivia auf dem Pfad durch den Wald huckepack. Sie spielen, dass er ihr Pferd ist und sie eine Prinzessin, die auf dem Weg in ihr Schloss den Weg entlangreitet. Snorre ist der Drache, der sie beschützt. Snorre ist ein guter Drache. Er macht riesige Sprünge, es sieht aus, als würde er fliegen.

»Und wer bist du, Ebba?«, fragt Olivia nah an seinem Ohr.

»Ich bin ein Prinz, der seine Prinzessin nach Hause holt.« Ebba macht ein paar prinzenhafte Schritte.

»Holst du mich?«, fragt Olivia, und ihre Haare kitzeln Per an der Wange.

»Nein, du dummes Ei, ich hole meine eigene Prinzessin. Die ist weit weg, und ich muss sie finden.«

Olivia nickt verständnisvoll.

Sie reiten, bis sie auf die Straße treffen. Ein türkisfarbener VW-Bus kommt auf sie zu. *Ist das nicht Beas Bus?* Bevor Per logisch über diese Frage nachdenken kann, geht sofort sein Puls nach oben.

Er war noch nie so enttäuscht, Oskar zu sehen, der den Bus jetzt vor ihnen zum Stehen bringt.

»Mitfahrgelegenheit gesucht?«, fragt der aus dem geöffneten Fenster.

»Au ja, Oskar fährt die Pferdekutsche, in die wir jetzt alle einsteigen!«, ruft Olivia von Pers Rücken.

Per öffnet die Schiebetür und lässt die Kinder und Snorre hinten einsteigen. Dann nimmt er vorne neben Oskar Platz. »Du hast den Motor endlich bekommen?«, fragt er, als Oskar losfährt.

Oskar grinst und sagt: »Sagen wir mal so. Ich habe den Motor endlich eingebaut.«

Per sieht ihn verständnislos an. Oskar in seinem blau-weiß gestreiften Shirt schaut auf die Straße und grinst in sich hinein.

»Was willst du damit sagen?«

»Ich sag nichts. Aber so einen Motor zu besorgen ist nicht schwer. Und es dauert auch keine Wochen und Monate.«

Per schüttelt den Kopf. »Du hast sie hier festgehalten? Absichtlich?«

Oskar zuckt mit den Schultern. »Möglich«, gibt er zu.

»Warum?«

»Oh Papa«, mischt sich Ebba von hinten ein. »Das ist doch logisch. Wegen dir!«

Per schaut aus seinem Fenster in die Bäume. »Hat ja toll geklappt«, sagt er ironisch.

Bis zu Per nach Hause sagt niemand mehr etwas. Oskar hält an, und Olivia und Snorre springen als Erste aus dem Bus. Olivia verschwindet mit dem Hund im Haus, um ihre seltene Fernseherlaubnis an einem sonnigen Sommertag zu nutzen.

Ebba kramt in ihrer Schwimmtasche herum und tut so, als müsse sie dringend etwas finden.

Oskar fährt sich durch seinen Bart. »Ich soll den Bus für Bea verkaufen, aber ich finde, sie sollte ihn zurückbekommen.«

Weil Per nichts sagt, fragt Oskar: »Was meinst du?«

»Ja, wenn du das denkst. Warum nicht?«

Oskar sieht ihn so an, als müsste er etwas kombinieren. Als er das nicht tut, sagt der Mechaniker seufzend: »Jemand muss den Bus nach Deutschland fahren, Per.« Oskar sieht ihn an, als hätte er ihm gerade ein riesiges Geschenk überreicht.

Per atmet tief ein und aus. »Bea hat sich entschieden.

Was macht es für einen Sinn, wenn ich da jetzt angefahren komme? Wie stellst du dir das vor?« Er klingt wütend. Insgeheim würde er nichts lieber tun, als Bea hinterherzufahren, aber wäre das richtig?

Oskar hält ihm stumm die Schlüssel hin.

»Der Prinz muss die Prinzessin holen«, kommt eine ernste Stimme vom Rücksitz.

Per dreht sich erstaunt um. Ebba sieht ihn mit ihren klugen blauen Augen an. »Hol dir deine Prinzessin, Papa«, sagt sie feierlich.

Per greift nach hinten und hält ihre Hand fest. Er drückt sie doll, und seine Tochter drückt zurück.

Oskar hat vergessen, dass er ihm die Schlüssel geben wollte. Er stützt sich aufs Lenkrad und sieht so glücklich wie der Weihnachtsmann aus, der das alles ermöglicht hat. »Ich soll dir das von Nanni geben«, er zeigt auf eine Kühltruhe, die hinten im Bus steht. »Und Frau Schluttberg wünscht dir viel Glück, außerdem noch Inga, Bergit, Tjorre, Herr Lindemann ...«

»Steig aus!«, herrscht ihn Per an. »Steig aus der Kiste aus, wir müssen packen.«

Ebba rennt zum Haus, um Olivia zu informieren.

Oskar und Per steigen auch aus. Sie stehen sich gegenüber. Per hält ihm seine rechte Hand hin mit der Handinnenfläche nach oben. Oskar versteht die Geste und wirft ihm schwungvoll den Schlüssel in die Hand. Per schaut erst grinsend auf den Boden und dann zu Oskar. Die beiden umarmen sich kurz. Pers Augen werden feucht. Er weiß nicht, wie er sich bedanken soll. Oskar bemerkt das und boxt ihn auf den Oberarm, was so viel heißt wie: Du schaffst das, viel Glück.

Für alles keine Lösung

Bea fühlt sich berauscht, so als hätte sie eine halbe Flasche Champagner getrunken. Seit sie aus der Agentur raus ist, hält dieses Gefühl an. Sie sitzt mit Tina auf deren winzigem Balkon, auf dem nur zwei Stühle Platz haben. Weil kein Tisch hier hinpasst, balancieren sie jede einen Pizzakarton auf den Knien.

»Gut, dass wir uns hier auf meinen Balkon quetschen, wenn wir eine riesige Dachterrasse bei dir zur Verfügung hätten«, sagt Tina, die eine Flasche Wasser aus der Küche geholt hat und jetzt wieder von hinten auf den Stuhl turnen muss.

»Das hier ist ein Zuhause«, erklärt Bea ihre Wahl. Sie zeigt auf die Blumenkästen, die Tina an der Brüstung angebracht hat. In einen der Kästen hat sie Kräuter gepflanzt. Der Schnittlauch sieht ziemlich abgeerntet aus, was vermutlich an Tinas Vorliebe für Schnittlauchbrote liegt.

»Ich werde dich vermissen«, sagt Tina plötzlich ernsthaft und ohne Vorwarnung.

»Geh ich denn weg?«, fragt Bea.

Tina nickt.

Bea legt die angebissene Pizza auf ihren Schoß. Ihr Kreislauf gerät ins Wanken. Tina hat recht. Es ist klar, dass sie nicht in Hamburg bleibt. Ihr Herz wusste die ganze Zeit, dass ihr Platz in Sjöhyttan ist, bei Per.

»Ich werfe an einem Tag mein komplettes Leben über den Haufen. Das ist beängstigend und großartig zur selben Zeit.«

Tina läuft eine Träne über die Wange.

Bea umarmt sie. »Du meinst, ich mache das wirklich? Ich gehe nach Schweden und fange ein ganz neues Leben an mit einem Mann, der zwei Kinder hat, mitten in der Pampa?«

Tina lacht unter Tränen. »Ja, das meine ich. Und wenn du nicht bald aufbrichst, schubse ich dich vom Balkon.«

»Und du meinst, er will mich noch?« Bea zupft an ihrem Pizzastück herum.

»Nein. Natürlich nicht. Er hat sich sicher in den letzten Tagen komplett entliebt und sitzt da mit Elke am See, wenn du ankommst.« Tina verdreht die Augen und klaut ihr das letzte Stück Pizza aus dem Karton.

»Ist da irgendeine größere Stadt in der Nähe, in der du arbeiten könntest? Oder kannst du für eine Agentur im Homeoffice arbeiten?«

»Sjöhyttan ist ganz weit ab vom Schuss. Und nur Homeoffice ist sicher auch schwierig. Aber ich beschließe jetzt mal, dass man nicht für alles eine Lösung haben muss. Sonst kann man nie irgendetwas wagen.« Bea hebt die Flasche Wasser hoch, die Tina aus der Küche geholt hat.

»Darauf trinken wir. Keine Lösung für alles!«, sagt Tina.

»Für alles keine Lösung!«, sagt Bea, und dann trinken sie nacheinander aus der Wasserflasche. »Wir reden immer nur über mich«, stellt Bea fest.

»Du hast ja auch diese Krise«, sagt Tina leichthin.

»Und wenn du eine Krise hast, kommst du dann zu mir nach Schweden?« Bea sieht sie fragend an.

Tina umarmt sie fest als Antwort.

»Und wenn du magst, kannst du in meine Wohnung ziehen. Vielleicht schaffst du es, daraus ein Zuhause zu machen«, flüstert Bea in ihr Ohr.

Per liegt mit den Mädchen eingekuschelt im Bus. Sie sind so weit gefahren, wie sie konnten, und haben sich spätabends einfach an einen Feldweg gestellt. Das »Abenteuer VW-Bus« war für die Kinder trotz der langen Fahrt aufregend und schön. Mit Nannis Kühltasche voller Leckereien könnten sie bis ans Mittelmeer fahren. Snorre hat sich zu ihnen auf die Matratze gequetscht, und jetzt liegen sie dicht an dicht im Dämmerlicht. Per ist müde, sein Kopf brummt, aber der Schlaf will nicht kommen. Olivia schläft schon tief und fest, aber Ebba bewegt sich verdächtig oft.

»*Lilla Gumman*, bist du noch wach?«, flüstert Per.

»Ja. Und du?« Sie kichert über ihren Witz.

»Wieso hast du deine Meinung geändert?«, fragt Per. Er muss nicht erklären, dass er Bea und sich meint.

Ebba flüstert: »Weil ich das mit dem Verlieben verstanden habe.«

»Wie, verstanden?«, fragt Per interessiert.

»Oh Papa!« Ebba raschelt genervt mit ihrer Decke. »Ich

hab mich verliebt, und das hatte ich nicht geplant. So wie du.«

Per platzt vor Neugierde. »Wenn ich jetzt frage, in wen, sagst du dann wieder ›Oh Papa‹?«

Ebba seufzt. »Frag schon.«

»In wen hast du dich verliebt?«

Ebba zögert. Sie zieht sich die Decke über den Kopf und spricht so leise, dass er sie fast nicht versteht. »In Manuk.«

»Manuk? Du hast dich in ein Mädchen verliebt?«

Die Gestalt unter der Decke nickt kaum merklich. »Ist das schlimm?«, fragt sie durch ein kleines Guckloch.

Per zieht ihr die Decke weg, damit sie sein Gesicht sehen kann. Er schaut sie an und sagt zärtlich: »Nein, Ebba, das ist nicht schlimm. Liebe kann man nicht steuern. Es gibt kein Richtig oder Falsch. Lass dir das von niemandem einreden. Ich darf mich in Frauen verlieben, du in Mädchen, o. k.? Und Snorre liebt vielleicht andere Rüden, wer weiß.«

Ebba nickt und lächelt.

»Und ist Manuk auch in dich verliebt?«

»Ich glaub schon.« Ebba erzählt von heimlichem Händchenhalten unter der Decke und einem ersten vorsichtigen Kuss auf den Mund. Dann legt sie sich auf die Seite und schläft ein, glücklich, mit ihrem Geheimnis nicht mehr allein zu sein.

Am nächsten Tag fahren sie früh los und kommen nach sechs Stunden in Hamburg an, trotz unendlich vieler Pipipausen.

»Hier wohnt sie?«, fragt Ebba und schaut an dem schicken Haus hoch.

»Hier wohnt sie«, bestätigt Per. Er ist furchtbar nervös. Er weiß nicht, was er sagen soll. Er weiß nicht, ob Bea allein ist. Was macht er, wenn Marco die Tür aufmacht?

In Filmen haben die Hauptdarsteller schöne Texte, wenn sie bei ihrer Prinzessin vor der Tür stehen. Pers Kopf ist leer. Er hat nur sich und seine Familie, die sich jetzt um ihn schart, während er auf die Klingel mit Beas Namensschild drückt. Eine Frauenstimme meldet sich, die nicht zu Bea gehört.

Per stottert aufgeregt in die Sprechanlage. »Hier ist Per aus Schweden. Wir wollen zu Bea, ist sie da?«

»Nein! Per! Bist du es wirklich? Warte, ich komm runter!«

Fragend sehen sich Per und die Mädchen an.

Kurze Zeit später reißt eine atemlose Frau in einem bunten Strickmantel die Tür auf und umarmt sie alle stürmisch. »Per, Ebba, Olivia und Snorre!«, sagt sie entzückt. »Ihr seht genau so aus, wie ich mir euch vorgestellt habe! Irre!« Als sie in die verständnislosen Gesichter schaut, erklärt sie schnell: »Ich bin Tina, Beas beste Freundin. Bea ist am Flughafen. Sie will den nächsten Flug nach Stockholm nehmen und dann mit einem Mietwagen zu euch fahren! Wie seid ihr denn jetzt so schnell hergekommen?«

Per zeigt stumm auf den VW-Bus.

»Werner! Ich fass es nicht. Er geht wieder! Wie ...«, sie unterbricht sich. »Wir haben keine Zeit, wir müssen zum Flughafen!«

»Kommst du mit?«, fragt Olivia die aufgeregte Frau mit der lustigen Frisur.

»Das lass ich mir doch nicht entgehen! Habt ihr *Notting Hill* gesehen? Da fahren am Ende auch alle zusammen an den Flughafen. Ich kenne den schnellsten Weg. Los!«

Per lädt seine Kinder und die verrückte Frau in den Bus und fährt, so schnell er kann, durch den Hamburger Großstadtverkehr. Tina führt ihn zielsicher durch die Straßen und Ampeln.

»Das stimmt übrigens nicht«, sagt Ebba mitten in das angestrengte Fahren unter Zeitdruck hinein.

»Was stimmt nicht?«, fragt Per nervös und trommelt ungeduldig auf das Lenkrad. Die Ampel ist ihm viel zu lange rot. Es macht ihn wahnsinnig, hier so ewig zu stehen.

»In *Notting Hill* fahren sie am Ende nicht zum Flughafen.«

Tina dreht sich zu ihr um. »Nicht? Aber sie quetschen sich doch alle in das kleine Auto, Spike hält heldenhaft den Verkehr auf …«, erinnert sie sich.

»Sie fahren in das Hotel und dann zu der Pressekonferenz.« Ebba schaut sie triumphierend an.

»Stimmt! Du hast recht! Aber in allen anderen Filmen fahren alle immer zum Flughafen am Ende.«

Ebba nickt. »Ja, und dann verpassen sie sich immer.«

»Macht mir ruhig Mut. Super seid ihr.« Per fährt ruckartig an, als es grün wird.

»Keine Panik, da vorne ist schon der Flughafen«, Tina klingt jetzt beruhigend. »Du fährst direkt zu *Abflug*. Nicht ins Parkhaus.« Sie weist ihm den Weg.

Per fährt nach oben zu *Abflug*. Werner macht alles brav mit.

»Hier, park hier!«, schreit Tina, als eine Parklücke bei den Kurzparkplätzen in Sicht kommt. »Rennt rein, ich mach das mit dem Parkticket!«

Das lassen sie sich nicht zweimal sagen. Per nimmt Olivia an die Hand und Ebba Snorre an die Leine. Sie rennen, so schnell sie können, in die Abflughalle. Auf den Anzeigetafeln kann Per den Abflug nach Stockholm sehen. Der Flug geht in einer halben Stunde.

Das ist alles zu knapp, viel zu knapp.

Hastig liest er die Nummer des Schalters für die Gepäckaufgabe. Sie rennen an den Schaltern entlang, bis sie die richtige Nummer finden. Da steht natürlich keine Bea mehr.

»Ihr müsst durch die Sicherheitskontrolle«, japst plötzlich Tina außer Atem neben Per. Das mit dem Parken hat sie offensichtlich schnell geklärt.

»Wie? Wir haben kein Ticket!« Per fährt sich aufgeregt durch die Haare.

»Kauf eins, irgendeins, so machen sie das in Filmen!« Ebba reißt an seinem Arm herum.

»Ich ruf sie an!« Tina wählt Beas Nummer.

Alle warten gespannt, bis Tina enttäuscht den Kopf schüttelt. »Sie geht nicht dran.«

Per überlegt fieberhaft. Soll er einfach über die Absperrung springen und rennen? Wie weit würde er kommen? Er schaut auf Ebba und Olivia, und da hat er eine Idee. Er kniet sich vor Olivia hin und flüstert ihr etwas ins Ohr.

Olivia hört genau zu, was er sagt. Sie nickt und sagt:

»Kein Problem, das kriege ich hin.« Dann läuft sie allein mit ihrem kleinen Rucksack auf dem Rücken auf den Informationsschalter zu.

»Was wird das?«, fragt Tina gespannt.

»Warte ab«, raunt Per, der mit Ebba genau verfolgt, was Olivia macht.

Olivia kommt jetzt am Schalter an und springt die Theke hoch, damit die Frau dahinter sie bemerkt. Sie beugt sich zu dem Kind herüber. Dann öffnet sie eine Schranke und nimmt Olivia an die Hand und führt sie hinein.

Kurze Zeit später schallt eine Durchsage durch den Flughafen: »Die kleine Olivia sucht ihre Mama Bea Goldmund. Bea Goldmund, bitte kommen Sie zum Informationsschalter, um Ihre Tochter Olivia abzuholen.«

»Das ist brillant!«, staunt Tina.

Pers Blick wandert von Olivia zu der Anzeigentafel, die jetzt bei dem Flug für Stockholm blinkt. Das heißt, sie boarden gerade. *Es muss einfach klappen. Bitte, bitte mach, dass sie kommt und es noch nicht zu spät ist.*

Bange Minuten stehen sie auf der Stelle und warten. Olivia spielt ihre Rolle super. Kein einziges Mal sieht sie zu ihnen hinüber. Sie hat ihren Teddy aus dem Rucksack geholt und sieht jetzt noch kleiner aus als acht.

»Was machen wir, wenn sie keiner abholt?«, zischt Tina ungeduldig.

Per legt einen Finger an die Lippen. Rennt dahinten nicht eine Frau? Alle drehen den Kopf in die Richtung, in die er schaut.

Olivia springt aus dem Infostand und läuft auf Bea zu. »Mamaaaaaa!«, schreit sie ihr entgegen.

Bea breitet die Arme aus und fängt Olivia auf, die ihr entgegenspringt. Sie umarmen sich innig.

»Gott sei Dank, Gott sei Dank!«, murmelt Tina neben Per und faltet ihre Hände.

Ebba schaut bei der innigen Szene von Bea und Olivia zwischendurch auf den Boden.

Per kniet sich zu ihr runter. »Alles o. k., *Lilla Gumman*, du kennst doch deine kleine Schwester. Sie geht gerne in einer Rolle auf.«

Ebba lächelt und schiebt ihn dann vor sich her. »Los, Auftritt Prinz!«

Der Prinz läuft mit einem Puls von hundertachtzig auf Bea und Olivia zu. Olivia wird von Ebba herangewunken, und Bea bleibt stehen. Ihre Haare fallen ihr über die Schultern. Sie trägt Jeans und Converse, und nur die Jacke kennt Per noch nicht. Er geht langsam auf sie zu. Sie schaut nicht weg, bis er vor ihr steht. Ihr Gesicht ist voller Sommersprossen. Er möchte jede einzelne berühren.

»Ich bin hier, um dich nach Hause zu holen«, sagt er. Denn so etwas sagen Prinzen, wenn sie ihre Prinzessin finden.

»Dann mach doch«, sagt Bea und zieht ihn zu sich heran.

Sie küsst ihn, und beide hören im Hintergrund drei Mädchen vor Freude quietschen.

Dezember

»Hast du auch die Augen zu?«

»Per, du hast sie mir verbunden, ich kann sie gar nicht öffnen, so stramm, wie du das gemacht hast«, Bea hält sich die Augenbinde.

»Jetzt zerstör den Moment nicht mit unwesentlichen Details.« Er dreht sie einmal im Kreis.

Bea wird schwindelig, sie muss sich an Per festhalten. Er riecht so gut. Sie nähert sich seinem Gesicht.

»Halt, können wir uns das aufheben? Ich hab hier eine wichtige Sache, da brauche ich etwas mehr Konzentration von dir!«

Es fällt ihr tatsächlich schwer, sich zu konzentrieren. Die letzten Monate hat sie bei Per mit im Haus gewohnt, und es waren nonstop die Kinder um sie herum gewesen. Um Olivia nicht den Platz in Pers Bett streitig zu machen, hatte Bea auf dem Sofa geschlafen. Mit Per allein zu sein ist deshalb sehr spannend, und es fällt ihr schwer, ihn nicht zu küssen.

»Jetzt darfst du die Augenbinde abnehmen«, sagt er feierlich.

Bea zerrt sie vom Kopf und sieht erst mal nur Sterne. Sie

weiß natürlich, wo sie sind. In den letzten Monaten war sie eine offizielle Kundin von Per. Sie hat das kleine Haus mit ihm zusammen designt, aber die letzten Wochen durfte sie es nicht mehr betreten.

Jetzt steht es an dem schönen Platz, illegal, am Södra Solsjö, und als Bea wieder etwas sehen kann, fällt ihr als Erstes die Lichterkette auf, die er am Dachfirst angebracht hat.

»Ohhhh, ist das schön!«, sagt sie entzückt.

Per hat den perfekten Zeitpunkt gewählt. Die Dämmerung hat gerade begonnen. Der Schnee auf den Ästen rahmt das kleine Haus mit der Lichterkette perfekt ein. Es ist mit naturbelassenem Holz verkleidet und hat eine kleine Dachterrasse, auf der genau ein Tisch und vier Stühle Platz haben. Von oben hat man einen wunderschönen Blick auf den See, das hat Bea schon im Oktober ausprobieren können.

Per überreicht ihr den Schlüssel. »Willkommen in deinem Haus! Ich hoffe, du weißt, dass du auch immer bei uns zu Hause sein kannst. Jederzeit!«

Per hatte sich ein bisschen schwergetan mit Beas Idee, getrennt zu wohnen. Aber Bea hat darauf bestanden, dass sie ihr eigenes Reich hat und die Kinder nicht das Gefühl bekommen, ihnen wird etwas weggenommen. Ebba fand die Idee auch toll und hat sich schon als nächste Besitzerin des Tiny Houses angemeldet.

»Wenn ich ausziehe, kann Bea bei dir einziehen, und ich nehme das Tiny House mit und studiere irgendwo Biologie«, hatte Ebba vorbestimmt.

Per öffnet die Tür und lässt Bea eintreten.

Innen leuchten überall Kerzen, und ein Feuer knistert

im kleinen Ofen. Bea kommt aus dem Staunen nicht mehr heraus. Sie weiß überhaupt nicht, was sie zuerst besichtigen soll. Die tolle Küche mit den weißen Holzfronten und dem originellen Spülbecken. Die vielen hübschen Regale. Die Stufen hoch zum Bett. Das Bad mit einer erstaunlich großen Dusche.

»Was ist das für eine Tür?« Bea schaut Per fragend an.

Er grinst und bedeutet ihr, sie zu öffnen. Bea geht durch die Tür und presst dann beide Fäuste an ihr Kinn. Sie steht in einem kleinen Wintergarten, in dem in der Mitte eine Badewanne steht. Durch die großen Fenster hat man einen gigantischen Blick auf den See.

Bea umarmt Per stürmisch.

»Du hast da mal erwähnt, dass du dir eine Badewanne wünschst ...«, sagt Per lächelnd.

»Und da baust du mir gleich einen Badepalast im Wintergarten?«

Er nickt. »So sieht's aus!«

Bea legt sich probehalber in die Badewanne rein. Dann macht sie alle Schränke in der Küche auf und testet das gemütliche Sofa.

»So, jetzt kann ich nicht mehr warten. Guck dir endlich das Schlafzimmer an!«, stöhnt Per nach einer Ewigkeit.

Bea geht die Stufen hoch und krabbelt auf die Matratze. Sie hatte sich gewünscht, dass es genau so aussieht wie in dem anderen kleinen Haus, und Per hat es auch exakt so gebaut. Mit dem Dachfenster und den vielen anderen Fenstern, die man öffnen und verdunkeln kann. Verdunkeln ist jetzt nicht nötig, der Nachthimmel wölbt sich über ihnen.

Im Winter ist Schweden geizig mit dem Tageslicht, als müsse es die Verschwendung im Sommer wiedergutmachen.

»Es ist toll. Aber das kenne ich ja schon. Was wolltest du mir hier zeigen?«, fragt Bea.

Per beugt sich über sie. »Ich konnte einfach nicht mehr abwarten, mit dir hier zu liegen«, raunt er in ihr Ohr und küsst sie auf den Hals.

»Echt nicht? Ich könnte noch ewig ... warten ...«, Beas Satz gerät etwas ins Wanken, weil Per sie jetzt an all den Stellen berührt, die sich so danach gesehnt haben.

»Soso«, flüstert Per. »Kannst du das?« Er kommt ganz nah und küsst sie fast. Kurz davor hält er inne. Er berührt ganz sacht ihre Brüste und täuscht dann wieder einen Kuss an, den er im letzten Moment abbricht.

Bea vibriert unter ihm. Tapfer sagt sie: »Locker, das könnte ich noch Stu ...« Das letzte Wort kommt nie zustande, weil Bea in Pers Haare greift, die in den letzten Monaten noch etwas länger geworden sind. Sie zieht seinen Kopf zu sich heran und zögert noch einen winzigen Moment, bevor sie sich endlich küssen, und das ganze kleine Haus um sie herum verschwimmt auf einer Welle der Lust.

Es sind minus elf Grad. Bea fand die Idee mit der Einweihungsparty im Dezember schräg, aber die Schweden scheinen überhaupt kein Problem mit den eisigen Temperaturen zu haben. Bea hat dafür gesorgt, dass Olivia und Ebba Skiunterwäsche unter ihren Klamotten tragen.

»So ein kleines bisschen Bemuttern müsst ihr mir einfach gönnen«, hatte sie ihrer Patchworkfamilie erklärt, die sich vielsagende Blicke zugeworfen hatte, als Bea ihre Warme-Unterwäsche-Aktion durchsetzte.

Das halbe Dorf ist gekommen. Und keiner kommt mit leeren Händen. Feuerstellen wachsen aus dem Boden, und es gibt sogar vier Leute, die mit ihrem Pick-up einen Grill hertransportieren. Bergit wuselt durch die Menge und jammert in einer Tour über ihre alten Knochen, die das Wetter nicht mehr mitmachten. Zu Ebbas Haaren kann sie nichts sagen, die stecken ja unter einer dicken Mütze. Aber Bergit findet genug auszusetzen. Die Lichter sind zu hell, das Essen zu viel und die ganze Feier zu unchristlich.

Bea versteht inzwischen genug Schwedisch, um sehr gut zu verstehen, was alle um sie herum reden. Selbst spricht sie nur, wenn sie muss, obwohl Olivia ihr sagt, ihr Schwedisch sei gut. Die meisten im Dorf bleiben aber sowieso dabei, mit Bea englisch zu sprechen.

Nanni hat auf einem *Julbord*, einem schwedischen Weihnachtsbüfett, bestanden. Tagelang hatte ihr Bea mit Inga und Frau Schluttberg zusammen geholfen, all die Leckereien zu kochen. Frau Schluttberg verbringt jetzt auch die Weihnachtszeit in Sjöhyttan, und Ebba und Bea versuchen, sie davon zu überzeugen, sich ein Tiny House von Per, für sich und die vielen Meerschweinchen, bauen zu lassen. Dann könnte sie bleiben.

Da tauchen am Ende der Straße plötzlich Scheinwerfer auf.

»Das ist mein Mann«, sagt Inga stolz. Sie stellt sich mitten auf die Straße und winkt. »Er bringt eine Überraschung mit!«

Olivia und Ebba drängeln sich zusammen mit den andern Kindern nach vorne. Der Traktor mit Tjorre drauf kommt näher. Ein Raunen geht durch die Menschenmenge. Es sieht aus, als würde ein beleuchteter Weihnachtsbaum auf sie zufliegen.

»Das war meine Idee!«, sagt Inga stolz.

Tjorre hupt und winkt ungewöhnlich gut gelaunt aus seiner kleinen Kabine heraus. Er springt auf den Boden und bindet mithilfe von zwei anderen Männern den Weihnachtsbaum ab.

Er wird neben dem Büfett aufgebaut, und jetzt sieht es so richtig nach einer Weihnachtsfeier aus. Per hat Lichterketten in die Bäume ringsherum gehängt, und das Büfett ist mit hundert kleinen Teelichtern beleuchtet. Der Schnee auf den Bäumen und auf dem Boden leuchtet weiß mit den vielen Lichtern.

Nanni steigt auf eine Kiste und formt ihre Hände zu einem Trichter. »Ich sage nur drei Worte: Das Büfett ist eröffnet!«

»Das waren vier«, analysiert Ebba trocken.

Bea kichert.

»Los, wir müssen uns etwas zu essen holen«, Olivia schiebt Bea an den Tisch mit der Menschenschlange davor. »Ich zeig dir, wie es geht. Du musst eine Reihenfolge einhalten. Wir fangen immer mit dem Fisch an«, erklärt sie ihr und drückt ihr einen Teller in die Hand.

Bea gibt Olivia dankbar einen Kuss auf die Wange. Es ist

schön, so eine kleine Schwedenexpertin zu haben, die einen in alles einweiht. Bea lässt also brav die *Köttbullar* liegen, auf die sie sich so freut, und fängt mit eingelegtem Hering und geräuchertem Lachs an, dazu gekochte Kartoffeln. Ihre Augen suchen Per, der in der Menschenmenge untergetaucht ist.

Sie bleibt bei Nanni und Inga stehen und hört die neueste Geschichte über Tjorre, der mit den anderen Männern um eine Feuerstelle herumsteht und *Glögg* trinkt.

Per taucht hinter ihr auf und zieht sie zu sich in den Arm. »Es gibt heute Abend noch einen Überraschungsgast«, flüstert er ihr ins Ohr.

Bea möchte sofort wissen, wer, kriegt aber nichts aus ihm heraus, doch jetzt wird ihr klar, warum sie Oskar noch nicht gesehen hat.

Um Bea abzulenken, holt Per sie zum Büfett. Es geht weiter mit den warmen Speisen. Hier fällt Bea die Auswahl echt schwer. Es gibt neben *Köttbullar* noch Weihnachtsschinken, *Janssons Frestelse*, ein Kartoffel-Anchovis-Gratin, *Prinskorv*, kleine gebratene Würstchen, und Rippchen. Als Beilage hat Nanni richtig viel Kohl gekocht.

Irgendjemand hat Weihnachtsmusik angemacht. Der heiße *Glögg*, den Bea vor dem Essen getrunken hat, steigt ihr jetzt angenehm in den Kopf. Es ist einer dieser wenigen perfekten Momente im Leben. Per, der neben ihr über die Vorzüge von *Prinskorv* und *Köttbullar* redet, und all die Menschen, die feiern und essen, die sie im letzten Jahr lieb gewonnen hat, und hinter ihr das kleine Haus, das ab sofort ihr Zuhause am See ist.

Ein Taxi kommt mitten in Beas weihnachtlicher Stimmung.

»Der Überraschungsgast!« Bea hüpft aufgeregt neben Per in die Luft. Ein kleines bisschen enttäuscht ist sie, als Herr Lindemann aus dem Taxi aussteigt.

Er ist noch schöner angezogen als sonst und sieht äußerst angespannt aus. Er bahnt sich den Weg durch die Menge, grüßt links und rechts, bis er vor Frau Schluttberg stehen bleibt.

Frau Schluttberg strahlt über das ganze Gesicht. Das Strahlen geht in Erstaunen über, als Herr Lindemann sich mit etwas Anstrengung vor ihr in den Schnee kniet.

Bea hält sich an Pers Arm fest und schaut wie alle auf dem Fest gespannt auf die zwei alten Leute. Da die Weihnachtsmusik läuft, hört keiner außer Frau Schluttberg, was Herr Lindemann sagt, aber er zieht einen Ring aus der Tasche seines Mantels, und Frau Schluttberg nickt und hilft ihm wieder hoch, bevor sie sich küssen.

»Das wurde auch Zeit!«, seufzt Nanni aus tiefstem Herzen. Ganz Sjöhyttan klatscht Beifall.

Mitten in dem Trubel kommt Oskar angefahren. Bea entdeckt sein Auto als Erste. Eine Frau mit wilden rotblonden Haaren steigt aus, in ihrem typischen bunten Strickmantel, der absolut nicht warm genug ist für Schweden.

»Tina!« Bea rennt ihr entgegen.

Es gibt eine stürmische Umarmung. Dann wird Tina mit Essen und *Glögg* versorgt, und Per holt einen Parka aus seinem Auto, den er ihr überhängt.

»Wusstest du, dass sie kommt? Oder war Herr Lindemann der Überraschungsgast?«, will Bea von Per wissen.

Tina und Per sehen sich an. »Wir haben das zusammen geplant. Von Herrn Lindemann wusste, glaub ich, keiner.«

»Doch, ich«, sagt Nanni und strahlt. Das verlobte Paar steht Arm in Arm am Feuer. »Manchmal dauert es lange, aber am Ende findet die Liebe immer ihren Weg.«

»Lasst uns darauf anstoßen!« Bea hebt ihren Becher, und Nanni, Tina und Per stoßen mit ihr an.

Am anderen Ufer des Sees steht eine Elchin am Ufer und schaut auf die Lichter, die sich im Wasser spiegeln. Sie hört die Musik, und ihre Nüstern blähen sich. Offenbar werden dort drüben keine Elche mehr als Zeichen benötigt. Sie schaut ein letztes Mal über den See. Dann dreht sie sich um und geht zurück in den Wald.

Die schönste Liebesgeschichte seit es Onlinedating gibt

Vor drei Jahren stand Marlene vor dem Nichts: Freund weg, Haus weg, Job weg. Seitdem hat sie aus einer Idee, die aus Verzweiflung und einer Menge Cocktails geboren wurde, ein eigenes Unternehmen gemacht: die Onlinedating-Agentur Wolke Sieben. Sie selbst will sich ganz sicher nie wieder verlieben. Lieber spielt sie für andere den Amor. Doch das Schicksal hat eigene Pläne: Der berühmte Sänger Basket, sein rüpelhafter Manager Bruno und ein Spontantrip nach Sardinien bringen Marlenes geordnetes Leben ganz schön durcheinander. Bald merkt sie, dass sie die Liebe nicht so einfach aus ihrem Herzen räumen kann, und vielleicht landet sie dieses Mal ja sogar selbst auf Wolke Sieben …

Franziska Jebens

Suche Platz auf Wolke Sieben

Roman

Klappenbroschur
Auch als E-Book erhältlich
www.ullstein.de